考試分數大躍進
累積實力
百萬考生見證
應考秘訣

根據日本國際交流基金考試相關概要

絕對合格 日檢必背閱讀

山田社日檢題庫小組・吉松由美・田中陽子・林勝田　◎合著

日語是您通往成功的翅膀，閱讀是終身伴隨的超能力！
解鎖日檢閱讀關卡，
巧妙以常見關鍵句＋啟動聯想關鍵引擎，
讓您的日檢能力爆表！

《精修關鍵句版 新制對應 絕對合格！日檢必背閱讀 N3》隆重推出朗讀版，
專業錄音，隨掃隨聽，
帶來閱讀和聽力的雙翼飛躍！

閱讀成績在日檢中佔有 1/3 的重要比例，
是最高性價比的投資；
在生活中無處不在，從傳單、信件、報名課程到日常應用，
是語言實戰中不可或缺的技能。

閱讀將成為您在日檢戰場的終極武器，
為您在日語世界中的探索解鎖！

本書為閱讀成績老是差強人意的您量身打造，
開啟日檢閱讀心法，只要找對方法，就能改變結果！
一舉過關斬將，得高分！

成績老不盡人意嗎？本書專為提升閱讀成績而設計，
打開日檢閱讀的秘密通道，只要掌握技巧，成績逆轉勝就在眼前！
考試中如猛虎下山，一舉攻克所有難題，直達高分終點。

事半功倍，啟動最強懶人學習模式：
★「題型分類」密集特訓，挑戰日檢每一關卡，無敵突破！
★ 左右頁「中日對照」解析，開啟高效解題新紀元！
★ 全方位加油站，涵蓋同級單字文法的詳解攻略 × 小知識及會話大補帖！
★「常用關鍵句＋關鍵字延伸」，學霸的高分筆記大公開！
★「專業日文朗讀」把聲音帶著走，打造閱讀與聽力的雙重練功房！

日語是您通往成功的翅膀，閱讀是終身伴隨的超能力！

為什麼每次日檢閱讀考試都像黑洞般吸走所有時間？
為什麼即使背熟了單字和文法，閱讀考試還是一頭霧水？
為什麼始終找不到那本完美的閱讀教材？

如果您也有這些困惑，放心了！

《沉浸式聽讀雙冠王 精修關鍵句版 新制對應 絕對合格！日檢必背閱讀N3》是您的學習救星！由日籍頂尖金牌教師精心打造，獲百萬考生熱烈推薦，並成為眾多學府的指定教材。不管距離考試有多久，這本書將為您全方位升級日檢實力，讓您從此告別準備不足的焦慮，時間緊迫的壓力！

本書【4大必背】提供的策略，讓任何考題都不在話下！

1 命中考點：名師傳授，精準擊中考試關鍵，一次考到理想分數

深諳出題秘密的老師，長年在日追蹤日檢趨勢，內容完整涵蓋「理解內容（短文）」、「理解內容（中文）」、「理解內容（長文）」、「釐整資訊」4大題型。從考點到出題模式，完美符合新制考試要求。透過練習各種「經過包裝」的題目，培養「透視題意的能力」，掌握公式、定理和脈絡，直達日檢成功之路。

徹底鎖定考試核心，不走冤枉路，準備日檢閱讀變得精準高效，合格不再依賴運氣！

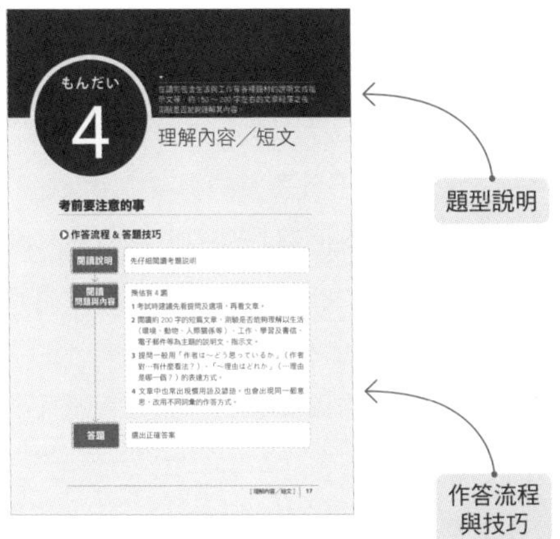

學霸解題秘籍：一點就通，您的私人教師幫您迎戰自學之路

單打獨鬥做題目？不再！本書每題附上深度分析，不只是答案背後的故事，更有錯誤選項的致命陷阱和最佳解題策略。我們一步步引導您跨越每個挑戰。

為了精益求精，我們精心挑選 N3「必背重點單字和文法」，「單字 × 文法 × 解題戰術」極速提升回答速度，3 倍強化應考力量！最短時間內衝刺，奪得優異成績單！

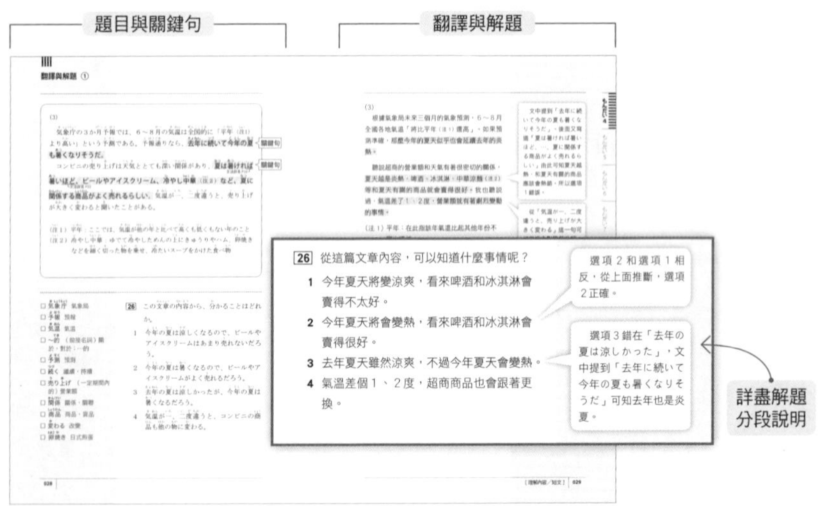

滋補增智：小知識萬花筒＋萬用句小專欄，樂學貼近道地日語

閱讀文章後的「小知識大補帖」，選取接近 N3 程度的各類話題，延伸單字、文法、生活及文化背景。多元豐富的內容，讓您在感嘆中親近日本文化，不知不覺深入日語核心。閱讀測驗像閱讀雜誌一般有趣，實力自然激增！

「萬用句小專欄」提供日本人日常生活中常用的字句，無論是學校、工作或日常，都能靈活運用。讓您不只閱讀能力激升，生活應用力也跟著飆高！嚴肅考題後，一劑繽紛趣味補充劑調節學習節奏，突破瓶頸，直達日檢高峰。

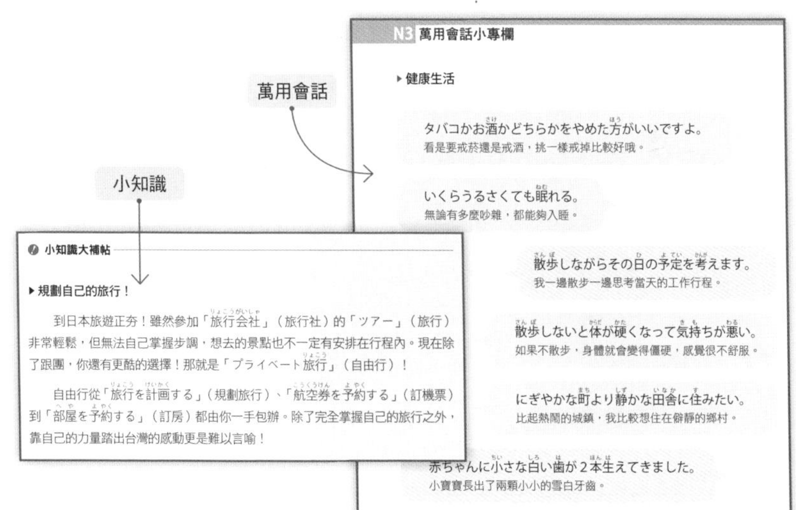

答題神器：常用關鍵句＋同級關鍵字，打造日檢閱讀精華大全

閱讀測驗的勝利秘笈在這裡！我們搜羅了 N3 閱讀中的精髓句型，利用關鍵字技巧將其分類，直擊核心資訊。利用聯想法，一氣呵成攻克相關句型。考場上從此鎮定自若，答題如魚得水！

單字量也是得分關鍵，我們整理了考試相關的同級關鍵詞字，讓您無需再翻字典，輕鬆建立豐富詞庫。學得輕鬆，記得牢固，應用自如。這兩大絕招將助您迅速成為日檢黑馬，大展身手。

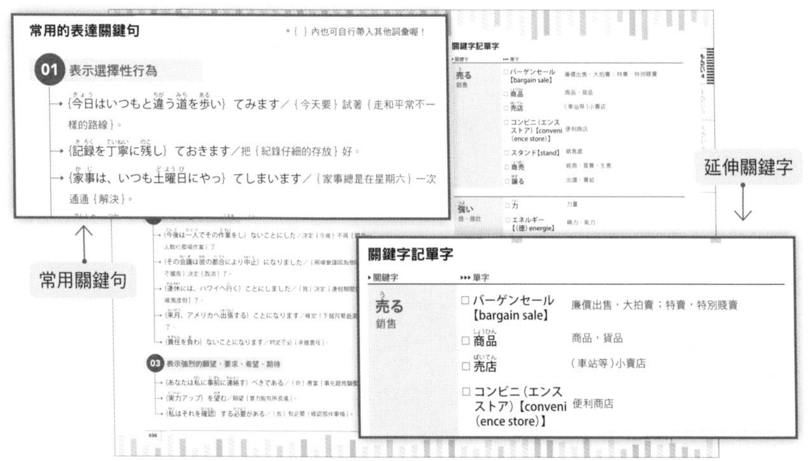

本書【３大特色】內容精修，全新編排，讓您讀得舒適，學習更高效！閱讀拿高標，縮短日檢合格路，成為考證高手！

1 一目十行：「中日對照編排法」學習力翻倍，好學好吸收，開啟解題速度！

絕妙排版，令人愛不釋手。本書突破傳統編排，獨立模擬試題區，擬真設計，測驗時全神貫注無干擾。左頁日文原文與關鍵句提示，右頁精確翻譯與深入解析，訂正時一秒理解，不必再東翻西找！結合關鍵句提示＋精確翻譯＋深入分析，打造最高效解題節奏。考場上無往不利，學習效率飆升！

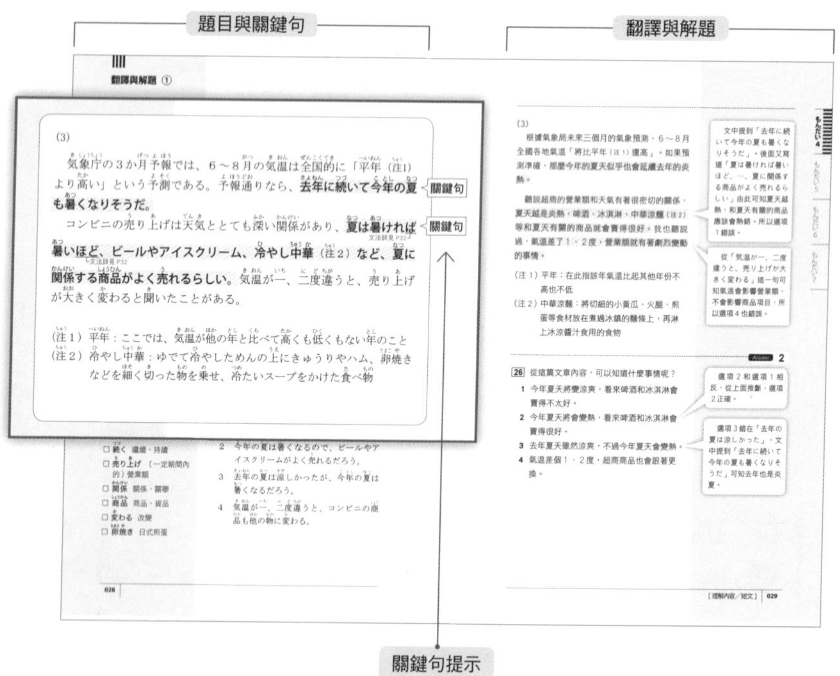

2 雙劍合璧：「閱讀＋聽力」雙管齊下，為您打磨出兩把閃耀的勝利之劍！

為何限制自己只在一個領域進步？我們邀請日籍教師錄製精彩朗讀音檔，讓您的閱讀突破紙張的界限，融入日常的每個瞬間。刻意訓練讓您的閱讀與聽力無形中得到全面提升，聽熟了，聽力不再是噩夢，而是您的超能力！看多了，閱讀不僅是技能，更成為您的第六感。

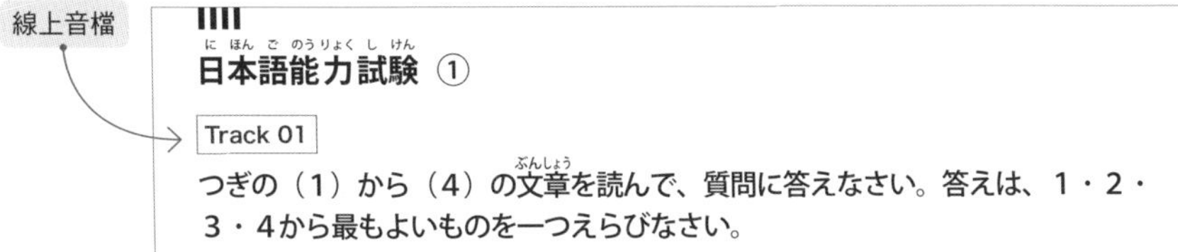

線上音檔

日本語能力試験 ①

Track 01

つぎの（1）から（4）の文章を読んで、質問に答えなさい。答えは、1・2・3・4から最も良いものを一つえらびなさい。

3 實戰工具箱：書末詳列 N3 常考文法，用法分門別類，一掌解開學習迷霧！

書末貼心附上 N3 常考文法及例句，化作您的隨身工具書。常考文法以關鍵字統整，翻閱一個用法即展開相關用法寶庫，讓概念更明晰，不知不覺學習賽道上遙遙領先他人。精確攻克考試重點，讓您在日檢的世界裡，翱翔如鷹，輕鬆自如！

用法分類
深入記憶

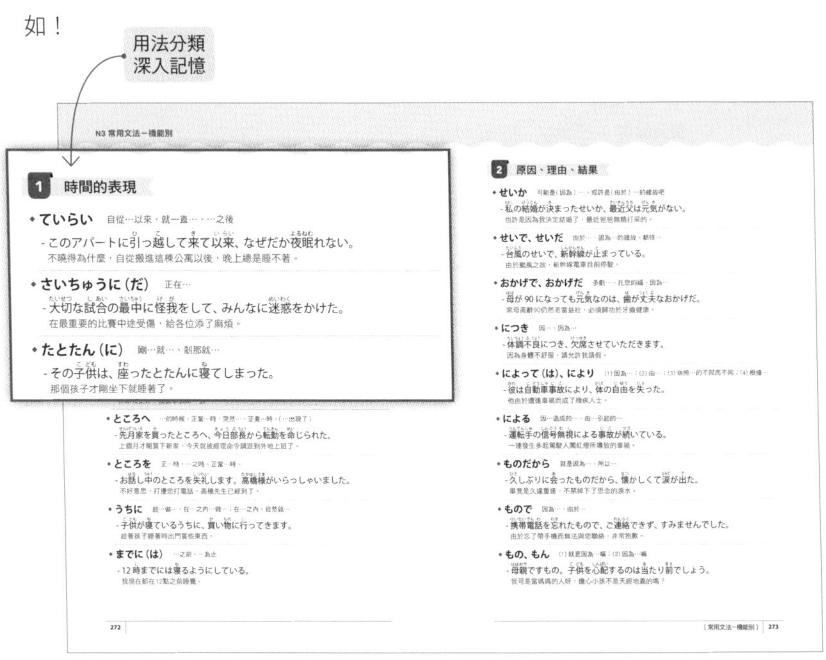

N3 常用文法－機能別

1 時間的表現

- **ていらい** 自從…以來，就一直…、…之後
  - このアパートに引っ越して来て以来、なぜだか夜眠れない。
  - 不曉得為什麼，自從搬進這棟公寓以後，晚上總是睡不著。
- **さいちゅうに（だ）** 正在…
  - 大切な試合の最中に怪我をして、みんなに迷惑をかけた。
  - 在最重要的比賽中途受傷，給各位添了麻煩。
- **たとたん（に）** 剛…就…、剎那就…
  - その子供は、座ったとたんに寝てしまった。
  - 那個孩子才剛坐下就睡著了。
- **ところへ** …的時候，正當…時，突然…，正要…時，（…出現了）
  - 先月家を買ったところへ、今日部長から転勤を命じられた。
  - 上個月才剛買下新家，今天就被經理命令調派到外地上班了。
- **ところを** 正…時、…之時、正當…時…
  - お話し中のところを失礼します。高橋様がいらっしゃいました。
  - 不好意思，打擾您打電話，高橋先生已經到了。
- **うちに** 趁…做…，在…之內…做…；在…之內，自然就…
  - 子供が寝ているうちに、買い物に行ってきます。
  - 趁著孩子睡著時出門買些東西。
- **までに（は）** …之前，…為止
  - 12 時までには寝るようにしている。
  - 我現在都在12點之前睡覺。

272

2 原因、理由、結果

- **せいか** 可能是（因為）…，或許是（由於）…的緣故吧
  - 私の結婚が決まったせいか、最近父は元気がない。
  - 也許是因為我決定結婚了，最近爸爸無精打采的。
- **せいで、せいだ** 由於…，因為…的緣故，都怪…
  - 台風のせいで、新幹線が止まっている。
  - 由於颱風之故，新幹線電車目前停駛。
- **おかげで、おかげだ** 多虧…，托您的福，因為…
  - 母が 90 になっても元気なのは、歯が丈夫なおかげだ。
  - 家母高齡90仍然老當益壯，必須歸功於牙齒健康。
- **につき** 因…，因為…
  - 体調不良につき、欠席させていただきます。
  - 因為身體不舒服，請允許我請假。
- **によって（は）、により** (1) 因為…；(2) 由…；(3) 依照…的不同而不同；(4) 根據…
  - 彼は自動車事故により、体の自由を失った。
  - 他由於遭逢車禍而成了殘疾人士。
- **による** 因…造成的…，由…引起的…
  - 運転手の信号無視による事故が続いている。
  - 一連發生多起駕駛人闖紅燈所導致的車禍。
- **ものだから** 就是因為…，所以…
  - 久しぶりに会ったものだから、懐かしくて涙が出た。
  - 畢竟是久違重逢，不禁掉下了思念的淚水。
- **もので** 因為…，由於…
  - 携帯電話を忘れたもので、ご連絡できず、すみませんでした。
  - 由於忘了帶手機而無法與您聯絡，非常抱歉。
- **もの、もん** (1) 就是因為…嘛；(2) 因為…嘛
  - 母親ですもの。子供を心配するのは当たり前でしょう。
  - 我可是當媽媽的人呀，擔心小孩不是天經地義的嗎？

[常用文法－機能別] 273

別自限為學習界的外行人，您只是還未找到那本能激發潛力的神奇教材！本書將成為學習進階的加速器，讓您的學習能力飆升至新高度，喚醒腦海中的聰明基因。這不僅是學習的躍進，更像是賦予您一顆全新、充滿才智的超級大腦，準備好打開全新的學習世界大門，迎接日檢的絕對合格！

目錄
contents

新「日本語能力測驗」概要

JLPT

一、什麼是新日本語能力試驗呢

1. 新制「日語能力測驗」

從 2010 年起實施的新制「日語能力測驗」（以下簡稱為新制測驗）。

1－1 實施對象與目的

新制測驗與舊制測驗相同，原則上，實施對象為非以日語作為母語者。其目的在於，為廣泛階層的學習與使用日語者舉行測驗，以及認證其日語能力。

1－2 改制的重點

改制的重點有以下四項：

1 測驗解決各種問題所需的語言溝通能力

新制測驗重視的是結合日語的相關知識，以及實際活用的日語能力。因此，擬針對以下兩項舉行測驗：一是文字、語彙、文法這三項語言知識；二是活用這些語言知識解決各種溝通問題的能力。

2 由四個級數增為五個級數

新制測驗由舊制測驗的四個級數（1 級、2 級、3 級、4 級），增加為五個級數（N1、N2、N3、N4、N5）。新制測驗與舊制測驗的級數對照，如下所示。最大的不同是在舊制測驗的 2 級與 3 級之間，新增了 N3 級數。

N1	難易度比舊制測驗的 1 級稍難。合格基準與舊制測驗幾乎相同。
N2	難易度與舊制測驗的 2 級幾乎相同。
N3	難易度介於舊制測驗的 2 級與 3 級之間。（新增）
N4	難易度與舊制測驗的 3 級幾乎相同。
N5	難易度與舊制測驗的 4 級幾乎相同。

＊「N」代表「Nihongo（日語）」以及「New（新的）」。

3 施行「得分等化」

由於在不同時期實施的測驗，其試題均不相同，無論如何慎重出題，每次測驗的難易度總會有或多或少的差異。因此在新制測驗中，導入「等化」的計分方式後，便能將不同時期的測驗分數，於共同量尺上相互比較。因此，無論是在什麼時候接受測驗，只要是相同級數的測驗，其得分均可予以比較。目前全球幾種主要的語言測驗，均廣泛採用這種「得分等化」的計分方式。

4 提供「日本語能力試驗 Can-do 自我評量表」（簡稱 JLPT Can-do）

為了瞭解通過各級數測驗者的實際日語能力，新制測驗經過調查後，提供「日本語能力試驗 Can-do 自我評量表」。該表列載通過測驗認證者的實際日語能力範例。希望通過測驗認證者本人以及其他人，皆可藉由該表格，更加具體明瞭測驗成績代表的意義。

1－3 所謂「解決各種問題所需的語言溝通能力」

我們在生活中會面對各式各樣的「問題」。例如，「看著地圖前往目的地」或是「讀著說明書使用電器用品」等等。種種問題有時需要語言的協助，有時候不需要。

為了順利完成需要語言協助的問題，我們必須具備「語言知識」，例如文字、發音、語彙的相關知識、組合語詞成為文章段落的文法知識、判斷串連文句的順序以便清楚說明的知識等等。此外，亦必須能配合當前的問題，擁有實際運用自己所具備的語言知識的能力。

舉個例子，我們來想一想關於「聽了氣象預報以後，得知東京明天的天氣」這個課題。想要「知道東京明天的天氣」，必須具備以下的知識：「晴れ（晴天）、くもり（陰天）、雨（雨天）」等代表天氣的語彙；「東京は明日は晴れでしょう（東京明日應是晴天）」的文句結構；還有，也要知道氣象預報的播報順序等。除此以外，尚須能從播報的各地氣象中，分辨出哪一則是東京的天氣。

如上所述的「運用包含文字、語彙、文法的語言知識做語言溝通，進而具備解決各種問題所需的語言溝通能力」，在新制測驗中稱為「解決各種問題所需的語言溝通能力」。

新制測驗將「解決各種問題所需的語言溝通能力」分成以下「語言知識」、「讀解」、「聽解」等三個項目做測驗。

語言知識	各種問題所需之日語的文字、語彙、文法的相關知識。
讀　解	運用語言知識以理解文字內容，具備解決各種問題所需的能力。
聽　解	運用語言知識以理解口語內容，具備解決各種問題所需的能力。

作答方式與舊制測驗相同，將多重選項的答案劃記於答案卡上。此外，並沒有直接測驗口語或書寫能力的科目。

2. 認證基準

新制測驗共分為 N1、N2、N3、N4、N5 五個級數。最容易的級數為 N5，最困難的級數為 N1。

與舊制測驗最大的不同，在於由四個級數增加為五個級數。以往有許多通過 3 級認證者常抱怨「遲遲無法取得 2 級認證」。為因應這種情況，於舊制測驗的 2 級與 3 級之間，新增了 N3 級數。

新制測驗級數的認證基準，如表 1 的「讀」與「聽」的語言動作所示。該表雖未明載，但應試者也必須具備為表現各語言動作所需的語言知識。

N4 與 N5 主要是測驗應試者在教室習得的基礎日語的理解程度；N1 與 N2 是測驗應試者於現實生活的廣泛情境下，對日語理解程度；至於新增的 N3，則是介於 N1 與 N2，以及 N4 與 N5 之間的「過渡」級數。關於各級數的「讀」與「聽」的具體題材（內容），請參照表 1。

■ 表 1　新「日語能力測驗」認證基準

	級數	認證基準 各級數的認證基準，如以下【讀】與【聽】的語言動作所示。各級數亦必須具備為表現各語言動作所需的語言知識。
↑ 困難 *	N1	能理解在廣泛情境下所使用的日語 【讀】・可閱讀話題廣泛的報紙社論與評論等論述性較複雜及較抽象的文章，且能理解其文章結構與內容。 ・可閱讀各種話題內容較具深度的讀物，且能理解其脈絡及詳細的表達意涵。 【聽】・在廣泛情境下，可聽懂常速且連貫的對話、新聞報導及講課，且能充分理解話題走向、內容、人物關係、以及說話內容的論述結構等，並確實掌握其大意。
	N2	除日常生活所使用的日語之外，也能大致理解較廣泛情境下的日語 【讀】・可看懂報紙與雜誌所刊載的各類報導、解說、簡易評論等主旨明確的文章。 ・可閱讀一般話題的讀物，並能理解其脈絡及表達意涵。 【聽】・除日常生活情境外，在大部分的情境下，可聽懂接近常速且連貫的對話與新聞報導，亦能理解其話題走向、內容、以及人物關係，並可掌握其大意。
	N3	能大致理解日常生活所使用的日語 【讀】・可看懂與日常生活相關的具體內容的文章。 ・可由報紙標題等，掌握概要的資訊。 ・於日常生活情境下接觸難度稍高的文章，經換個方式敘述，即可理解其大意。 【聽】・在日常生活情境下，面對稍微接近常速且連貫的對話，經彙整談話的具體內容與人物關係等資訊後，即可大致理解。

<table>
<tr><td rowspan="2">＊容易
↓</td><td>N4</td><td>能理解基礎日語
【讀】・可看懂以基本語彙及漢字描述的貼近日常生活相關話題的文章。
【聽】・可大致聽懂速度較慢的日常會話。</td></tr>
<tr><td>N5</td><td>能大致理解基礎日語
【讀】・可看懂以平假名、片假名或一般日常生活使用的基本漢字所書寫的固定詞句、短文、以及文章。
【聽】・在課堂上或周遭等日常生活中常接觸的情境下，如為速度較慢的簡短對話，可從中聽取必要資訊。</td></tr>
</table>

＊N1 最難，N5 最簡單。

3. 測驗科目

新制測驗的測驗科目與測驗時間如表 2 所示。

■ 表 2　測驗科目與測驗時間＊①

<table>
<tr><td>級數</td><td colspan="3">測驗科目
（測驗時間）</td><td></td><td></td></tr>
<tr><td>N1</td><td colspan="2">語言知識（文字、語彙、文法）、讀解
（110 分）</td><td>聽解
（55 分）</td><td>→</td><td rowspan="2">測驗科目為「語言知識（文字、語彙、文法）、讀解」；以及「聽解」共 2 科目。</td></tr>
<tr><td>N2</td><td colspan="2">語言知識（文字、語彙、文法）、讀解
（105 分）</td><td>聽解
（50 分）</td><td>→</td></tr>
<tr><td>N3</td><td>語言知識
（文字、語彙）
（30 分）</td><td>語言知識（文法）、讀解
（70 分）</td><td>聽解
（40 分）</td><td>→</td><td rowspan="3">測驗科目為「語言知識（文字、語彙）」；「語言知識（文法）、讀解」；以及「聽解」共 3 科目。</td></tr>
<tr><td>N4</td><td>語言知識
（文字、語彙）
（25 分）</td><td>語言知識（文法）、讀解
（55 分）</td><td>聽解
（35 分）</td><td>→</td></tr>
<tr><td>N5</td><td>語言知識
（文字、語彙）
（20 分）</td><td>語言知識（文法）、讀解
（40 分）</td><td>聽解
（30 分）</td><td>→</td></tr>
</table>

N1 與 N2 的測驗科目為「語言知識（文字、語彙、文法）、讀解」以及「聽解」共 2 科目；N3、N4、N5 的測驗科目為「語言知識（文字、語彙）」、「語言知識（文法）、讀解」、「聽解」共 3 科目。

由於 N3、N4、N5 的試題中，包含較少的漢字、語彙、以及文法項目，因此當與 N1、N2 測驗相同的「語言知識（文字、語彙、文法）、讀解」科目時，有時會使某幾道試題成為其他題目的提示。為避免這個情況，因此將「語言知識（文字、語彙、文法）、讀解」，分成「語言知識（文字、語彙）」和「語言知識（文法）、讀解」施測。

＊①：聽解因測驗試題的錄音長度不同，致使測驗時間會有些許差異。

4. 測驗成績

4－1　量尺得分

舊制測驗的得分，答對的題數以「原始得分」呈現；相對的，新制測驗的得分以「量尺得分」呈現。

「量尺得分」是經過「等化」轉換後所得的分數。以下，本手冊將新制測驗的「量尺得分」，簡稱為「得分」。

4－2　測驗成績的呈現

新制測驗的測驗成績，如表3的計分科目所示。N1、N2、N3的計分科目分為「語言知識（文字、語彙、文法）」、「讀解」、以及「聽解」3項；N4、N5的計分科目分為「語言知識（文字、語彙、文法）、讀解」以及「聽解」2項。

會將N4、N5的「語言知識（文字、語彙、文法）」和「讀解」合併成一項，是因為在學習日語的基礎階段，「語言知識」與「讀解」方面的重疊性高，所以將「語言知識」與「讀解」合併計分，比較符合學習者於該階段的日語能力特徵。

■ 表3　各級數的計分科目及得分範圍

級數	計分科目	得分範圍
N1	語言知識（文字、語彙、文法） 讀解 聽解	0～60 0～60 0～60
	總分	0～180
N2	語言知識（文字、語彙、文法） 讀解 聽解	0～60 0～60 0～60
	總分	0～180
N3	語言知識（文字、語彙、文法） 讀解 聽解	0～60 0～60 0～60
	總分	0～180
N4	語言知識（文字、語彙、文法）、讀解 聽解	0～120 0～60
	總分	0～180
N5	語言知識（文字、語彙、文法）、讀解 聽解	0～120 0～60
	總分	0～180

各級數的得分範圍，如表 3 所示。N1、N2、N3 的「語言知識（文字、語彙、文法）」、「讀解」、「聽解」的得分範圍各為 0 ～ 60 分，三項合計的總分範圍是 0 ～ 180 分。「語言知識（文字、語彙、文法）」、「讀解」、「聽解」各占總分的比例是 1：1：1。

N4、N5 的「語言知識（文字、語彙、文法）、讀解」的得分範圍為 0 ～ 120 分，「聽解」的得分範圍為 0 ～ 60 分，二項合計的總分範圍是 0 ～ 180 分。「語言知識（文字、語彙、文法）、讀解」與「聽解」各占總分的比例是 2：1。還有，「語言知識（文字、語彙、文法）、讀解」的得分，不能拆解成「語言知識（文字、語彙、文法）」與「讀解」二項。

除此之外，在所有的級數中，「聽解」均占總分的三分之一，較舊制測驗的四分之一為高。

4 － 3　合格基準

舊制測驗是以總分作為合格基準；相對的，新制測驗是以總分與分項成績的門檻二者作為合格基準。所謂的門檻，是指各分項成績至少必須高於該分數。假如有一科分項成績未達門檻，無論總分有多高，都不合格。

新制測驗設定各分項成績門檻的目的，在於綜合評定學習者的日語能力，須符合以下二項條件才能判定為合格：①總分達合格分數（＝通過標準）以上；②各分項成績達各分項合格分數（＝通過門檻）以上。如有一科分項成績未達門檻，無論總分多高，也會判定為不合格。

N1 ～ N3 及 N4、N5 之分項成績有所不同，各級總分通過標準及各分項成績通過門檻如下所示：

級數	總分		分項成績					
			言語知識（文字・語彙・文法）		讀解		聽解	
	得分範圍	通過標準	得分範圍	通過門檻	得分範圍	通過門檻	得分範圍	通過門檻
N1	0～180分	100分	0～60分	19分	0～60分	19分	0～60分	19分
N2	0～180分	90分	0～60分	19分	0～60分	19分	0～60分	19分
N3	0～180分	95分	0～60分	19分	0～60分	19分	0～60分	19分

級數	總分		分項成績			
			言語知識（文字・語彙・文法）・讀解		聽解	
	得分範圍	通過標準	得分範圍	通過門檻	得分範圍	通過門檻
N4	0～180分	90分	0～120分	38分	0～60分	19分
N5	0～180分	80分	0～120分	38分	0～60分	19分

※ 上列通過標準自 2010 年第 1 回 (7 月)【N4、N5 為 2010 年第 2 回 (12 月)】起適用。

缺考其中任一測驗科目者，即判定為不合格。寄發「合否結果通知書」時，含已應考之測驗科目在內，成績均不計分亦不告知。

4－4　測驗結果通知

依級數判定是否合格後，寄發「合否結果通知書」予應試者；合格者同時寄發「日本語能力認定書」。

■ N1, N2, N3

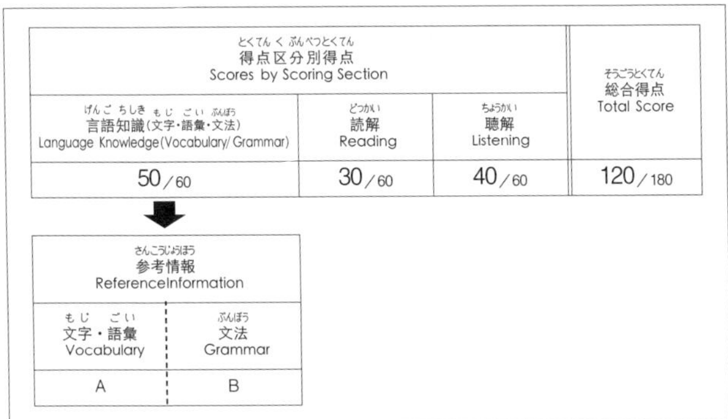

■ N4, N5

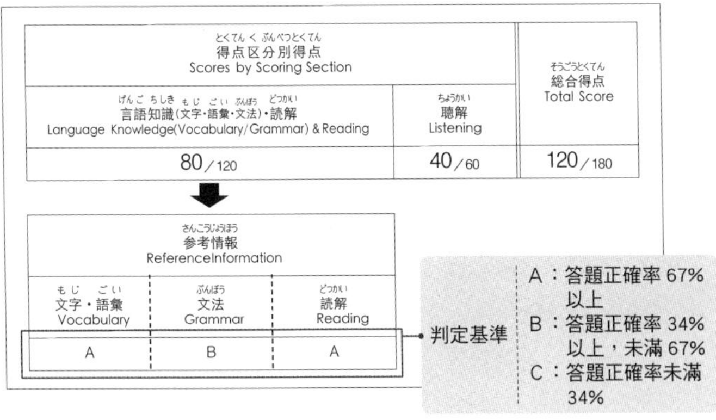

※各節測驗如有一節缺考就不予計分，即判定為不合格。雖會寄發「合否結果通知書」但所有分項成績，含已出席科目在內，均不予計分。各欄成績以「*」表示，如「**／60」。

※所有科目皆缺席者，不寄發「合否結果通知書」。

N3 題型分析

測驗科目（測驗時間）		試題內容				
		題型			小題題數＊	分析
語言知識（30分）	文字、語彙	1	漢字讀音	◇	8	測驗漢字語彙的讀音。
		2	假名漢字寫法	◇	6	測驗平假名語彙的漢字寫法。
		3	選擇文脈語彙	○	11	測驗根據文脈選擇適切語彙。
		4	替換類義詞	○	5	測驗根據試題的語彙或說法，選擇類義詞或類義說法。
		5	語彙用法	○	5	測驗試題的語彙在文句裡的用法。
語言知識、讀解（70分）	文法	1	文句的文法1（文法形式判斷）	○	13	測驗辨別哪種文法形式符合文句內容。
		2	文句的文法2（文句組構）	◆	5	測驗是否能夠組織文法正確且文義通順的句子。
		3	文章段落的文法	◆	5	測驗辨別該文句有無符合文脈。
	讀解＊	4	理解內容（短文）	○	4	於讀完包含生活與工作等各種題材的撰寫說明文或指示文等，約150～200字左右的文章段落之後，測驗是否能夠理解其內容。
		5	理解內容（中文）	○	6	於讀完包含撰寫的解說與散文等，約350字左右的文章段落之後，測驗是否能夠理解其關鍵詞或因果關係等等。
		6	理解內容（長文）	○	4	於讀完解說、散文、信函等，約550字左右的文章段落之後，測驗是否能夠理解其概要或論述等等。
		7	釐整資訊	◆	2	測驗是否能夠從廣告、傳單、提供各類訊息的雜誌、商業文書等資訊題材（600字左右）中，找出所需的訊息。
聽解（40分）		1	理解問題	◇	6	於聽取完整的會話段落之後，測驗是否能夠理解其內容（於聽完解決問題所需的具體訊息之後，測驗是否能夠理解應當採取的下一個適切步驟）。
		2	理解重點	◇	6	於聽取完整的會話段落之後，測驗是否能夠理解其內容（依據剛才已聽過的提示，測驗是否能夠抓住應當聽取的重點）。
		3	理解概要	◇	3	於聽取完整的會話段落之後，測驗是否能夠理解其內容（測驗是否能夠從整段會話中理解說話者的用意與想法）。
		4	適切話語	◆	4	於一面看圖示，一面聽取情境說明時，測驗是否能夠選擇適切的話語。
		5	即時應答	◆	9	於聽完簡短的詢問之後，測驗是否能夠選擇適切的應答。

＊「小題題數」為每次測驗的約略題數，與實際測驗時的題數可能未盡相同。此外，亦有可能會變更小題題數。

＊有時在「讀解」科目中，同一段文章可能會有數道小題。

＊符號標示：「◆」舊制測驗沒有出現過的嶄新題型；「◇」沿襲舊制測驗的題型，但是更動部分形式；「○」與舊制測驗一樣的題型。

資料來源：《日本語能力試驗JLPT官方網站：分項成績・合格判定・合否結果通知》。2016年1月11日，取自：http://www.jlpt.jp/tw/guideline/results.html

在讀完包含生活與工作等各種題材的說明文或指示文等，約 150 ～ 200 字左右的文章段落之後，測驗是否能夠理解其內容。

理解內容／短文

考前要注意的事

作答流程 & 答題技巧

閱讀說明	先仔細閱讀考題說明
閱讀問題與內容	預估有 4 題 **1** 考試時建議先看提問及選項，再看文章。 **2** 閱讀約 200 字的短篇文章，測驗是否能夠理解以生活（環境、動物、人際關係等）、工作、學習及書信、電子郵件等為主題的說明文、指示文。 **3** 提問一般用「作者は～どう思っているか」（作者對…有什麼看法？）、「～理由はどれか」（…理由是哪一個？）的表達方式。 **4** 文章中也常出現慣用語及諺語。也會出現同一個意思，改用不同詞彙的作答方式。
答題	選出正確答案

日本語能力試験 ①

Track 01

つぎの（1）から（4）の文章を読んで、質問に答えなさい。答えは、1・2・3・4から最もよいものを一つえらびなさい。

(1)

川村さんはインターネットでホテルを予約したところ、次のメールを受け取った。

あて先	ubpomu356@groups.co.jp
件　名	ご予約の確認（予約番号：tr5723）
送信日時	2020年11月23日 15：21

大林ホテルをご予約くださいまして、ありがとうございます。ご予約の内容は、以下の通りです。ご確認ください。当日は、お気をつけてお越しくださいませ。

予約番号：tr5723
お名前：川村次郎　様
ご宿泊日：2020年12月２日　１泊
お部屋の種類：シングル
ご予約の部屋数：１部屋
宿泊料金：5,000円（朝食代を含みます）

※チェックイン時刻は15：00からです。
※キャンセルのご連絡はご宿泊の前日までにお願いいたします。ご宿泊当日のキャンセルは、キャンセル料をいただきますので、ご注意ください。

大林ホテル
○○県××市△△１－４－２
00-0000-0000
交通案内・地図はこちら

24 上のメールの内容から、分かることはどれか。

1　ホテルで朝食を食べるには、宿泊料金のほかに5,000円を払わなければならない。

2　川村さんはホテルに着いたら、まずキャンセル料を払わなければならない。

3　午後３時まではホテルの部屋に入ることはできない。

4　川村さんは、奥さんと二人でホテルに泊まるつもりだ。

Track 02

(2)

スミスさんは次の通知を受け取った。

ビジネス日本語会話能力検定
1次試験の結果通知と面接のご案内

受験番号　12345
氏　　名　ジョン・スミス
生年月日　1984年2月6日

2級1次試験結果：　**合格**

下記の通り、2次の面接試験を行います。

1　日　時　7月21日（日）　午前10時30分より20分程度
面接開始時刻は多少変更になる場合がありますので、会場には予定時刻の30分前までにお越しください。

2　会　場　平成日本語学院
交通案内・地図は裏面をご覧ください。

3　持ち物　本通知書、写真付きの身分証明書

25 スミスさんは面接の日に、どうしなければならないか。

1　10時まで会場にいなければならない。

2　10時50分までに会場へ行かなければならない。

3　10時までに会場へ着かなければならない。

4　10時までに会場に引っ越さなければならない。

Track 03

(3)

気象庁の3か月予報では、6～8月の気温は全国的に「平年（注1）より高い」という予測である。予報通りなら、去年に続いて今年の夏も暑くなりそうだ。

コンビニの売り上げは天気ととても深い関係があり、夏は暑ければ暑いほど、ビールやアイスクリーム、冷やし中華（注2）など、夏に関係する商品がよく売れるらしい。気温が一、二度違うと、売り上げが大きく変わると聞いたことがある。

（注１）平年：ここでは、気温が他の年と比べて高くも低くもない年のこと

（注２）冷やし中華：ゆでて冷やしためんの上にきゅうりやハム、卵焼きなどを細く切った物を乗せ、冷たいスープをかけた食べ物

26 この文章の内容から、分かることはどれか。

1　今年の夏は涼しくなるので、ビールやアイスクリームはあまり売れないだろう。

2　今年の夏は暑くなるので、ビールやアイスクリームがよく売れるだろう。

3　去年の夏は涼しかったが、今年の夏は暑くなるだろう。

4　気温が一、二度違うと、コンビニの商品も他の物に変わる。

Track 04

(4)

大地震のとき、家族があわてず行動できるように、家の中でどこが一番安全か、どこに避難するかなどについて、ふだんから家族で話し合っておきましょう。

強い地震が起きたとき、または弱い地震でも長い時間ゆっくりと揺れたときは、津波が発生する恐れがあります。海のそばにいる人は、ただちに岸から離れて高い所などの安全な場所へ避難しましょう。

避難場所での生活に必要な物や、けがをしたときのための薬なども事前にそろえておきましょう。

27 上の文章の内容について、正しいものはどれか。

1 いつ地震が起きても大丈夫なように、いつも家の中の一番安全な所にいるほうがよい。

2 弱い地震であれば、長い時間揺れても心配する必要はない。

3 ふだんから地震が起きたときのために準備をしておいたほうがいい。

4 避難場所での生活に必要な物は、地震が起きたあとに買いに行くほうがよい。

翻譯與解題 ①

つぎの（1）から（4）の文章を読んで、質問に答えなさい。答えは、1・2・3・4から最もよいものを一つえらびなさい。

(1)

川村さんはインターネットでホテルを予約したところ、次のメールを受け取った。
└文法詳見 P32

あて先	ubpumu356@groups.co.jp
件　名	ご予約の確認（予約番号：tr5723）
送信日時	2020年11月23日 15：21

大林ホテルをご予約くださいまして、ありがとうございます。ご予約の内容は、以下の通りです。ご確認ください。当日は、お気をつけてお越しくださいませ。
└文法詳見 P32

予約番号：tr5723
お名前：川村次郎　様
ご宿泊日：2020年12月２日　１泊
お部屋の種類：シングル ＜關鍵句
ご予約の部屋数：１部屋
宿泊料金：5,000円（朝食代を含みます） ＜關鍵句
※チェックイン時刻は15：00からです。 ＜關鍵句
※キャンセルのご連絡はご宿泊の前日までにお願いいたします。ご宿泊当日のキャンセルは、キャンセル料をいただきますので、ご注意ください。

大林ホテル
○○県××市△△１－４－２
00-0000-0000
交通案内・地図はこちら

- □ インターネット【Internet】 網路
- □ 予約 預約
- □ 受け取る 領，接收
- □ あて先 收件人（信箱）地址
- □ 件名 標題
- □ 日時 日期與時間
- □ 確認 確認；証實
- □ 内容 內容
- □ 当日 當天
- □ 宿泊 過夜
- □ いただく 給…；拜領…（「もらう」的謙讓語）

24 上のメールの内容から、分かることはどれか。

1　ホテルで朝食を食べるには、宿泊料金のほかに5,000円を払わなければならない。

2　川村さんはホテルに着いたら、まずキャンセル料を払わなければならない。

3　午後３時まではホテルの部屋に入ることはできない。

4　川村さんは、奥さんと二人でホテルに泊まるつもりだ。

請閱讀下列（1）～（4）的文章並回答問題。請從選項1・2・3・4當中選出一個最恰當的答案。

(1)

川村先生在網路上訂飯店，收到了下面這封電子郵件。

收件者	ubpomu356@groups.co.jp
標　題	訂房確認（訂房編號：tr5723）
寄件時間	2020年11月23日 15：21

感謝您在大林飯店訂房。您訂房的詳細內容如下，敬請確認。入住當天敬請路上小心。

訂房編號：tr5723
姓名：川村次郎　先生
入住日期：2020年12月2日 一晚
房間種類：單人房
訂房數：一間
住宿費：5,000圓（含早餐費用）

※辦理入住時間為15：00過後。
※如欲取消訂房，請於入住前一天告知。若為入住當天取消，則須酌收手續費，敬請留意。

大林飯店
〇〇縣××市△△1－4－2
00-0000-0000
交通指南、地圖在此

從「お部屋の種類：シングル」可知川村先生只有一個人要入住，沒有和妻子同行，選項4錯誤。

信件提到「宿泊料金：5,000円（朝食代を含みます）」，所以早餐不用再多付錢，選項1錯誤。

信上提到「チェックイン時刻は15：00からです」，所以下午3點之後才能進房間，選項3正確。

Answer **3**

24 從上面這封電子郵件，可以知道什麼事情呢？

1 如果要在飯店享用早餐，除了住宿費，必須再另外支付5,000圓。
2 川村先生抵達飯店後，首先必須要支付取消訂房的費用。
3 下午3點前不能進入飯店房間。
4 川村先生打算和太太兩個人一起下榻飯店。

雖然信上提到「ご宿泊当日のキャンセルは、キャンセル料をいただきますので、ご注意ください」。不過既然川村先生已經到飯店了，自然沒有要取消訂房，選項2錯誤。

(2)

スミスさんは次の通知を受け取った。

> **ビジネス日本語会話能力検定**
> **1次試験の結果通知と面接のご案内**
>
> 受験番号　12345
> 氏　　名　ジョン・スミス
> 生年月日　1984年2月6日
>
> 2級1次試験結果：　**合格**
>
> 下記の通り、2次の面接試験を行います。　關鍵句
> 1　日　時　7月21日（日）　**午前10時30分より20分程度**。面接開始時刻は多少変更になる場合がありますので、**会場には予定時刻の30分前までにお越しください。**　關鍵句
> 2　会　場　平成日本語学院
> 　　　　　交通案内・地図は裏面をご覧ください。
> 3　持ち物　本通知書、写真付きの身分証明書

- □ 通知　通知，告知
- □ 検定　檢定；鑑定
- □ 面接　面試，口試
- □ 氏名　姓名
- □ 生年月日　出生年月日
- □ 合格　合格，考上
- □ 下記　下列
- □ 時刻　時間，時刻
- □ 変更　更改，變動
- □ 持ち物　攜帶物品
- □ 本　此（份），這（張）
- □ 身分証明書　身分證

25　スミスさんは面接の日に、どうしなければならないか。

1　10時まで会場にいなければならない。
2　10時50分までに会場へ行かなければならない。
3　10時までに会場へ着かなければならない。
4　10時までに会場に引っ越さなければならない。

(2)

史密斯同學收到了下面這張通知單。

商務日語會話能力檢定
初試結果通知暨口試說明

准考證號碼：12345
姓　　　名：約翰・史密斯
出生年月日：1984年２月６日

２級初試結果：**合格**

複試注意事項如下。

1　日期時間　７月21日（日）上午10時30分，大約20分鐘口試時間可能有些變動，請提早30分鐘抵達會場。
2　會　　場　平成日本語學院
　　　　　　交通指南、地圖請參照背面。
3　攜帶物品　本通知單、附照片的身分證

這一題問題重點在「面接の日」。從四個選項中可以發現題目問的是時間，和時間有關的是「１日時」（日期時間），可以從這裡找出答案。

解題關鍵在「会場には予定時刻の30分前までにお越しください」，「お越しになってください」的省略說法，「お越しになる」是「来る」的敬語表現。而口試的時間是「午前10時30分より」，所以史密斯同學必須要在10點到場才行。正確答案是３。

Answer　**3**

25　史密斯同學在面試當天，必須做什麼事情呢？

1　必須在會場待到 10 點。
2　必須在 10 點 50 分以前前往會場。
3　必須在 10 點以前抵達會場。
4　必須在 10 點以前搬家到會場。

選項１和選項４是陷阱，雖然都有提到10點，可是選項１是指「必須在會場待到10點」，選項４的「引っ越す」是「搬家」的意思。

翻譯與解題 ①

(3)

気象庁の３か月予報では、６～８月の気温は全国的に「平年（注1）より高い」という予測である。予報通りなら、**去年に続いて今年の夏も暑くなりそうだ。**＜關鍵句

コンビニの売り上げは天気ととても深い関係があり、**夏は暑ければ暑いほど、ビールやアイスクリーム、冷やし中華（注２）など、夏に関係する商品がよく売れるらしい。**＜關鍵句 気温が一、二度違うと、売り上げが大きく変わると聞いたことがある。

文法詳見 P32
文法詳見 P32

（注１）平年：ここでは、気温が他の年と比べて高くも低くもない年のこと

（注２）冷やし中華：ゆでて冷やしためんの上にきゅうりやハム、卵焼きなどを細く切った物を乗せ、冷たいスープをかけた食べ物

- □ 気象庁　氣象局
- □ 予報　預報
- □ 気温　氣溫
- □ ～的　（前接名詞）關於，對於；…的
- □ 予測　預測
- □ 続く　繼續，持續
- □ 売り上げ　（一定期間內的）營業額
- □ 関係　關係，關聯
- □ 商品　商品，貨品
- □ 変わる　改變
- □ 卵焼き　日式煎蛋

26 この文章の内容から、分かることはどれか。

1　今年の夏は涼しくなるので、ビールやアイスクリームはあまり売れないだろう。

2　今年の夏は暑くなるので、ビールやアイスクリームがよく売れるだろう。

3　去年の夏は涼しかったが、今年の夏は暑くなるだろう。

4　気温が一、二度違うと、コンビニの商品も他の物に変わる。

(3)

根據氣象局未來三個月的氣象預測，6～8月全國各地氣溫「將比平年（注1）還高」。如果預測準確，那麼今年的夏天似乎也會延續去年的炎熱。

聽說超商的營業額和天氣有著很密切的關係，夏天越是炎熱，啤酒、冰淇淋、中華涼麵（注2）等和夏天有關的商品就會賣得很好。我也聽說過，氣溫差了1、2度，營業額就有著劇烈變動的事情。

（注1）平年：在此指該年氣溫比起其他年份不高也不低

（注2）中華涼麵：將切細的小黃瓜、火腿、煎蛋等食材放在煮過冰鎮的麵條上，再淋上冰涼醬汁食用的食物

文中提到「去年に続いて今年の夏も暑くなりそうだ」。後面又寫道「夏は暑ければ暑いほど、…、夏に関係する商品がよく売れるらしい」由此可知夏天越熱，和夏天有關的商品應該會熱銷。所以選項1錯誤。

從「気温が一、二度違うと、売り上げが大きく変わる」這一句可知氣溫會影響營業額，不會影響商品項目，所以選項4也錯誤。

Answer **2**

26 從這篇文章內容，可以知道什麼事情呢？

1 今年夏天將變涼爽，看來啤酒和冰淇淋會賣得不太好。

2 今年夏天將會變熱，看來啤酒和冰淇淋會賣得很好。

3 去年夏天雖然涼爽，不過今年夏天會變熱。

4 氣溫差個1、2度，超商商品也會跟著更換。

選項2和選項1相反，從上面推斷，選項2正確。

選項3錯在「去年の夏は涼しかった」，文中提到「去年に続いて今年の夏も暑くなりそうだ」可知去年也是炎夏。

(4)

大地震のとき、家族があわてず行動できるように、**家の中でどこが一番安全か、どこに避難するかなどについて、ふだんから家族で話し合っておきましょう。** 〈關鍵句

強い地震が起きたとき、または弱い地震でも長い時間ゆっくりと揺れたときは、津波が発生する恐れがあります。海のそばにいる人は、ただちに岸から離れて高い所などの安全な場所へ避難しましょう。

└文法詳見 P33

避難場所での生活に必要な物や、けがをしたときのための薬なども事前にそろえておきましょう。 〈關鍵句

- □ あわてる　慌張，驚慌
- □ 行動　行動
- □ 避難　避難
- □ 話し合う　交談；溝通
- □ 揺れる　搖動，晃動
- □ 津波　海嘯
- □ 発生　發生；（生物等）出現
- □ ただちに　立刻，馬上
- □ 離れる　離開
- □ 揃える　備齊，準備

27 上の文章の内容について、正しいものはどれか。

1 いつ地震が起きても大丈夫なように、いつも家の中の一番安全な所にいるほうがよい。

└文法詳見 P33

2 弱い地震であれば、長い時間揺れても心配する必要はない。

3 ふだんから地震が起きたときのために準備をしておいたほうがいい。

4 避難場所での生活に必要な物は、地震が起きたあとに買いに行くほうがよい。

(4)

為了讓家人在發生大地震時能保持冷靜行動，平時就可以全家人一起討論家中哪裡最安全、應該去哪裡避難…等等。

發生強震或是長時間緩慢搖晃的微震時，都有可能引發海嘯。在海邊附近的人，應該要立刻離開岸邊到高處等安全場所避難。

在避難場所的生活必需品，以及受傷時所需的藥品，也應該要事先準備好。

選項３對應文章中「家の中でどこが一番安全か、…ふだんから家族で話し合っておきましょう」和最後一句「避難場所での生活に必要な物…、事前にそろえておきましょう」。「そろえる」和「準備」都是準備的意思。所以選項３正確。

文章提到「弱い地震でも…、津波が発生する恐れがあります」即使是微震，也可能發生海嘯，所以有必要擔心，選項２錯誤。

最後一段寫道「…生活に必要な物…事前にそろえておきましょう」可知選項４錯誤。

Answer **3**

27 針對上面這篇文章，正確的選項為何？

1 為了能因應突來的地震，要一直待在家中最安全的地方。

2 如果是微震，即使長時間搖晃也不用擔心。

3 平時最好能做好因應地震發生時所需的準備。

4 最好是地震發生之後才去購買在避難場所的生活必需品。

選項１錯在「いつも家の中の一番安全な所にいるほうがよい」，因為文章中並沒有提到要一直待在家。

重要文法

【動詞た形】＋ところ。這是一種順接的用法，表示因某種目的去作某一動作，但在偶然的契機下得到後項的結果。前後出現的事情，沒有直接的因果關係，後項經常是出乎意料之外的客觀事實。相當於「～した結果」。

❶ （た）ところ　…，結果…

例句 N3を受（う）けたところ、受（う）かった。

應考 N3 級測驗，結果通過了。

【名詞の；動詞辭書形；動詞た形】＋とおり。表示按照前項的方式或要求，進行後項的行為、動作。

❷ とおり　按照…、按照…那樣

例句 言（い）われたとおり、規律（きりつ）を守（まも）ってください。

請按照所説的，遵守紀律。

【［形容詞・形容動詞・動詞］假定形】＋ば＋【同形容動詞詞幹な；［同形容詞・動詞］辭書形】＋ほど。同一單詞重複使用，表示隨著前項事物的變化，後項也隨之相應地發生變化。接形容動詞時，用「形容動詞＋なら（ば）～ほど」，其中「ば」可省略。

❸ ば～ほど　越…越…

例句 話（はな）せば話（はな）すほど、お互（たが）いを理解（りかい）できる。

雙方越聊越能理解彼此。

❹ おそれがある 恐怕會…、有…危險

例句 台風（たいふう）のため、午後（ごご）から高潮（たかしお）の恐（おそ）れがあります。

因為颱風，下午恐怕會有大浪。

【名詞の；形容動詞詞幹な；［形容詞・動詞］辭書形】＋恐れがある。表示有發生某種消極事件的可能性，常用在新聞報導或天氣預報中。通常此文法只限於用在不利的事件，相當於「～心配がある」。

❺ ように 為了…而…；希望…、請…；如同…

例句 約束（やくそく）を忘（わす）れないように手帳（てちょう）に書（か）いた。

為了不忘記約定而寫在記事本上。

【動詞辭書形；動詞否定形】＋ように。表示為了實現前項而做後項，是行為主體的希望。用在句末時，表示願望、希望、勸告或輕微的命令等。【名詞の；動詞辭書形；動詞否定形】＋ように。表示以具體的人事物為例，來陳述某件事物的性質或內容等。

小知識大補帖

▶規劃自己的旅行！

到日本旅遊正夯！雖然參加「旅行会社（りょこうがいしゃ）」（旅行社）的「ツアー」（旅行）非常輕鬆，但無法自己掌握步調，想去的景點也不一定有安排在行程內。現在除了跟團，你還有更酷的選擇！那就是「プライベート旅行（りょこう）」（自由行）！

自由行從「旅行（りょこう）を計画（けいかく）する」（規劃旅行）、「航空券（こうくうけん）を予約（よやく）する」（訂機票）到「部屋（へや）を予約（よやく）する」（訂房）都由你一手包辦。除了完全掌握自己的旅行之外，靠自己的力量踏出台灣的感動更是難以言喻！

日本飯店的服務員一般能用英語溝通，但能講中文的並不多。不過，既然學了日語，不妨試試用日語訂房吧！實際活用可是進步的捷徑哦！

詢問某一天還有沒有空房間，可以說「____に部屋がありますか。」（____有房間嗎？）

例：「9月29日に部屋がありますか。」（9月29日還有房間嗎？）

詢問房價可以說「____はいくらですか。」（____多少錢？）這時只要在空格中填入房型就OK囉！至於房型，「シングルルーム」是單人房，「ツインルーム」是兩張單人床的房間，「ダブルルーム」則是一張雙人床的房間。

例：「ツインルームはいくらですか。」（兩張單人床的房間要多少錢？）

要預約房間的話，可以說「____を____予約したいです」（我想預約____房____間），只要在空格中填入房型和間數就可以了！

例：「シングルルームを二つ予約したいです。」（我想預約兩間單人房。）

如果遇到飯店人員語速太快或聽不懂的情況也不必緊張，只要說「もう一度言ってください」（請再說一次），對方就會放慢速度或是換個說法了。千里之行始於足下，趕快拿起話筒，安排一次自己的旅行吧！

▶ 尊敬語與謙讓語

如果想到日商公司上班，除了日語要有一定的基礎之外，還要懂得職場禮儀。以下是生活與職場都很常見的尊敬語和謙讓語，不妨一起記下來吧！

原形（中譯）	尊敬語	謙讓語
言う（說）	おっしゃる	申しあげる
見る（看）	ご覧になる	拝見する
行く（去）	いらっしゃる	まいる
食べる（吃）	召し上がる	いただく
いる（在）	いらっしゃる	おる
する（做）	なさる	いたす

▶ 你今天光顧超商了嗎？

你常去「コンビニ」（超商）嗎？台灣有上萬家超商，密集度為世界之冠，一年總共約有 29 億人次光顧超商，平均一年能帶來近 2200 億台幣的商機。

台灣人的生活已經離不開超商，最大的理由即是超商的「便利さ」（便利性）。「ジュース」（果汁）、「お酒」（酒）、「インスタントラーメン」（泡麵）等在巷口雜貨店就能買到的「商品」（商品）自不必説，除了這些，便利商店還販售「おでん」（關東煮）、「アイスクリーム」（冰淇淋）等即食性鮮食。需要用「電子レンジ」（電子微波爐）加熱的「お弁当」（便當）更是造福了許多外食族，每到「ランチタイム」（午餐時間），超商裡滿滿的人潮都讓人大感吃驚。

除了食物，我們還能在超商「電話代を払う」（繳電話費）和寄收包裹，「送料」（運費）也十分平價。而且現在許多超商都有設置「席」（座位）和「洗面所」（化妝室），都不需要「使用料」（使用費）哦！

常用的表達關鍵句

＊{ } 內也可自行帶入其他詞彙喔！

01 表示選擇性行為

→ {今日(きょう)はいつもと違(ちが)う道(みち)を歩(ある)い} てみます／{今天要} 試著 {走和平常不一樣的路線}。

→ {記録(きろく)を丁寧(ていねい)に残(のこ)し} ておきます／把 {紀錄仔細的存放} 好。

→ {家事(かじ)は、いつも土曜日(どようび)にやっ} てしまいます／{家事總是在星期六} 一次通通 {解決}。

→ {電車(でんしゃ)を使(つか)う} か、あるいは {車(くるま)で行(い)く} か／{搭乘電車} 呢？還是 {開車前往} 呢？

→ {コンビニと売店(ばいてん)} どれにしますか／{便利商店跟小賣店} 您要選擇哪個店家呢？

02 表示決定

→ {今後(こんご)は一人(ひとり)でその作業(さぎょう)をし} ないことにした／決定 {今後} 不再 {獨自一人執行那項作業} 了。

→ {その会議(かいぎ)は彼(かれ)の都合(つごう)により中止(ちゅうし)} になりました／{那場會議因為他時間喬不攏而} 決定 {取消} 了。

→ {連休(れんきゅう)には、ハワイへ行(い)く} ことにしました／{我} 決定 {連假期間要去夏威夷度假} 了。

→ {来月(らいげつ)、アメリカへ出張(しゅっちょう)する} ことになります／確定 {下個月要赴美出差} 了。

→ {責任(せきにん)を負(お)わ} ないことになります／判定不必 {承擔責任}。

03 表示強烈的願望、要求、希望、期待

→ {あなたは私(わたし)に事前(じぜん)に連絡(れんらく)す} べきである／{你} 應當 {事先跟我聯繫}。

→ {実力(じつりょく)アップ} を望(のぞ)む／期望 {實力能有所長進}。

→ {私(わたし)はそれを確認(かくにん)} する必要(ひつよう)がある／{我} 有必要 {確認那件事情}。

關鍵字記單字

▸關鍵字	▸▸▸單字	
売る（う） 銷售	□ バーゲンセール【bargain sale】	廉價出售，大拍賣；特賣，特別賤賣
	□ 商品（しょうひん）	商品，貨品
	□ 売店（ばいてん）	（車站等）小賣店
	□ コンビニ（エンスストア）【convenience store】	便利商店
	□ スタンド【stand】	銷售處
	□ 商売（しょうばい）	經商，買賣，生意
	□ 譲る（ゆず）	出讓，賣給
強い（つよ） 強、強壯	□ 力（りょく）	力量
	□ エネルギー【（德）energie】	精力，氣力
	□ 堅い（かた）	硬，堅硬，堅固；即使用力也不易改變形態
	□ 固い（かた）	硬，凝固；內部不鬆軟，不易改變形態
	□ 刺す（さ）	（眼、鼻、舌等受到）強烈刺激
	□ 強まる（つよ）	強烈起來，加強，增強
成る（な） 做好、完成	□ 合格（ごうかく）	及格；合格
	□ 結果（けっか）	結實，結出果實
	□ 完成（かんせい）	完成，落成，完工，竣工
	□ 成功（せいこう）	成功，成就，勝利；功成名就，成功立業
	□ 纏まる（まと）	歸納起來，概括起來，有條理，有系統
濡れる（ぬ） 濕潤	□ 湿気（しっけ）	濕氣
	□ 湿度（しつど）	濕度
	□ 濡らす（ぬ）	浸濕，淋濕，沾濕

日本語能力試験 ②

Track 05

つぎの（1）から（4）の文章を読んで、質問に答えなさい。答えは、1・2・3・4から最もよいものを一つえらびなさい。

（1）

これは、山川日本語学校の学生に学校から届いたメールである。

あて先	yamakawa@yamakawa.edu.jp
件　名	川田先生の歓迎会について
送信日時	2020年4月10日 11：32

4月から新しくいらっしゃった、川田先生の歓迎会を下記の通り行います。4月17日（水）までに、参加できるかどうかを返信してください。一人でも多くの方の参加をお待ちしております。

日時：4月 24日（水）　12時～14時
場所：2階　談話室
会費：500円（お昼ご飯が出ます）

川田先生への歓迎の意をこめて、歌や踊りなどやってくれる人をさがしています。お国のでも、日本のでもかまいません。一人でも、お友だちと一緒でも大歓迎ですので、興味がある方は、15日（月）までに教務の和田に連絡してください。

24 上のメールの内容から、分かることはどれか。

1　歌や踊りをしたい人は、教務の和田さんに連絡する。

2　川田先生が、新しく来た学生を歓迎してくれる。

3　歓迎会に参加する人は、教務の和田さんに申し込む。

4　歓迎会では、川田先生が歌や踊りをしてくれる。

Track 06

(2)

○○市保健所より、市民の皆様へお知らせ

寒くなって、インフルエンザがはやる季節になりました。
小さいお子様やお年寄りの方は、インフルエンザにかかりやすいので、特に気をつけてください。
インフルエンザにかからないようにするためには

- 外出するときはマスクをつけましょう。
- 家に帰ったら必ず手洗いやうがいをしましょう。
- 栄養のバランスのとれた食事をしましょう。
- 体が疲れないように無理のない生活をしましょう。
- インフルエンザの予防接種（注）を受けましょう。

熱が出て、「インフルエンザかな？」と思ったときには、できるだけ早く医師に診察してもらってください。

令和２年12月　○○市保健所

（注）予防接種：病気にかかりにくくするために、事前にする注射のこと

25 この「お知らせ」の内容について、正しいのはどれか。

1　子どもやお年寄りしかインフルエンザにかからない。

2　子どもやお年寄りだけが、インフルエンザにかからないように気をつければよい。

3　インフルエンザにかからないようにするためには、体を疲れさせないことが大切だ。

4　熱が出れば、間違いなくインフルエンザなので、すぐに医師に診察してもらったほうがいい。

Track 07

(3)

「留学しよう！」と決めてから、実際に留学が実現するまでは、みなさんが思っている以上に準備する時間が必要です。語学留学であれば、それほど面倒ではありませんが、大学などへの留学の場合は少なくとも(注) 6か月、通常は1年以上の準備が必要だといわれています。どのような手続きが必要なのかしっかりと理解し、きちんとした計画を立てることから始めましょう。

(注) 少なくとも：どんなに少ない場合でも

26 この文章の内容について、正しいのはどれか。

1 留学しようと思ったら、いつでも行けるので、必要以上に準備する必要はない。

2 外国の大学に留学する場合は、1年以上前から準備を始めたほうがよい。

3 外国の大学に留学するのは面倒なので、語学留学だけにするほうがよい。

4 外国の大学に留学するのは、6か月から1年間ぐらいがちょうどよい。

Track 08

(4)

日本では、1月7日の朝に「七草」といわれる七種類の野菜を入れたおかゆを食べる習慣があり、これを「七草がゆ」といいます。中国から日本に伝わり、江戸時代（1603-1867年）に広まったといわれています。消化のいいものを食べて、お正月にごちそうを食べ過ぎて疲れた胃を休めるとともに、家族の1年の健康を願うという意味もあります。最近では、元日を過ぎるとスーパーで七草がゆ用の七草のセットをよく見かけますが、他のさまざまな季節の野菜を入れて作るのもよいでしょう。

27 七草がゆの説明として、正しいのはどれか。

1　七草がゆは、お正月に疲れないために食べる。

2　七草がゆは、日本の江戸時代に中国へ伝えられた。

3　七草がゆには、家族の健康を祈るという気持ちが込められている。

4　七草がゆは、七草以外の野菜を入れて作ってはいけない。

翻譯與解題 ②

つぎの(1)から(4)の文章を読んで、質問に答えなさい。答えは、1・2・3・4から最もよいものを一つえらびなさい。

(1)

これは、山川日本語学校の学生に学校から届いたメールである。

あて先	yamakawa@yamakawa.edu.jp
件　名	川田先生の歓迎会について
送信日時	2020年4月10日 11：32

4月から新しくいらっしゃった、川田先生の歓迎会を下記の通り行います。4月17日（水）までに、参加できるかどうかを返信してください。一人でも多くの方の参加をお待ちしております。

日時：4月 24日（水）　12時～14時
場所：2階　談話室
会費：500円（お昼ご飯が出ます）

川田先生への歓迎の意をこめて、歌や踊りなどやってくれる人をさがしています。お国のでも、日本のでもかまいません。一人でも、お友だちと一緒でも大歓迎ですので、**興味がある方は、15日（月）までに教務の和田に連絡してください。**

關鍵句

- □ 届く　寄達，送達；及，達到
- □ 参加　參加；出席
- □ 方　者，人（尊敬説法）
- □ 談話室　交誼廳
- □ 会費　費用
- □ 歓迎　歡迎
- □ お国　貴國

24 上のメールの内容から、分かることはどれか。

1 歌や踊りをしたい人は、教務の和田さんに連絡する。

2 川田先生が、新しく来た学生を歓迎してくれる。

3 歓迎会に参加する人は、教務の和田さんに申し込む。

4 歓迎会では、川田先生が歌や踊りをしてくれる。

請閱讀下列（1）～（4）的文章並回答問題。請從選項1・2・3・4當中選出一個最恰當的答案。

（1）

這是山川日本語學校寄給學生的一封電子郵件。

這一題要用刪去法作答。

收件者	yamakawa@yamakawa.edu.jp
標　題	關於川田老師的歡迎會
寄件時間	2020年4月10日 11：32

為4月起來本校任教的川田老師所舉辦的歡迎會，注意事項如下。請於4月17日（三）前回信告知能否出席。希望各位能踴躍參與。

日期時間：4月24日（水）　12時～14時
地　　點：2樓　交誼廳
費　　用：500圓（備有中餐）

我們在尋找能懷著歡迎川田老師的心意來唱歌跳舞的人。不管是貴國的歌舞，還是日本的都行。一人獨秀或是和朋友一起表演，我們都很歡迎，有興趣的人請在15日（一）前和教務處的和田聯絡。

郵件第一句寫「川田先生への歓迎」，可知歡迎對象是新來的川田老師。所以選項2不正確。

郵件最後一段「興味がある方は、15日（月）までに教務の和田に連絡してください」，選項1是正確答案。

Answer **1**

24 從上面這封電子郵件，可以知道什麼事情呢？

1 想唱歌跳舞的人，要和教務處的和田聯絡。
2 川田老師要歡迎新入學的學生。
3 要參加歡迎會的人，要向教務處的和田報名。
4 在歡迎會上，川田老師要唱歌跳舞。

如果要參加的話只需回覆這封信就好，不用向和田先生報名。

要唱歌跳舞的是自願的學生，不是川田老師。

(2)

○○市保健所より、市民の皆様へお知らせ

寒くなって、インフルエンザがはやる季節になりました。小さいお子様やお年寄りの方は、インフルエンザにかかりやすいので、特に気をつけてください。

インフルエンザにかからないようにするためには
└文法詳見 P52

- 外出するときはマスクをつけましょう。
- 家に帰ったら必ず手洗いやうがいをしましょう。
└文法詳見 P52
- 栄養のバランスのとれた食事をしましょう。
- **体が疲れないように無理のない生活をしましょう。**（關鍵句）
- インフルエンザの予防接種（注）を受けましょう。

熱が出て、「インフルエンザかな？」と思ったときには、できるだけ早く医師に診察してもらってください。

令和２年12月　○○市保健所

（注）予防接種：病気にかかりにくくするために、事前にする注射のこと

- □ 保健所　衛生所
- □ はやる　流行；盛行
- □ お年寄り　老年人
- □ かかる　患（病）
- □ マスク【mask】口罩
- □ 手洗い　洗手
- □ うがい　漱口
- □ 栄養　營養
- □ バランス【balance】均衡；平衡
- □ 熱が出る　發燒
- □ 医師　醫師
- □ 診察　診察，看診

25 この「お知らせ」の内容について、正しいのはどれか。

1 子どもやお年寄りしかインフルエンザにかからない。

2 子どもやお年寄りだけが、インフルエンザにかからないように気をつければよい。

3 インフルエンザにかからないようにするためには、体を疲れさせないことが大切だ。

4 熱が出れば、間違いなくインフルエンザなので、すぐに医師に診察してもらったほうがいい。

(2)

○○市衛生所發給各位市民的通知

氣溫下降，來到了流感盛行的季節。小朋友和年長者特別容易得到流感，所以請小心。

為了預防流感

- 請於外出時戴口罩。
- 回到家請務必洗手和漱口。
- 飲食要營養均衡。
- 避免身體疲勞，正常生活作息。
- 施打流感疫苗（注）。

如有發燒情形，懷疑自己得到流感，請盡早看醫生。

令和２年12月　○○市衛生所

（注）疫苗：為了降低生病機率，事先施打預防針

文章提到「…お子様やお年寄りの方は、インフルエンザにかかりやすい…」，表示小孩和老年人很容易得到流感，所以要特別小心。請注意如果只說「お年寄り」（老年人）有一點失禮，後面加個「の方」較為得體。不過選項１的「しか～ない」和選項２的「だけ」都表示「只有」，但文章是說「かかりやすい」，表示容易得到流感，而不是只有他們才會得。所以選項１、２都錯誤。

文章最後「熱が出て、『インフルエンザかな?』と思ったときには、できるだけ早く医師に診察してもらってください」指出發燒可能是得到流感，並不表示發燒就是得到流感。所以選項４錯誤。

Answer **3**

25 關於這張「通知單」的內容，正確敘述為何？

1. 只有小孩和老年人才會得到流感。
2. 只有小孩或老年人要小心別得到流感就好。
3. 為了預防得到流感，不讓身體勞累是很重要的。
4. 如有發燒就一定是流感，最好趕快請醫生檢查。

選項３「体を疲れさせない」對應第４個「●体が疲れないように…」。正確答案是３。

翻譯與解題 ②

(3)

「留学しよう！」と決めてから、実際に留学が実現するまでは、みなさんが思っている以上に準備する時間が必要です。語学留学であれば、それほど面倒ではありませんが、**大学などへの留学の場合は少なくとも（注）6か月、通常は1年以上の準備が必要だといわれています。** どのような手続きが必要なのかしっかりと理解し、きちんとした計画を立てることから始めましょう。

關鍵句

文法詳見 P52

（注）少なくとも：どんなに少ない場合でも

- □ 留学　留學
- □ 実現　實現
- □ 準備　準備，預備
- □ 必要　必要，需要
- □ 面倒　麻煩，費事
- □ しっかり　確實地
- □ 理解　理解，瞭解
- □ きちんと　好好地，牢牢地
- □ 計画　計畫，規劃
- □ 立てる　立定，設定

26 この文章の内容について、正しいのはどれか。

1　留学しようと思ったら、いつでも行けるので、必要以上に準備する必要はない。

2　外国の大学に留学する場合は、1年以上前から準備を始めたほうがよい。

3　外国の大学に留学するのは面倒なので、語学留学だけにするほうがよい。

4　外国の大学に留学するのは、6か月から1年間ぐらいがちょうどよい。

(3)

從決定「我要去留學！」一直到實際去留學，這段期間所需的準備時間，多得超乎各位想像。如果只是外語留學，倒還沒有那麼麻煩，不過如果是去國外讀大學，據說至少（注）需要六個月，一般是需要一年以上的準備時間。第一步先弄清楚需要辦理什麼手續，再好好地規畫一下吧。

（注）至少：表示最少的限度

這一題要用刪去法作答。

選項１錯誤，因為文章提到「『留学しょう!』…準備する時間が必要です」説明出國留學需要花一段時間來準備。

文章提到「大学などへの留学…６か月、通常は１年以上の準備が必要だ…」所以選項２正確。

Answer **2**

26 針對這篇文章的內容，正確敘述為何？

1 決定去留學後，不管什麼時候都能出發，所以不需要多花時間的準備。

2 去國外讀大學，最好是一年前就開始進行準備。

3 去國外讀大學很麻煩，最好是外語留學就好。

4 去國外讀大學，讀六個月到一年左右剛剛好。

選項３錯誤。文章雖有提到外語留學不像到國外大學留學那樣麻煩，但作者並沒有建議大家選擇外語留學就好。

選項４錯誤。文章中沒有提到留學期間應該要待多久，只有説準備留學的時間是「少なくとも６か月、通常は１年以上の準備が必要だ」。

(4)

日本では、1月7日の朝に「七草」といわれる七種類の野菜を入れたおかゆを食べる習慣があり、これを「七草がゆ」といいます。中国から日本に伝わり、江戸時代（1603–1867年）に広まったといわれています。消化のいいものを食べて、お正月にごちそうを食べ過ぎて疲れた胃を休めるとともに、**家族の1年の健康を願うという意味もあります。**最近では、元日を過ぎるとスーパーで七草がゆ用の七草のセットをよく見かけますが、他のさまざまな季節の野菜を入れて作るのもよいでしょう。

└文法詳見 P52

關鍵句

- □ かゆ 粥
- □ 習慣 習慣；習俗
- □ 伝わる 傳入；流傳
- □ 広まる 擴大；遍及
- □ 正月 新年；一月
- □ ごちそう 大餐，豪華饗宴
- □ 休める 讓…休息
- □ 過ぎる 經過（時間）
- □ セット【set】 組合；一套
- □ 見かける 看到
- □ 祈る 祈禱

27 七草がゆの説明として、正しいのはどれか。

1 七草がゆは、お正月に疲れないために食べる。

2 七草がゆは、日本の江戸時代に中国へ伝えられた。

3 七草がゆには、家族の健康を祈るという気持ちが込められている。

4 七草がゆは、七草以外の野菜を入れて作ってはいけない。

(4)

在日本有個習俗是在 1 月 7 日早上，吃一種加了七種蔬菜名為「七草」的粥，這就叫「七草粥」。據説這是由中國傳至日本，並在江戶時代（1603－1867 年）普及民間。吃一些容易消化的東西，不僅可以讓在過年期間，大吃大喝的胃好好休息，也含有祈求全家人這一年身體健康之意。最近在元旦過後常常可以在超市看到煮七草粥所用的七草組合，不過，放入當季其他的各種蔬菜來熬煮也不錯吧。

這一題要用刪去法作答。

文中提到「ごちそうを食べ過ぎて疲れた胃を休める」，但沒有説能讓身體不疲勞。所以選項 1 錯誤。

選項 3「家族の健康を祈るという気持ちが込められている」對應到文中「家族の 1 年の健康を願うという意味もあります」。正確答案是3。

Answer 3

27 關於七草粥的説明，正確敘述為何？

1 七草粥是為了不在過年感到疲勞而吃的。
2 七草粥是在日本江戶時代傳到中國的。
3 七草粥含有祈禱家人健康的心願。
4 七草粥不能加入七草以外的蔬菜。

文中提到七草粥從中國傳入日本。但是選項 2 説七草粥是在日本江戶時代傳到中國，所以錯誤。

文中提到七草粥也可以加入其他的蔬菜，所以選項 4 錯誤。

翻譯與解題 ②

重要文法

❶ ように 為了…而…；希望…、請…；如同…

【動詞辭書形；動詞否定形】＋ように。表示為了實現前項而做後項，是行為主體的希望。用在句末時，表示願望、希望、勸告或輕微的命令等。

例句 持ち物を忘れないようにちゃんと確認しなさい。

請好好確認，不要忘記隨身物品。

---

❷ たら 要是…了、如果…了

【動詞た形】＋たら。當實現前項後，就去（或不許）實現後項；或當實現前項後，要實現後項。後項大多是說話人的期望或意志性表現。

例句 もし駅に着いたら、連絡してください。

如果你到車站了，請和我聯絡。

---

❸ 少なくとも 至少…

表示程度、數量等的最低限。少說也要…、保守估計也要…之意。言外含有非常多之意。

例句 すごい車だね。少なくとも1000万円はするだろう。

好棒的車！至少也要 1000 萬圓吧！

---

❹ とともに

與…同時，也…；隨著…；和…一起

【名詞；動詞辭書形】＋とともに。表示後項的動作或變化，跟著前項同時進行或發生，相當於「～と一緒に」、「～と同時に」。也表示後項變化隨著前項一同變化。或與某人一起進行某行為，相當於「～と一緒に」。

例句 ホテルの予約をするとともに、電車の切符も買っておく。

預約飯店的同時，也買了電車車票。

小知識大補帖

▶留學準備

第一次到日本的外國人，如果要在日本待一年以上，從入境開始算90天以內，必須到居住地區、市政府辦理「在留カード」（外國人登錄證）和「国民健康保険」（健保卡）。每個月的健保費會因收入、來日時間和居住地區而有所不同。有了「国民健康保険」，到醫院看病只需付總費用的30%。至於「在留カード」則必需隨身攜帶。如果沒有辦理這些「手続き」（手續），可是會被當作非法移民哦！

▶「人日」的由來

傳說「人日」（正月初七）是女媧創造人類的日子。中國古書記載，正月一日女媧創造了「鶏」（雞），二日創造「犬」（狗），三日「豚」（豬），四日「羊」（羊），五日「牛」（牛），六日「馬」（馬），七日「人」（人）。因此，初七為「人日」。

常用的表達關鍵句

＊{ } 內也可自行帶入其他詞彙喔！

01 表示提議、建議

- {子どものいたずらはどこまで許し} たらいいですか／{對小朋友的惡作劇}要{寬容到什麼程度}才適當呢？
- {その案にそろそろ賛成し} たらどうですか／是否{是時候}該{同意那個案子}了呢？
- {消化のよい食事を摂} るといいです／最好能{攝取易於消化的食物}。
- {自分はどう変われ} ばいいですか／{我該如何改變自己}才好呢？
- {免疫力を高めるために笑う} ようにしましょう／{為提高免疫力}就要{笑口常開}。

02 表示建議

- {悩みを持っているんだったら、周りの人に相談} するのがいい／{如果有煩惱，}建議{找身邊的人商量}比較好。
- {ダイエットしたいなら筋トレ} を薦める／{如果想減肥}建議可以{進行肌力訓練}。

03 表示決心、打算

- {この状態を変え} ようとします／正想{改變這一狀態}。
- {来週日本へ出張} する予定です／預定{下週到日本出差}。
- {やっぱりほかの色を探} そうと思います／{果然還是}想{尋找其他的顏色}。
- {彼と別れ} ようと思います／{我}想{跟他分手}。
- {日本に行く前にインターネットで部屋を探す} つもりです／打算{在前往日本之前先在網路上找房子}。
- {正月休みは国へ帰ら} ないつもりです／{新年假期我}沒有打算{回國（回家鄉）}。

關鍵字記單字

▸關鍵字	▸▸▸單字	
老いる（お） 年老、年長	□ 年上（としうえ）	年長，年歲大（的人）
	□ 高齢（こうれい）	高齡
	□ 老い（お）	老，年老，衰老
	□ 年寄り（としよ）	老人
	□ 高齢者（こうれいしゃ）	高齡者，老年人
	□ 老人（ろうじん）	老人，老年人
	□ 中年（ちゅうねん）	中年
	□ 中高年（ちゅうこうねん）	中年和老年，中老年
	□ 長（ちょう）	年長
なおす 修理、校正、治療	□ 修理（しゅうり）	修理，修繕
	□ 治療（ちりょう）	治療，醫療，醫治
	□ 手術（しゅじゅつ）	手術
	□ 包帯（ほうたい）	（醫）繃帶
	□ 医師（いし）	醫生，大夫；以傷病的診察、治療為職業的人，現在受到醫師法的規範
	□ 保健所（ほけんじょ）	保健所，衛生所
	□ 直す（なお）	修理，恢復，復原
	□ 直す（なお）	修改，訂正；矯正
	□ 治す（なお）	醫治，治療
学ぶ（まな） 學習	□ 年生（ねんせい）	…年級生
	□ 校（こう）	學校
	□ トレーニング【training】	訓練，練習
	□ 留学（りゅうがく）	留學
	□ 教わる（おそ）	受教，學習

日本語能力試験 ③

Track 09

つぎの（1）から（4）の文章を読んで、質問に答えなさい。答えは1・2・3・4から最もよいものを一つえらびなさい。

(1)

これは、山田さんに届いたメールである。

あて先	yamada999@groups.ac.jp
件　名	明日の会議の場所について
送信日時	2020年８月19日　16：30

山田様

いつもお世話になっております。

株式会社ＡＢＣの中村です。

突然で申し訳ありませんが、今、うちの会社のエレベーターが故障しています。修理を頼みましたが、明日の午後までかかるそうです。

そこで、明日の会議の件ですが、９時に、山田さんにこちらにおいでいただくことになっていましたが、12階まで歩いて上ってきていただくのも大変なので、同じビルの１階にある喫茶店さくらに場所を変更したいと思います。
時間は同じ９時でお願いします。

もし問題がありましたら、お早めにご連絡ください。

株式会社ＡＢＣ　中村

24 メールの内容と合っているものはどれか。

1 山田さんの会社のエレベーターが故障した。

2 中村さんは明日午前9時に喫茶店さくらで山田さんと会うつもりだ。

3 山田さんの会社はビルの12階にある。

4 明日の会議は、時間も場所も変更になった。

Track 10

(2)

田中さんが、朝、会社に着くと、机の上にメモがあった。

明日の会議の資料について

開発課　田中様

おはようございます。

明日（21日）の会議の資料ですが、まだ一部、こちらにいただいていません。

用意できましたら、すぐに文書管理課までお持ちください。

いただいていないのは以下のところです。

1「第３章」の一部
2「第５章」の一部
3「おわりに」の全部

今日中に英語の翻訳文を書かなければならないので、時間があまりありません。用意できた部分から、順にこちらに持ってきてください。

翻訳文ができたら、そちらに送りますので、確認してください。よろしくお願いします。

8月20日　文書管理課　秋山

25 このメモを見て、田中さんはまず、どうしなければならないか。

1　すぐに明日の会議について秋山さんと相談する。

2　すぐに会議の資料の翻訳文を書く。

3　すぐに資料を用意して文書管理課に送る。

4　すぐに秋山さんから届いた翻訳文を確認する。

Track 11

(3)

子供が描く絵には、その子供の心の状態がよく現れます。お母さんや学校の先生にとくに注意してほしいのは黒い絵を描く子供です。子供は普通、たくさんの色を使って絵を描きます。しかし、母親に対して不安や寂しさを抱えた子供は、色を使わなくなってしまうことがよくあるからです。もし自分の子供の絵に色がなくなってしまったら、よく考えてみてください。なにか子供に対して無理なことをさせたり、寂しい思いをさせたりしていませんか。

26 よく考えてみてください。とあるが、だれが何を考えるのか。

1 母親が、学校の先生に注意してほしいことについて考える。

2 学校の先生が、黒い絵を描く子供の心の状態について考える。

3 母親が、ふだん自分の子供に言ったりしたりしていることについて考える。

4 子供が、なぜ自分は黒い絵を描くのかについて考える。

Track 12

(4)

「のし袋」は、お祝いのときに人に贈るお金を入れる袋です。白い紙でできていて、右上に「のし」が張ってあります。「のし」は、本来はあわびという貝を紙で包んだものですが、今はたいてい、あわびの代わりに黄色い紙を包んだものを使います。あわびには「長生き」の意味があります。また、のし袋の真ん中には、紙を細長く固めて作ったひもが結んであります。これを「水引」といいます。色は赤と白の組み合わせが多いですが、金色と銀色のこともあります。結び方は、お祝いの種類によって変えなければなりません。

27 「のし袋」の説明として、正しいものはどれか。

1 本来はあわびを包んだ袋のことをいう。

2 今は普通、全部紙でできている。

3 水引は、紙をたたんで作ったものである。

4 のしの色は、お祝いの種類に合わせて選ぶ必要がある。

翻譯與解題 ③

つぎの（1）から（4）の文章を読んで、質問に答えなさい。答えは1・2・3・4から最もよいものを一つえらびなさい。

（1）

これは、山田さんに届いたメールである。

あて先	yamada999@groups.ac.jp
件　名	明日の会議の場所について
送信日時	2020年８月19日　16：30

山田様

いつもお世話になっております。

株式会社ＡＢＣの中村です。

突然で申し訳ありませんが、今、うちの会社のエレベーターが故障しています。修理を頼みましたが、明日の午後までかかるそうです。

そこで、明日の会議の件ですが、９時に、山田さんにこちらにおいでいただくことになっていました（文法詳見 P70）が、12階まで歩いて上ってきていただくのも大変なので、**同じビルの１階にある喫茶店さくらに場所を変更したいと思います。**

時間は同じ９時でお願いします。（關鍵句）

もし問題がありましたら（文法詳見 P70）、お早めにご連絡ください。

株式会社ＡＢＣ　中村

- □ お世話になる　承蒙照顧
- □ 株式会社　股份有限公司
- □ 申し訳ありません　很抱歉，對不起
- □ 故障　故障，出問題
- □ 修理　修理，修繕
- □ そこで　（轉換話題）因此，於是；那麼
- □ 件　事情，事件
- □ 上る　登上，攀登
- □ 早め　提前，儘早

24　メールの内容と合っているものはどれか。

1　山田さんの会社のエレベーターが故障した。

2　中村さんは明日午前９時に喫茶店さくらで山田さんと会うつもりだ。

3　山田さんの会社はビルの12階にある。

4　明日の会議は、時間も場所も変更になった。

請閱讀下列（１）～（４）的文章並回答問題。請從選項１・２・３・４當中選出一個最恰當的答案。

(1)

這是一封寫給山田先生的電子郵件。

收件者	yamada999@groups.ac.jp
標　題	關於明天開會地點
寄件時間	2020年８月19日　16：30

山田先生

平日承蒙您的照顧了。
我是ＡＢＣ股份有限公司的中村。
抱歉突然提出這樣的要求，由於現在我們公司的電梯故障了。現在已請人來修理，但聽說要等到明天下午才能修好。

因此，關於明天開會一事，原本是請您９點過來我們公司，不過要您爬上12樓也很累人，所以我想把地點改在同一棟大樓一樓的櫻花咖啡廳。
時間一樣是麻煩您９點過來。
如有問題，請盡早和我聯繫。

ＡＢＣ股份有限公司　中村

這一題要用刪去法來作答。

文中提到「うちの会社のエレベーターが故障しています」，「うち」指的是自己這一方。不過這封電子郵件的寄件人是中村，不是山田，所以選項１錯誤。

選項３錯誤，內文提到「…12階まで歩いて上がってきていただくのも大変」，暗示「こちら」在12樓。不過「こちら」指的是寄件者中村的公司，不是山田的公司。

選項４也錯誤。開會時間一樣是９點沒有更改。

Answer **2**

24 下列敘述當中符合郵件內容的是哪個選項？

1 山田先生公司的電梯故障了。
2 中村先生打算明天上午９點在櫻花咖啡廳和山田先生碰面。
3 山田先生的公司位於大樓的 12 樓。
4 明天的會議，時間和地點都有所變更。

選項２是有關見面時間和地點的敘述。從信上「時間は同じ９時でお願いします」可知開會時間沒變，「…喫茶店さくらに場所を変更したいと思います」可知地點改在１樓的「喫茶店さくら」。選項２正確。

(2)

田中さんが、朝、会社に着くと、机の上にメモがあった。

> **明日の会議の資料について**
>
> 開発課　田中様
>
> おはようございます。
>
> 明日（21日）の**会議の資料**ですが、まだ一部、こちらにいただいていません。
>
> **用意できましたら、すぐに文書管理課までお持ちください。** 關鍵句
>
> いただいていないのは以下のところです。
>
> 1「第３章」の一部
> 2「第５章」の一部
> 3「おわりに」の全部
>
> 今日中に英語の翻訳文を書かなければならないので、時間があまりありません。用意できた部分から、順にこちらに持ってきてください。
>
> 翻訳文ができたら、そちらに送りますので、確認してください。よろしくお願いします。
>
> 8月20日　文書管理課　秋山

- □ 開発課　開發部
- □ 一部　一部分
- □ 用意　準備
- □ 文書管理課　文件管理部
- □ 以下　以下
- □ おわりに　結語
- □ 翻訳　翻譯
- □ 順に　依序，依次
- □ 相談　商談，討論

25　このメモを見て、田中さんはまず、どうしなければならないか。

1　すぐに明日の会議について秋山さんと相談する。
2　すぐに会議の資料の翻訳文を書く。
3　すぐに資料を用意して文書管理課に送る。
4　すぐに秋山さんから届いた翻訳文を確認する。

(2)

田中先生早上一到公司，就發現桌上有張紙條。

關於明天的會議資料

開發部　田中先生

早安。

明天（21日）的會議資料，我還有一部分沒收到。

如已準備齊全，請立刻送到文件管理部。

尚未收到的文件如下。

1 「第３章」一部分

2 「第５章」一部分

3 「結語」全部

由於必須在今天把文件翻成英文，所以沒什麼時間。請您將準備好的文件依序送過來。

等我翻譯完，會送到您那邊去，到時還請確認。麻煩您了。

8月20日　文件管理部　秋山

從「明日の会議の資料…用意できましたら、すぐに文書管理課までお持ちください」可知田中必須準備好會議資料並送到文件管理部。

「…英語の翻訳文を書かなければならない…、順にこちらに持ってきてください」暗示秋山要先拿到會議資料才能進行翻譯。

田中另一件要做的事是「翻訳文ができたら、（中略）、確認してください」，也就是要確認譯文。必須要先有譯文才能確認，所以送資料這件事排在確認譯文之前。田中先生接下來的行動順序是「準備資料→送件→確認譯文」。正確答案是３。

Answer **3**

25 看完這張紙條，田中先生首先該怎麼做呢？

1 馬上和秋山先生商談明天的會議資料。

2 馬上翻譯明天的會議資料。

3 馬上準備好資料送到文件管理部。

4 馬上確認秋山先生送來的譯文。

(3)

子供が描く絵には、その子供の心の状態がよく現れます。お母さんや学校の先生にとくに注意してほしいのは黒い絵を描く子供です。子供は普通、たくさんの色を使って絵を描きます。しかし、**母親に対して不安や寂しさを抱えた子供は、色を使わなくなってしまうことがよくあるからです。**もし自分の子供の絵に色がなくなってしまったら、よく考えてみてください。**なにか子供に対して無理なことをさせたり、寂しい思いをさせたりしていませんか。**

〈關鍵句

└文法詳見 P70

〈關鍵句

- □ 心 心境，心情；心思，想法
- □ 状態 狀態，情形
- □ 現れる 顯現，展露
- □ 普通 通常，一般
- □ 不安 不安
- □ 寂しさ 寂寞
- □ 抱える 抱持；承擔
- □ 無理 勉強，硬逼
- □ 思い 感覺；思想
- □ ふだん 平時，平常

26 よく考えてみてください。とあるが、だれが何を考えるのか。

1 母親が、学校の先生に注意してほしいことについて考える。

└文法詳見 P70

2 学校の先生が、黒い絵を描く子供の心の状態について考える。

3 母親が、ふだん自分の子供に言ったりしたりしていることについて考える。

4 子供が、なぜ自分は黒い絵を描くのかについて考える。

(3)

小朋友畫的畫可以充分展現出該名小孩的內心狀態。特別是要請媽媽和學校老師注意畫出黑色圖畫的孩子。之所以會有這樣的結果，是因為通常小朋友會使用許多顏色來畫畫。不過，對於母親感到不安或是寂寞的小朋友，常常會變得不用彩色。如果自己的小孩畫作失去了色彩，請仔細地想想，您是否有強迫小孩做一些事？或是讓他感到寂寞了呢？

解題線索在「自分の子供」，暗示動作者有小孩，也就是「母親」。所以選項2、4都不正確。有的人可能會覺得「学校の先生」也説得通，不過從前一句「母親に対して不安や寂しさを抱えた子供は、色を使わなくなってしまうことがよくあるからです」可以看出話題其實圍繞在母親身上。

這一題考的是劃線部分，可以從上下文找答案。

解題關鍵在「なにか子供に対して無理なことをさせたり、寂しい思いをさせたりしていませんか」。和這句最相近的選項是3。

Answer **3**

26 文中提到請仔細地想想，請問是誰要想什麼呢？

1. 母親要想想希望學校老師注意什麼。
2. 學校老師要想想畫出黑色圖畫的小孩的心理狀態。
3. 母親要想想平時對自己的小孩說了什麼、做了什麼。
4. 小朋友要想想為什麼自己會畫黑色的圖畫。

(4)

「のし袋」は、お祝いのときに人に贈るお金を入れる袋です。**白い紙でできていて、**［關鍵句］右上に「のし」が張ってあります。「のし」は、本来はあわびという貝を紙で包んだものですが、**今はたいてい、あわびの代わりに黄色い紙を包んだものを使います。**［關鍵句］（代わりに：文法詳見 P71）あわびには「長生き」の意味があります。また、のし袋の真ん中には、**紙を細長く固めて作ったひもが結んであります。**［關鍵句］これを「水引」といいます。色は赤と白の組み合わせが多いですが、金色と銀色のこともあります。結び方は、お祝いの種類によって変えなければなりません。（によって：文法詳見 P71）

- □ お祝い　慶祝，祝賀
- □ できている　製造而成
- □ 本来　原來，本來
- □ あわび　鮑魚
- □ 包む　包上，裹住
- □ 長生き　長壽
- □ 固める　讓…變硬；固定
- □ ひも　（布，皮革等）帶，細繩
- □ 結ぶ　繫，打結
- □ 組み合わせ　配合，組成

27　「のし袋」の説明として、正しいものはどれか。

1　本来はあわびを包んだ袋のことをいう。
2　今は普通、全部紙でできている。
3　水引は、紙をたたんで作ったものである。
4　のしの色は、お祝いの種類に合わせて選ぶ必要がある。

(4)

「熨斗袋」指的是喜事時放入金錢送給別人的袋子。袋子是由白色紙張所製成的，右上角貼有「熨斗」。「熨斗」本來是用紙張包裹一種叫鮑魚的貝類，不過現在幾乎都是用包有黃紙的東西來取代鮑魚。鮑魚有「長壽」意涵。此外，熨斗袋的中央還綁有細長的紙製結。這叫做「水引」。顏色多為紅白組合，不過也有金銀款的。打結方式依據慶賀主題的不同也會有所改變。

選項1對應文中「本来はあわびという貝を紙で包んだものです」。不過這一句是針對「のし」說明，而題目問的是「のし袋」，明顯的文不對題。關於「のし袋」的敘述是文章第一句「お祝いのときに人に贈るお金を入れる袋です」。

文章中對於材質的描述有：「白い紙でできていて」、「今はたいてい、あわびの代わりに黃色い紙を包んだものを使います」、「紙を細長く固めて作ったひもが結んであります」。可見不管是袋子本身、「のし」還是「水引」都是紙製品。所以選項2正確。

Answer **2**

27 關於「熨斗袋」的說明，下列敘述何者正確？

1 原本是指包鮑魚的袋子。

2 現在通常都是全面用紙張製作。

3 水引是摺紙製成的。

4 熨斗的顏色要依照慶賀主題來選擇。

從文中可知「水引」是「紙を細長く固めて作った紐」，不是摺出來的，選項3錯誤。

選項4提到「のしの色」，文中只說「のし」是黃色的紙，並沒有說它的顏色要照慶賀主題挑選，因此錯誤。從最後一句可知須配合慶賀主題的是水引的「結び方」。

翻譯與解題 ③

重要文法

【動詞辭書形；動詞否定形】＋ことになっている。表示結果或定論等的存續。表示客觀做出某種安排，像是約定或約束人們生活行為的各種規定、法律以及一些慣例。

❶ ことになっている

按規定…、預定…、將…

例句 夏休み（なつやす）みの間（あいだ）、家事（かじ）は子（こ）どもたちがすることになっている。

暑假期間，說好家事是小孩們要做的。

【動詞た形】＋たら。當實現前項後，就去（或不許）實現後項；或當實現前項後，要實現後項。後項大多是說話人的期望或意志性表現。

❷ たら 要是…了、如果…了

例句 もし何（なに）かありましたら、私（わたし）に知（し）らせてください。

如果發生了什麼事，請通知我。

【名詞】＋に対して。表示動作、感情施予的對象，有時候可以置換成「に」。或用於表示對立，指出相較於某個事態，有另一種不同的情況。

❸ にたいして 向…、對(於)…

例句 この問題（もんだい）に対（たい）して、意見（いけん）を述（の）べてください。

請針對這問題提出意見。

【動詞て形】＋ほしい。表示對他人的某種要求或希望。否定的說法有「ないでほしい」跟「てほしくない」兩種。

❹ て(で)ほしい 想請你…

例句 袖（そで）の長（なが）さを直（なお）してほしいです。

我希望你能幫我修改袖子的長度。

❺ かわりに　代替…

例句 正月は、海外旅行に行くかわりに近くの温泉に行った。

過年不去國外旅行，改到附近洗溫泉。

【名詞の；動詞普通形】＋かわりに。表示原為前項，但因某種原因由後項另外的人、物或動作等代替，相當於「～の代理／代替として」。也可用「名詞＋がわりに」的形式。【動詞普通形】＋かわりに。表示一件事同時具有兩個相互對立的側面，一般重點在後項，相當於「～一方で」。

❻ によって　根據…；由…；依照…；因為…

例句 成績によって、クラス分けする。

根據成績分班。

【名詞】＋によって。表示事態所依據的方法、方式、手段。或表示事態的因果關係。也可以用於某個結果或創作物等是因為某人的行為或動作而造成、成立的。表示後項結果會對應前項事態的不同而有所變動或調整。

小知識大補帖

▶電子郵件 VS. 傳統書信

到公司打開電腦後，你第一個打開的頁面是什麼呢？多數人都會回答“電子信箱”。現代人頻繁的使用電子郵件，無論是「プライベート」（私人）的邀約或是「仕事の打ち合わせ」（洽公），不得不説，使用傳統書信的機會真是越來越少了。

不過，像是「招待状」（邀請函）、「お礼状」（感謝函）一類的信函，比起動動手指就能大量發送的電子郵件，傳統書信絕對更能「心を打つ」（打動人心）吧！

以下是信件中常用到的表達句：
「～の件で、お知らせします」（關於…事宜，謹此通知）
「～の件で、ご連絡いたします」（關於…事宜，謹此聯絡）
「～の件は、次のように決まりました」（關於…事宜，謹做出以下決定）
「ご不明な点は、山田まで」（如有不明之處，請聯繫山田）
「本件に関するお問い合わせは山田まで」（洽詢本案相關事宜，請聯繫山田）
「この件についてのお問い合わせは山田まで」（洽詢本案相關事宜，請聯繫山田）
「お知らせまで」（通知如上）
「取り急ぎ、ご連絡まで」（草率書此，聯絡如上）
「それでは当日お会いできることを楽しみにしております」（那麼，期待當天與您會面）
「では、25 日に」（那麼，25 日見）
「以上、よろしくお願い申し上げます」（以上，敬請惠賜指教）

▶顏色的妙用

顏色不僅可以反映自己的內心，若配色得宜，甚至可以影響別人的想法哦！舉例來説，工作上拜訪其他公司時，可以選擇「黒い色」（黑色）的服裝。因為黑色能給人「冷静」（冷靜）、「頭がよい」（聰明）、「自立」（獨立）的「印象」（印象）。與人「初対面」（第一次見面）時，選擇「白い」（白色）的服裝，可以避免讓對方感覺「強すぎる」（太強勢），而白色恰好有「上品」（高尚）且「清潔」（清爽）的印象。

另外，「入社試験の面接」（求職面試）時，可以穿「濃い青色」（深藍色）的服裝，俗稱「リクルートスーツ」（求職套裝），因為深藍色給人「まじめ」（認真）而「落ち着く」（穩重）的印象，很適合在面試時穿著。

除了服裝，顏色的影響也被應用在交通號誌上。

據説世界各國的「信号機」（交通號誌燈）幾乎都是使用紅色來表示「止まれ」（停止）、綠色來表示「進め」（通行）。這是因為比起其他顏色，紅色即使在很遠的距離之外，也能讓人一眼就注意到。由於紅色具有刺激人類腦部的「効果」（效果），因此又被稱作“興奮色”。為了將「止まれ」（停止）、「危険」（危險）的「情報」（訊息）盡早傳達給人們，紅色是最適當的顏色。

相對來說，綠色具有「落ち着かせる」（使人鎮定）、「冷静にさせる」（使人冷靜）的效果。所以就被當作表示「安全」（安全）的顏色。而黃色和黑色的組合又被稱為「警告色」，據說人們只要看到這種色彩，就會下意識感到危險，產生「注意しなければ」（必須小心）的想法。所以標示「踏切」（平交道）和「工事中につき危険！」（施工中危險！）的標記都採用黃色和黑色的組合。

除了這些，顏色的「影響」（影響）被大量運用在我們的生活周遭。下回不妨注意看看各式「商品広告」（商品的廣告）、不同商店的「制服」（制服）和各式餐廳裡「メニュー」（菜單）的配色，一定會有所收穫！

常用的表達關鍵句

＊{ } 內也可自行帶入其他詞彙喔！

01 表示義務、必要性

→ {明かりが明るく} なくてはいけません／{照明} 必須 {光線明亮又充足}。

→ {保証人になる人は社会人で} なくてはなりません／{保證人} 必須是 {有工作的社會人士} 才可以。

→ {私はそのチケット代を払わ} なければなりません／{我} 得 {支付那個入場券的費用}。

→ {教える仕事をするなら、子どもの扱いが上手で} なければいけません／{想要以教學為業}，不 {擅長跟孩子們相處} 是不行的。

→ {大学はオンライン授業を続ける} べきである／{大學} 應該 {持續進行網路教學}。

→ {相手を思いやる} 必要がある／必須 {為對方著想} 才行。

→ {時には怒る} ことも必要です／{有時生氣} 也有其必要性。

→ {地区の皆さんに説明} する義務がある／有義務 {向這個地區的民眾進行說明}。

→ {できるかどうか実験で確かめ} ねばならない／必須 {經由實驗確認是否可行}。

02 表示禁止

→ {水を流す} な／不准 {沖水}！

→ {私の邪魔} をするな／不要 {干擾我}！

→ {震災を忘れ} てはいけない／不能 {忘掉震災的傷痛}。

→ {この街では景観を損なう建物の建築} は禁止されている／{這條大街} 禁止 {建造有損公共景觀的建築物}。

03 表示不希望如此

→ {「運」もその人の実力として評価す} べきではない／不應該 {評價說運氣也是該人的實力}。

→ {欠点は隠す} ものではない／不必 {隱藏自己的缺點}。

關鍵字記單字

▸關鍵字	▸▸▸單字	
確（たし）かめる 弄清、查明	□確（たし）か	確實，確切；正確，準確
	□パスポート【passport】	護照；身分證
	□確認（かくにん）	確認，證實，判明，明確
	□証明（しょうめい）	證明
	□押（お）さえる	確保，掌握
	□確（たし）かめる	查明，確認，弄清
現（あらわ）れる 出現、顯現	□表（あらわ）れる	表現，顯現出；出現在表面
	□現（あらわ）れる	出現，出來，露出
	□できる	形成，出現
	□昇（のぼ）る	上升，自然性的往上方移動
	□零（こぼ）れる	閃現，顯現；瞬間出現；微微露出
思（おも）う 思索、感覺	□胸（むね）	心裡，內心，心胸
	□怒（いか）り	怒，憤怒，生氣
	□不安（ふあん）	不安，不放心，擔心
	□可笑（おか）しい	可笑的，滑稽的，奇怪的，可疑的
	□苦（くる）しい	困難，艱難，難辦
	□楽（らく）	容易，簡單，輕鬆
	□緊張（きんちょう）	緊張
	□ほっと	放心
	□イメージ【image】	（心中的）形象；意象；印象
	□描（えが）く	想像
	□思（おも）い描（えが）く	在心裡描繪，想像
	□感（かん）じる・感（かん）ずる	感想；感動，感佩

Track 13

つぎの（1）から（4）の文章を読んで、質問に答えなさい。答えは1・2・3・4から最もよいものを一つえらびなさい。

(1)

これは、高橋先生のゼミの学生に届いたメールである。

あて先	takahasi@edu.jp
件　名	次のゼミ合宿（注）について
送信日時	2020年9月3日

ゼミ合宿の日にちが、9月29、30日に決まりました。希望する人の多かった22、23日は、合宿所が一杯で予約が取れませんでした。どうしても参加できない人は、5日までに山本にお電話ください。

合宿では、皆さんが翻訳してきたテキストをもとに、話し合いをします。話し合いの前に、一人10分ずつ発表してもらいますので、準備を忘れないようお願いします。担当するページは前に決めた通りです。翻訳文が全てそろわないと話し合いができませんので、参加できない人は、自分が担当した分の翻訳文を、必ず14日までにメールで高橋先生に送ってください。

山本　090-0000-0000

（注）合宿：複数の人が、ある目的のために同じ場所に泊まって、いっしょに生活すること

24 このメールを見て、合宿に参加しない人は、どうしなければならないか。

1 山本さんに電話して、自分の翻訳文を高橋先生にメールで送る。

2 高橋先生に電話して、自分の翻訳文を山本さんにメールで送る。

3 山本さんに電話して、みんなの翻訳文を全てそろえて高橋先生にメールで送る。

4 翻訳文が全てそろわないと、話し合いができないので、必ず参加しなければならない。

Track 14

(2)

大学の入学試験を受けたあと、次の通知を受け取った。

受験番号　00000

○○××殿

○○大学

大学入学試験結果通知書

２月に行いました入学試験の結果、あなたは **合格** されましたので、お知らせいたします。

入学ご希望の方は、別紙に書いてある方法で入学手続きをしてください。理由がなく、期限までに手続きをなさらなかった場合、入学する意思がないものとして処理されます。

理由があって期限までに手続きができないときは、教務課、担当○○（00-0000-0000）まですぐにご連絡ください。

2021年３月７日

以上

25 上の内容と合うのは、どれか。

1 この通知さえもらえば、手続きをしなくても大学に入学できる。

2 この通知をもらっても、手続きをしなければ入学できない。

3 この通知をもらったら、入学手続きをしないわけにはいかない。

4 この通知をもらったら、この大学に入るほかない。

Track 15

(3)

「将来の生活に関して、何か不安なことがありますか？」と働く女性に質問したところ、約70%が年金や仕事、健康などに関して「不安」を感じていることが分かった。不安なことの内容をたずねると、「いつまで働き続けられるか」「いまの収入で子どもを育てられるか」といった声が寄せられた。さらに、「貯金をするために我慢しているもの」をたずねると、洋服や外食と答えた人が多く、反対に、化粧品代や交際費を節約していると答えた人は少なかった。

26 上の文の内容について、正しいのはどれか。

1 仕事を続けるために、子どもを育てられない女性がたくさんいる。

2 半分以上の働く女性が、将来の生活に関して不安を持っている。

3 洋服を買ったり、外食をしたりしたため、貯金ができない人が多い。

4 人と付き合うためのお金を節約している人が多い。

Track 16

(4)

さあ寝ようとふとんに入ったけれど、体は温まっても、足の先がいつまでも冷たくて、なかなか眠れないという方がいらっしゃると思います。そんな方におすすめなのが、「湯たんぽ」です。「湯たんぽ」は、金属やゴムでできた容器に温かいお湯を入れたものです。これをふとんの中に入れると、足が温まります。靴下をはいて寝るという方もいますが、血の流れが悪くなってしまいますので、あまりおすすめできません。

27 足の先が冷たくて眠れない人は、どうすればいいと言っているか。

1 「湯たんぽ」をふとんの中に入れて寝る。
2 「湯たんぽ」をふとんの中に入れて、靴下をはいて寝る。
3 「湯たんぽ」の中に足を入れて寝る。
4 「湯たんぽ」がない人は、靴下をはいて寝る。

翻譯與解題 ④

つぎの（1）から（4）の文章を読んで、質問に答えなさい。答えは1・2・3・4から最もよいものを一つえらびなさい。

（1）

これは、高橋先生のゼミの学生に届いたメールである。

あて先	takahasi@edu.jp
件　名	次のゼミ合宿（注）について
送信日時	2020年９月３日

ゼミ合宿の日にちが、９月29、30日に決まりました。希望する人の多かった22、23日は、合宿所が一杯で予約が取れませんでした。**どうしても参加できない人は、５日までに山本にお電話ください。** 〈關鍵句〉

合宿では、皆さんが翻訳してきたテキストをもとに、（文法詳見 P90）話し合いをします。話し合いの前に、一人10分ずつ発表してもらいますので、準備を忘れないようお願いします。担当するページは前に決めた通りです。（文法詳見 P90）翻訳文が全てそろわないと話し合いができませんので、**参加できない人は、自分が担当した分の翻訳文を、必ず１４日までにメールで高橋先生に送ってください。** 〈關鍵句〉

山本　090-0000-0000

（注）合宿：複数の人が、ある目的のために同じ場所に泊まって、いっしょに生活すること

- □ ゼミ【（德）Seminar之略】研討會
- □ 合宿　合宿，共同投宿
- □ 合宿所　合宿處
- □ 予約を取る　預約
- □ どうしても　無論如何也不…
- □ テキスト【text】講義，文件
- □ 話し合い　討論
- □ そろう　準備，備齊
- □ 担当　負責
- □ 必ず　務必，一定

24　このメールを見て、合宿に参加しない人は、どうしなければならないか。

1　山本さんに電話して、自分の翻訳文を高橋先生にメールで送る。

2　高橋先生に電話して、自分の翻訳文を山本さんにメールで送る。

3　山本さんに電話して、みんなの翻訳文を全てそろえて高橋先生にメールで送る。

4　翻訳文が全てそろわないと、話し合いができないので、必ず参加しなければならない。

請閱讀下列（1）～（4）的文章並回答問題。請從選項1・2・3・4當中選出一個最恰當的答案。

(1)

這是一封寄給高橋老師研討會學生的電子郵件。

收件者：	takahasi@edu.jp
標　題：	關於下次研討會的合宿（注）
寄件時間：	2020年9月3日

研討會合宿的日期訂在9月29、30日。最多人選的22、23日由於舉辦地點額滿，所以不能預約。無法配合參加的人請在5日前撥通電話給山本同學。

合宿當中，會依據大家所翻譯的文件來進行討論。進行討論之前，要先請每個人都各別報告10分鐘，請別忘了準備。個人負責的頁數就像之前決定的那樣。譯文如果不齊全就無法進行討論，所以請沒有參加的人務必在14號之前把自己負責的譯文寄給高橋老師。

山本　090-0000-0000

（注）合宿：一群人為了某種目的一起投宿在某個地方，一起生活

這一題詢問必須做什麼事情。不妨找出文章中出現命令、請求的地方，像是「～てください」，通常這就是解題重點。

問題關鍵在「合宿に参加しない人」，可以對應第一段：「どうしても参加できない人は、5日までに山本にお電話ください」及第二段：「参加できない人は、自分が担当した分の翻訳文を、必ず14日までにメールで高橋先生に送ってください」。所以不參加的人應該要先打給山本，再把自己的譯文寄給高橋老師。正確答案是1。

Answer 1

24 看完這封電子郵件，不參加合宿的人應該怎麼做呢？

1 打電話給山本同學，用電子郵件把自己的譯文寄給高橋老師。

2 打電話給高橋老師，用電子郵件把自己的譯文寄給山本同學。

3 打電話給山本同學，收集所有人的譯文，用電子郵件寄給高橋老師。

4 譯文沒有齊全的話就無法討論，所以一定要參加。

(2)

大学の入学試験を受けたあと、次の通知を受け取った。

受験番号　00000

○○××殿

○○大学

大学入学試験結果通知書

2月に行いました入学試験の結果、あなたは**合格**されましたので、お知らせいたします。

入学ご希望の方は、別紙に書いてある方法で入学手続きをしてください。理由がなく、期限までに手続きをなさらなかった場合、入学する意思がないものとして処理されます。 ＜關鍵句

理由があって期限までに手続きができないときは、教務課、担当○○（00-0000-0000）まですぐにご連絡ください。

2021年3月7日

以上

- □ 入学試験　入學考，入學測驗
- □ 受験番号　准考證號碼
- □ 殿　接於姓名之後以示尊敬
- □ 別紙　附加用紙
- □ 手続き　手續
- □ 期限　期限
- □ 意思　意願
- □ 処理　處理，辦理
- □ 教務課　教務處

25　上の内容と合うのは、どれか。

1　この通知さえもらえば、手続きをしなくても大学に入学できる。└文法詳見 P90┘

2　この通知をもらっても、手続きをしなければ入学できない。

3　この通知をもらったら、入学手続きをしないわけにはいかない。└文法詳見 P90

4　この通知をもらったら、この大学に入るほかない。└文法詳見 P91

(2)

大學入學考試後收到了下面這份通知。

准考證編號　00000

〇〇××先生／小姐

〇〇大學

大學入學考試結果通知

在此通知您2月的入學考試結果為**合格錄取**。

若您有意願入學，請依照附件上的方法辦理入學手續。若無端未於期限內完成手續，則視為無入學意願。

如有特殊原因以致無法在期限內辦理手續，請立即與教務處負責人〇〇（00-0000-0000）聯絡。

2021年3月7日

謹此證明

解題關鍵在：「入学ご希望の場合、別紙に書いてある方法で入学手続きをしてください」。這句話有兩個重點，第一點是這張通知單並非強迫入學，「場合」是一種假設語氣，意思是「如果…」，「ご希望」意思是「您希望…」，也就是說來不來就讀都遵照個人意願。所以選項3、4都錯誤。

第二個重點在「入学手続きをしてください」，用「～てください」這種表示請求、命令的句型來請對方辦理入學手續。也就是說，想要就讀這間大學的人必須要辦理手續才能就讀。正確答案是2。

Answer **2**

25 下列選項哪一個符合上述內容？

1 只要有了這張通知單，不用辦理手續也可以就讀大學。

2 即使收到這張通知單，不辦理手續的話還是無法入學。

3 收到這張通知單後就一定要辦理入學手續。

4 收到這張通知單後就一定要進入這所大學就讀。

(3)

「将来の生活に関して、何か不安なことがありますか？」と働く女性に質問したところ、約70%が年金や仕事、健康などに関して「不安」を感じていることが分かった。 不安なことの内容をたずねると、「いつまで働き続けられるか」「いまの収入で子どもを育てられるか」といった声が寄せられた。さらに、「貯金をするために我慢しているもの」をたずねると、洋服や外食と答えた人が多く、反対に、化粧品代や交際費を節約していると答えた人は少なかった。

└文法詳見 P91
└文法詳見 P91

關鍵句

- □ 年金 退休金
- □ 収入 收入
- □ 声が寄せられる 發聲表示，訴説
- □ 貯金 積蓄
- □ 我慢 忍耐
- □ 外食 外食，在外用餐
- □ 化粧品 化妝品
- □ ～代 …的費用
- □ 交際費 應酬費
- □ 節約 節省
- □ 付き合う 交往，交際

26 上の文の内容について、正しいのはどれか。

1 仕事を続けるために、子どもを育てられない女性がたくさんいる。

2 半分以上の働く女性が、将来の生活に関して不安を持っている。

3 洋服を買ったり、外食をしたりしたため、貯金ができない人が多い。

4 人と付き合うためのお金を節約している人が多い。

(3)

訪問上班族女性「對於將來的生活，有沒有什麼不安的地方？」，結果大約有70%的人對於年金、工作和健康感到「不安」。詢問這些人不安的具體內容，有些人表示「不知能工作到何時」、「憑現在的收入不知養不養得起小孩」。再進一步地詢問這些人為了存錢正在節省什麼，多數人回答服裝和外食。反之，只有少數人表示自己在節省化妝品費用和交際費。

文章提到「『将来の生活に関して、何か不安なことがありますか？』…、約70%が年金や仕事、健康などに関して『不安』を感じていることが分かった」，「年金や仕事、健康など」是指未來的事物，70%就是「半分以上」。選項2正確。

遇到「正しいのはどれか」這種題型，就要用刪去法來作答。

Answer 2

26 針對上面這篇文章，下列敘述何者正確？

1 為了繼續工作，有很多女性無法扶養小孩。
2 超過半數的上班族女性對於生活感到不安。
3 有很多人會治裝、外食，所以存不了錢。
4 有很多人省下維持人際關係的費用。

文章中提到有人質疑自己現在的收入是否養得起小孩。並沒有提到有很多女性為了繼續工作不能養小孩，選項1錯誤。

文中提到很多人為了存錢而限制自己買衣服和外食。而選項3的敘述和原文正好相反，所以錯誤。

文章最後提到很少人會省下化妝品費用和交際費，選項4和原文相反，所以錯誤。

(4)

さあ寝ようとふとんに入ったけれど、体は温まっても、足の先がいつまでも冷たくて、なかなか眠れないという方がいらっしゃると思います。そんな方におすすめなのが、「湯たんぽ」です。**「湯たんぽ」は、金属やゴムでできた容器に温かいお湯を入れたものです。これをふとんの中に入れると、足が温まります。**靴下をはいて寝るという方もいますが、血の流れが悪くなってしまいますので、あまりおすすめできません。

關鍵句

- □ さあ　表決心或重述事情的用語
- □ なかなか　怎麼也無法…（後接否定）
- □ 湯たんぽ　熱水袋
- □ 金属　金屬
- □ ゴム【gom】　橡膠
- □ 容器　容器
- □ 血の流れ　血液循環

27 足の先が冷たくて眠れない人は、どうすればいいと言っているか。

1　「湯たんぽ」をふとんの中に入れて寝る。

2　「湯たんぽ」をふとんの中に入れて、靴下をはいて寝る。

3　「湯たんぽ」の中に足を入れて寝る。

4　「湯たんぽ」がない人は、靴下をはいて寝る。

(4)

有些人躺進被窩準備要睡覺，即使身體暖和，可是腳丫子卻一直冷冰冰的，怎樣也睡不著。我要推薦「熱水袋」給這些人。「熱水袋」是在金屬或橡膠製成的容器裡放入熱水的東西。把這個放入被窩當中，腳會感到暖和。雖然有些人會穿襪子睡覺，但這樣會導致血液循環不好，我不太贊成這樣的做法。

解題關鍵在「そんな方におすすめなのが、『湯たんぽ』です」。「そんな方」指的是前面提到的「足の先がいつまでも冷たくて、なかなか眠れないという方」。而這個「おすすめ」相當於「こうすればよい」。

熱水袋的用法在「これをふとんの中に入れると、足が温まります」。這個「これ」是指「湯たんぽ」，選項1正確。

「靴下をはいて寝るという方もいますが」是整篇文章的陷阱，乍看之下穿襪子睡覺似乎也是一個方法，但後面接著提到「血の流れが悪く…おすすめできません」，所以選項2、4都錯誤。

Answer 1

27 作者認為腳丫子冰冷睡不著的人應該怎麼做才好呢？

1 把「熱水袋」放入被窩睡覺。
2 把「熱水袋」放入被窩，穿著襪子睡覺。
3 把腳放入「熱水袋」睡覺。
4 沒有「熱水袋」的人要穿襪子睡覺。

選項3說要把腳放到熱水袋裡面，所以錯誤。

重要文法

【名詞】＋をもとに。表示將某事物做為啟示、根據、材料、基礎等。後項的行為、動作是根據或參考前項來進行的。相當於「～に基づいて」、「～を根拠にして」。

❶ をもとに

以…為根據、以…為參考、在…基礎上

例句 いままでに習（なら）った文型（ぶんけい）をもとに、文（ぶん）を作（つく）ってください。

請參考至今所學的文型造句。

【名詞の；動詞辭書形；動詞た形】＋とおり。表示按照前項的方式或要求，進行後項的行為、動作。

❷ とおり　按照…、按照…那樣

例句 説明書（せつめいしょ）の通（とお）りに、本棚（ほんだな）を組（く）み立（た）てた。

按照説明書的指示把書櫃組合起來了。

【名詞】＋さえ＋【[形容詞・形容動詞・動詞]假定形】＋ば。表示只要某事能實現就足夠了，強調只需要某個最低限度或唯一的條件，後項即可成立，相當於「～その条件だけあれば」。或表達説話人後悔、惋惜等心情的語氣。

❸ さえ～ば　只要…(就)…

例句 手続（てつづ）きさえすれば、誰（だれ）でも入学（にゅうがく）できます。

只要辦手續，任何人都能入學。

【動詞否定形】＋ないわけにはいかない。表示根據社會的理念、情理、一般常識或自己過去的經驗，不能不做某事，有做某事的義務。

❹ ないわけにはいかない

不能不…、必須…

例句 明日（あした）、試験（しけん）があるので、今夜（こんや）は勉強（べんきょう）しないわけにはいかない。

由於明天要考試，今晚不得不用功念書。

❺ ほかない　只有…、只好…、只得…

例句 運命だったとあきらめるほかない。
只能死心認命了。

【動詞辭書形】＋ほかない。表示雖然心裡不願意，但又沒有其他方法，只有這唯一的選擇，別無它法。相當於「～以外にない」、「～より仕方がない」等。

❻ にかんして（は）　關於…、關於…的…

例句 フランスの絵画に関して、研究しようと思います。
我想研究法國繪畫。

【名詞】＋に関して（は）。表示就前項有關的問題，做出「解決問題」性質的後項行為。有關後項多用「言う（說）」、「考える（思考）」、「研究する（研究）」、「討論する（討論）」等動詞。多用於書面。

❼ （た）ところ　…，結果…

例句 思い切って頼んでみたところ、ＯＫが出ました。
鼓起勇氣提出請託後，得到了對方ＯＫ的允諾。

【動詞た形】＋ところ。這是一種順接的用法，表示因某種目的去作某一動作，但在偶然的契機下得到後項的結果。前後出現的事情，沒有直接的因果關係，後項經常是出乎意料之外的客觀事實。相當於「～した結果」。

小知識大補帖

▶日本辦公室的穿著潛規則

相較於台灣的「OL」（上班族女性），日本 OL 在服裝方面的顧慮可是令人難以想像。在日本，一般公司的女性「新入社員」（新進員工）的打扮最重要的是「無難」（打安全牌）！第一，要注意「清潔感」（整潔清爽的感覺），千萬

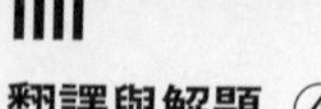

不能「だらしない」（邋遢）。第二，要有「きちんと感」（得體的感覺），切忌「派手」（花俏）。第三，色調要素雅，像是「黒い」（黑色）、「ベージュ」（米色）都是不錯的選擇。第四，盡量避免「露出」（裸露）。總之就是要「目立たない」（低調）！

不過到了第二年，如果還是維持「新人」（菜鳥）時期的穿著，可是會被認為沒有長進哦！這時就要做一些新嘗試，像是在服裝上加入一些色彩，或是戴上「アクセサリー」（飾品）。

▶印度人的消暑祕方

天冷時可以使用「湯たんぽ」（熱水袋），那麼酷暑呢？天氣熱的時候，印度人會吃「熱くてからいカレー」（辛辣燙口的咖哩），原因是當體溫上升時就會「汗をかく」（流汗），當汗液蒸發就可以帶走身體的熱度。

不過，並不是每個地方的人都能用這種方式消暑。例如日本人，因為汗液的「塩分濃度」（含鹽濃度）高，再加上日本「湿度」（濕度）高，使得汗液更難蒸發。所以日本人如果「インド人のまねをする」（模仿印度人）在盛夏吃熱食，反而會變得更悶熱。

常用的表達關鍵句

＊｛ ｝內也可自行帶入其他詞彙喔！

01 表示提示結論

→ {約 10 分で検査結果} がわかる／｛約 10 分鐘｝就能得知｛檢查結果｝了。

→ {子どもの気持ち} がわかった／我明白｛孩子們的心情｝了。

→ {日本語の勉強が楽しい} と思っている／我覺得｛學習日文很有意思｝。

→ {日本語を話す必要が増える} と考えている／我認為｛開口說日語的必要性會逐漸增加｝。

→ {増加も抑えること} が明らかになった／顯而易見的，｛增加的趨勢也已控制下來｝了。

→ {彼が利己的であること} は明らかである／已經很清楚｛他就是個自私自利的人｝。

→ {彼のやさしい素顔} がうかがえる／可以看出｛他溫柔的真實本性｝。

→ {競馬で儲けるのは困難である} と言う結論に達する／可引出｛難以靠賽馬發財致富｝的結論。

→ {僕はバカである} と言う結論が得られる／可得出｛我是一個愚笨的人｝之結論。

→ {利益が出そう} と判断できる／可以斷定｛將會獲得收益｝。

→ {緩やかな改善が続いている} と判断できよう／應該可以斷定｛緩慢的改善在持續中｝。

→ {抜け毛を引き起こす} 原因だと考えられている／可推斷這是｛引起掉髮的｝原因。

→ {行きたい店について主婦に聞いた} ところ、{西洋料理店が 1 位} だった／｛詢問主婦最愛上的餐廳｝，結果｛西式餐廳為第一首選｝。

02 表示結論

→ {なぜエネルギーが重要か}、以下に結論を述べる／｛能源為何重要｝，其結論如下。

關鍵字記單字

▸關鍵字	▸▸▸單字	
あたたまる 暖和、溫暖起來	□ ヒーター【heater】	電熱器，電爐；暖氣裝置
	□ 温（ぬる）い	溫和，不涼不熱
	□ 温（あたた）まる	感到心情溫暖；溫暖，同「暖まる」
	□ 暖（あたた）まる	溫暖，發暖，暖和起來；金錢寬綽，充裕
	□ 温（あたた）める	加熱到適當的程度；弄溫，使不涼不熱
	□ 暖（あたた）める	使溫熱、燙

▸關鍵字	▸▸▸單字	
費（つい）やす 花費、消耗	□ 衣料費（いりょうひ）	服裝費
	□ 医療費（いりょうひ）	醫療費；治療費
	□ 生活費（せいかつひ）	生活費
	□ 食費（しょくひ）	伙食費，飯錢
	□ 光熱費（こうねつひ）	電費和瓦斯費等
	□ 学費（がくひ）	學費
	□ 交通費（こうつうひ）	交通費，車馬費
	□ 交際費（こうさいひ）	應酬費用
	□ 消費（しょうひ）	消費，耗費
	□ 無駄（むだ）	浪費，白費
	□ 潰（つぶ）す	打發，消磨；浪費

▸關鍵字	▸▸▸單字	
払（はら）う 支付	□ 料（りょう）	費用，代價
	□ カード【card】	卡，卡片
	□ 支出（ししゅつ）	開支，支出
	□ 小銭（こぜに）	零錢；零用錢；少量資金
	□ 唯（ただ）・只（ただ）	白給，不要錢；不需要付價金，免費，無常
	□ 納（おさ）める	繳納，交納；獻納

▶ 職場

優秀な人がたくさん面接に来た。
有許多優秀的人才前來面試。

日々の仕事で日本語を使う機会はありますか。
請問平常上班時會用到日文嗎？

就職したからには、一生懸命働きたい。
既然找到了工作，我就想要盡力去做。

目上の人には敬語を使うのが普通です。
一般來説對上司（長輩）講話時要用敬語。

企業向けの宣伝を進めています。
我在推廣以企業為對象的宣傳。

難しい仕事から先にやろう。
先從困難的工作著手吧！

私にできる仕事があったら手伝いますよ。
如果有我能做的工作，讓我來幫忙吧！

書類の整理をします。
我要去整理文件。

コピーをとります。
我要去影印。

資料をファイルします。
我要把資料歸檔。

得意先を回ります。
我要去尋訪客戶。

資料をファックスします。
我要傳真資料。

契約の内容をもう一度教えていただけませんか。
可以請你再告訴我一次契約的內容嗎？

商売はうまくいかないのは、景気が悪いせいだ。
生意沒有起色是因為景氣不好。

消費者の心を掴むパンフレットを作りましょう。
來做一本能抓住消費者的心的廣告冊子吧。

この計画を、会議で提案しよう。
就在會議中提出這項企畫吧！

うちの部署に何名か経験豊富なスタッフが入ってくるそうだ。
聽說我們部門即將進用幾位經驗豐的職員。

部長は３人の課長の中から選ばれた。
從３位課長中選出一位成為經理。

うちの部長は人を働かせるのがうまい。
我們公司的經理非常擅於差遣部屬工作。

▶問路、指路

道に迷ってしまいました。
我迷路了。

すみません。駅はどこですか。
不好意思，請問車站在哪裡？

飛行場までの行き方を教えてください。
請告訴我如何到飛機場。

この辺に公衆電話はありますか。
請問這附近有沒有公眾電話？

ここをまっすぐ行ってください。
請從這裡往前直走。

あそこの角を右に曲がってください。
請在那個轉角處往右轉。

曲がらないでまっすぐ行ってください。
請繼續直走，不要轉彎。

信号を渡ってください。
請穿過紅綠燈過馬路。

次の交差点を左に曲がってください。
請在下一個交叉路口左轉。

分れ道を右に行ってください。
請走右邊那條岔路。

角を曲がったところにあります。
就在轉角處。

駐車場のとなりなあります。
就在停車場的隔壁。

郵便局と銀行のあいだにあります。
就在郵局和銀行之間。

スーパーの向かいにあります。
就在超市對面。

デパートの反対側にあります。
位在百貨公司的另一邊。

駅の裏にあります。
就在車站的前面。

後は、その近くでもう一度聞いてみてください。
之後的詳細地點，請你到那附近後再找人問問看。

もんだい

5

在讀完包含撰寫的解說與散文等，約 350 字左右的文章段落之後，測驗是否能夠理解其關鍵詞或因果關係。

理解內容／中文

考前要注意的事

作答流程 & 答題技巧

閱讀說明

先仔細閱讀考題說明

閱讀問題與內容

預估有 6 題

1 考試時建議先看提問及選項，再看文章。解題關鍵就在掌握文章結構「開頭主題、中間說明主題、最後結論」。

2 閱讀約 350 字的中篇文章，測驗是否能夠理解文章中的因果關係或理由、概要或作者的想法等等。以生活、工作、學習等為主題的評論文、說明文及散文。

3 提問一般用造成某結果的理由「～とあるが、それはなぜか」、文章中的某詞彙的意思「～とはどのような意味か」、作者的想法或文章內容「この文章の内容と合っているものはどれか」的表達方式。

4 選擇錯誤選項的「正しくないものどれですか」偶而也會出現，要仔細看清提問喔！

答題

選出正確答案

日本語能力試験 ①

Track 17

つぎの（1）と（2）の文章を読んで、質問に答えなさい。答えは、1・2・3・4から最もよいものを一つえらびなさい。

(1)

最近、日本では、子どもによる恐ろしい犯罪が増える一方だといわれているが、本当だろうか。日本政府が毎年出している『犯罪白書』『子ども・若者白書』（注1）などの資料からいうと、一般的な見方に反して、子どもが起こす事件は決して増えてはいない。恐ろしい犯罪は、反対に減っている。子どもの数自体が減っているのだから、事件の数を比べても意味がないという人もいるかもしれないが、数ではなく割合で考えても、増えているとは言えない。

このように、実際には子どもによる犯罪は増えていないのに、私たちがそう感じてしまうのは、単にマスコミが以前に比べてそのような事件を詳しく報道する（注2）ことが多くなったためではないかと思う。繰り返し見せられているうちに、それが印象に残ってしまい、子どもが恐ろしい事件を起こすことが増えたような気がしてしまうのではないだろうか。印象だけによらず、正しい情報と知識にもとづいて判断することが重要である。

（注１）白書：政府が行政の現状や対策などを国民に知らせるために発表する報告書

（注２）報道する：新聞、テレビ、ラジオなどを通して、社会の出来事を一般に知らせること

28 子どもによる恐ろしい犯罪の数について、実際にはどうだと言っているか。

1 増えている。

2 事件の数は減っているが、割合で考えると増えている。

3 増えていない。

4 増えたり減ったりしている。

29 <u>そう感じてしまう</u>とあるが、どういうことか。

1 子どもによる犯罪が増えていると感じてしまう。

2 子どもによる犯罪が増えていないと感じてしまう。

3 マスコミが子どもによる犯罪を多く報道するようになったと感じてしまう。

4 子どもが起こす事件の数を比べても意味がないと感じてしまう。

30 この文章を書いた人の意見として、正しいのはどれか。

1 マスコミは、子どもによる恐ろしい犯罪をもっと詳しく報道するべきだ。

2 マスコミの報道だけにもとづいて判断することが大切だ。

3 子どもによる恐ろしい事件が増えたのはマスコミの責任だ。

4 印象だけで物事を判断しないことが大切だ。

Track 18

(2)

わたしはずっと、スポーツ選手はしゃべるのが苦手な人が多いと思っていた。彼らは口ではなくて体を動かすのが仕事だからだ。しかし最近、①中には言葉の表現力が非常に高い人もいることを知った。先日ＮＨＫの番組で、野球選手のイチローさんが、コピーライター(注)の糸井重里さんと対談しているのを見た。わたしは、イチロー選手の言葉の表現力の豊かさに驚かされた。彼は、誰もが使うような安易な言葉を用いないで、「自分の言葉」で話していた。彼の表現力は、言葉のプロである糸井さんに全く負けていなかった。わたしは思わず夢中になって聞き入ってしまった。

イチロー選手のように、自分が②言いたいことを、「自分の言葉」で表現できるようになるためにはどうすればいいのだろう。たくさん本を読んだり人と話したりして知識を増やすことも、もちろん大切だ。だが、まず何よりも、いつも自分の言葉で話したいという意識を持っていることがいちばん重要なのではないか。イチロー選手は、きっとそういう人なのだと思う。

(注) コピーライター：商品や企業を宣伝するため、広告などに使用する言葉を作る人

31 ①中にはとあるが、「中」は何を指しているか。

1 ＮＨＫの番組
2 コピーライター
3 しゃべるのが苦手な人
4 スポーツ選手

32 この文章を書いた人は、イチロー選手の言葉の表現力についてどう考えているか。

1 言葉のプロと同じくらい高い表現力がある。
2 人の話を夢中になって聞き入るところがすばらしい。
3 「自分の言葉」で話すので、よく聞かないと何を言っているのか分かりにくい。
4 言葉のプロよりもずっと優れている。

33 ②言いたいことを、「自分の言葉」で表現できるようになるためには、何が最も重要だといっているか。

1 ぴったりの言葉を辞書で調べること
2 本を読んだり、人と話したりして、知識を増やすこと
3 誰もが使うような安易な言葉をたくさん覚えること
4 自分の言葉で伝えたいという気持ちを常に持っていること

翻譯與解題 ①

つぎの(1)と(2)の文章を読んで、質問に答えなさい。答えは、1・2・3・4から最もよいものを一つえらびなさい。

(1)

最近、日本では、子どもによる恐ろしい犯罪が増える一方だといわれているが、本当だろうか。日本政府が毎年出している『犯罪白書』『子ども・若者白書』（注1）などの資料からいうと、**一般的な見方に反して、子どもが起こす事件は決して増えてはいない。**恐ろしい犯罪は、反対に減っている。子どもの数自体が減っているのだから、事件の数を比べても意味がないという人もいるかもしれないが、数ではなく割合で考えても、増えているとは言えない。

（29題關鍵句）（28題關鍵句）

（によるㄴ文法詳見 P112）（一方だㄴ文法詳見 P112）（からいうとㄴ文法詳見 P112）（に反してㄴ文法詳見 P112）

このように、実際には子どもによる犯罪は増えていないのに、私たちがそう感じてしまうのは、単にマスコミが以前に比べてそのような事件を詳しく報道する（注２）ことが多くなったためではないかと思う。繰り返し見せられているうちに、それが印象に残ってしまい、子どもが恐ろしい事件を起こすことが増えたような気がしてしまうのではないだろうか。**印象だけによらず、正しい情報と知識にもとづいて判断することが重要である。**

（30題關鍵句）

（うちにㄴ文法詳見 P113）（にもとづいてㄴ文法詳見 P113）

（注１）白書：政府が行政の現状や対策などを国民に知らせるために発表する報告書

（注２）報道する：新聞、テレビ、ラジオなどを通して、社会の出来事を一般に知らせること （を通してㄴ文法詳見 P113）

- □ 恐ろしい　驚人的，嚴重的；可怕的
- □ 犯罪　犯罪
- □ 増える　增加
- □ 政府　政府；內閣
- □ 若者　年輕人
- □ 資料　資料
- □ 一般的　一般的，普遍的
- □ 見方　看法，見解
- □ 起こす　引起；發生
- □ 事件　事件
- □ 決して　絕對（不）（後面接否定）
- □ 反対に　相對地
- □ 減る　減少
- □ 自体　本身，自身
- □ 割合　比例
- □ マスコミ【mass communication之略】媒體
- □ 繰り返す　反覆，重複
- □ 気がする　覺得（好像，似乎…）
- □ 印象　印象
- □ 情報　資訊，消息

請閱讀下列(1)和(2)的文章並回答問題。請從選項1・2・3・4當中選出一個最恰當的答案。

(1)

最近在日本，有很多人說由未成年所犯下的重大犯罪一直在增加，這究竟是真是假？從日本政府每年公布的『犯罪白皮書』、『孩童、青少年白皮書』(注1)等資料來看，結果正好與一般民眾的看法相反，未成年所犯下的事件並沒有增加。窮凶惡極的犯罪甚至還減少了。或許有人認為那是因為小孩越來越少，拿事件數量來做比較也沒意義；不過即使不用數字，而是用比例來思考，也不能表示數據是增加的。

作者強調其實未成年犯罪並無增加的趨勢。

就像這樣，未成年犯罪明明實際上並無增加，但是我們卻有這樣的感覺，我在想，也許只是因為比起以往，媒體經常性且更詳細地報導(注2)這類事件罷了。是不是透過反覆觀看而留下印象，讓我們覺得未成年犯下的重大罪行越來越多呢？不光憑印象，而是根據正確的資訊及知識來判斷事物，這點是很重要的。

作者認為未成年犯罪之所以看似增加，可能是因為媒體過度渲染。

（注1）白皮書：政府為了告知國民行政現況或對策而發布的報告書

（注2）報導：透過報紙、電視、廣播等，傳達社會上所發生的事情

Answer 3

28 子どもによる恐ろしい犯罪の数について、実際にはどうだと言っているか。

1 増えている。
2 事件の数は減っているが、割合で考えると増えている。
3 増えていない。
4 増えたり減ったりしている。

28 孩子的重大犯罪件數，實際情況是如何呢？

1 有所增加。
2 事件數量雖然減少，但是就比例而言是增加的。
3 沒有增加。
4 有時增加有時減少。

Answer 1

29 そう感じてしまうとあるが、どういうことか。

1 子どもによる犯罪が増えていると感じてしまう。
2 子どもによる犯罪が増えていないと感じてしまう。
3 マスコミが子どもによる犯罪を多く報道するようになったと感じてしまう。
4 子どもが起こす事件の数を比べても意味がないと感じてしまう。

29 文中提到有這樣的感覺，這是指什麼呢？

1 覺得未成年犯罪增加了。
2 覺得未成年犯罪並無增加。
3 覺得媒體變得經常報導未成年犯罪。
4 覺得比較未成年犯罪件數也沒有意義。

Answer 4

30 この文章を書いた人の意見として、正しいのはどれか。
└文法詳見 P113

1 マスコミは、子どもによる恐ろしい犯罪をもっと詳しく報道するべきだ。
└文法詳見 P114
2 マスコミの報道だけにもとづいて判断することが大切だ。
3 子どもによる恐ろしい事件が増えたのはマスコミの責任だ。
4 印象だけで物事を判断しないことが大切だ。

30 下列敘述當中，哪一個是作者的意見呢？

1 媒體應該要更詳盡地報導未成年犯下的重大案件。
2 只憑媒體的報導來判斷事物是很重要的。
3 越來越多未成年犯下重大罪行，這是媒體應負的責任。
4 不光憑印象來判斷事物是重要的。

解題攻略

解題關鍵在「日本政府が毎年出している『犯罪白書』『子ども・若者白書』などの資料からいうと、…、子どもが起こす事件は決して増えてはいない。恐ろしい犯罪は、反対に減っている」（從日本政府每年公布的『犯罪白皮書』、『孩童、青少年白皮書』等資料來看，…，未成年所犯下的事件並沒有增加。窮凶惡極的犯罪甚至還減少了），所以正確答案是3。

這一題問的是孩子所犯下的重大罪行實際情況，可以從第一段找出答案。

解題關鍵在第二段一開頭的「このように」（就像這樣），作用是承上啟下，暗示了這邊的「そう」指的是第一段提到的一般民眾觀感，特別是第一句：「最近、日本では、子どもによる恐ろしい犯罪が増える一方だといわれている」（最近在日本，有很多人說由未成年所犯下的重大犯罪一直在增加）。正確答案是1。

這一題考的是劃線部分的具體內容，不妨回到文章中找出劃線部分，解題線索通常就藏在上下文中。

「実際には子どもによる犯罪は増えていないのに」（未成年犯罪明明實際上並無增加）是陷阱，如果不知道「のに」是逆接，可能會以為「そう」是指「未成年犯罪實際上並無增加」，小心別被騙了。

文章第二段作者覺得媒體的過度報導會對民眾洗腦，可見作者並不支持這種詳盡的報導方式。選項1錯誤。

選項2錯誤。「マスコミの報道だけにもとづいて」（只憑媒體的報導）和文章最後一句「…正しい情報と知識にもとづいて判断することが重要である」（…根據正確的資訊及知識來判斷事物，這點是很重要的）正好相反。

作者覺得媒體讓我們有「越來越多未成年犯下重大罪行」的錯覺，並不代表這樣的事件是媒體害的。選項3錯誤。

建議用刪去法作答。題目問的是「この文章を書いた人の意見」（作者的意見），所以要站在作者的立場回答。

文章最後「印象だけによらず、正しい情報と知識にもとづいて判断することが重要である」（不光憑印象，而是根據正確的資訊及知識來判斷事物，這點是很重要的），像這種換句話說的寫法，常常是解題的關鍵。正確答案是4。

(2)

わたしはずっと、スポーツ選手はしゃべるのが苦手な人が多いと思っていた。彼らは口ではなくて体を動かすのが仕事だからだ。しかし最近、①中には言葉の表現力が非常に高い人もいることを知った。（31題 關鍵句）先日ＮＨＫの番組で、野球選手のイチローさんが、コピーライター（注）の糸井重里さんと対談しているのを見た。わたしは、イチロー選手の言葉の表現力の豊かさに驚かされた。彼は、誰もが使うような安易な言葉を用いないで、「自分の言葉」で話していた。**彼の表現力は、言葉のプロである糸井さんに全く負けていなかった。**（32題 關鍵句）わたしは思わず夢中になって聞き入ってしまった。

イチロー選手のように（文法詳見P114）、自分が②言いたいことを、「自分の言葉」で表現できるようになるためにはどうすればいいのだろう。たくさん本を読んだり人と話したりして知識を増やすことも、もちろん大切だ。だが、**まず何よりも、いつも自分の言葉で話したいという意識を持っていることがいちばん重要なのではないか。**（33題 關鍵句）イチロー選手は、きっとそういう人なのだと思う。

（注）コピーライター：商品や企業を宣伝するため、広告などに使用する言葉を作る人

- □ ずっと　一直以來
- □ 選手　選手
- □ しゃべる　說話；講話
- □ 苦手　不擅長
- □ 動かす　使…活動
- □ 表現力　表達能力
- □ 先日　日前，幾天前
- □ 対談　交談，對話
- □ 豊かさ　豐富
- □ 安易　常有；簡單
- □ プロ　專家
- □ 全く　完全，絕對
- □ 負ける　輸；失敗
- □ 夢中　熱中，著迷
- □ 増やす　增加
- □ 意識　自覺；意識
- □ きっと　一定

(2)

我一直覺得有很多運動選手都不擅言詞。因為他們的工作不是動口，而是動身體。不過，最近我發現①其中有些人的言語表達能力卻非常地好。前幾天我在 NHK 的節目上看到棒球選手鈴木一朗和文案寫手（注）糸井重里的對談。對於鈴木一朗選手豐富的表達能力我不由得感到驚訝。他不使用大家都在用的常見詞彙，而是用「自己的詞彙」。他的表達能力，完全不輸給文字專家糸井先生。我不禁聽得入迷。

作者發現鈴木一朗雖然是運動選手，但是表達能力不輸給專家。

到底要怎麼做才能像鈴木一朗選手一樣，②能把想講的事情，用「自己的詞彙」表達出來呢？當然，看很多的書、和很多人交談以增加自己的知識也是十分重要的。不過首先比起其他事物，最重要的應該是要先隨時提醒自己用自己的語彙說話吧？我覺得鈴木一朗選手一定是這樣的人。

要用自己的詞彙來進行表達，最重要的是要時時存有這樣的意識。

（注）文案寫手：以寫廣告詞來宣傳商品或企業為職業的人

翻譯與解題 ①

Answer 4

31 ①中にはとあるが、「中」は何を指しているか。

1 NHKの番組
2 コピーライター
3 しゃべるのが苦手な人
4 スポーツ選手

31 文中提到①其中，「其」指的是什麼呢？

1 NHK 的節目
2 文案寫手
3 不擅言詞的人
4 運動選手

Answer 1

32 この文章を書いた人は、イチロー選手の言葉の表現力についてどう考えているか。

1 言葉のプロと同じくらい高い表現力がある。
2 人の話を夢中になって聞き入るところがすばらしい。
3 「自分の言葉」で話すので、よく聞かないと何を言っているのか分かりにくい。
4 言葉のプロよりもずっと優れている。

32 作者對於鈴木一朗選手的表達能力有什麼看法呢？

1 他和文字專家有著相同的高度表達能力。
2 他能入迷地傾聽別人講話，這點很棒。
3 他用「自己的詞彙」說話，不認真聽會不知道他在講什麼。
4 他比文字專家還優秀許多。

Answer 4

33 ②言いたいことを、「自分の言葉」で表現できるようになるためには、何が最も重要だといっているか。

1 ぴったりの言葉を辞書で調べること
2 本を読んだり、人と話したりして、知識を増やすこと
3 誰もが使うような安易な言葉をたくさん覚えること
4 自分の言葉で伝えたいという気持ちを常に持っていること

33 ②能把想講的事情，用「自己的詞彙」表達出來，作者認為最重要的是什麼呢？

1 查字典找出最恰當的語詞
2 看看書、和人交談來增加知識
3 大量地記住大家都在使用的簡單詞彙
4 隨時謹記著用自己的詞彙來表達

解題攻略

「中には言葉の表現力が非常に高い人もいることを知った」（我發現其中有些人的言語表達能力卻非常地好）的「中」前面省略了「その」，可見「中」指的是前面提到的某個族群。

再往前看第一句「わたしはずっと、スポーツ選手はしゃべるのが苦手な人が多いと思っていた」(我一直覺得有很多運動選手都不擅言詞)，可知這個「中」指的就是「スポーツ選手」。

選項３是陷阱。「しゃべるのが苦手な人」雖然也是人物，可是這句說的是“其中有些人的言語表達能力卻非常地好”，既然都說這群人不擅言詞了，又怎麼會說其中有人表達能力很好呢？看穿這點矛盾，就能知道正確答案不是３。

文中提到「言葉のプロである糸井さんに全く負けていなかった」（完全不輸給文字專家糸井先生），既然糸井是「プロ」（專家），所以鈴木一朗的能力也不錯，正確答案是１。

選項４錯誤，雖然鈴木一朗的表達能力令人驚艷，但是並沒有比專家還出色。

選項３錯誤，文章中並沒有提到「よく聞かないと何を言っているのか分かりにくい」(不認真聽會不知道他在講什麼）。

選項２是陷阱。文章中提到「わたしは思わず夢中になって聞き入ってしまった」（我不禁聽得入迷），主詞是「わたし」，不是「イチロー選手」，所以聽話聽得入迷的是作者，不是鈴木一朗。

解題關鍵在「まず何よりも、いつも自分の言葉で話したいという意識を持っていることがいちばん重要なのではないか」（不過首先比起其他事物，最重要的應該是要先隨時提醒自己用自己的語彙說話吧），也就是選項４的「自分の言葉で伝えたいという気持ちを常に持っていること」（隨時謹記著用自己的詞彙來表達）。

「いつも」≒「常に」，「話したい」≒「伝えたい」，「意識」≒「気持ち」。像這樣語詞的相互對應、換句話說是閱讀解題的重要手法，平時在背單字時不妨找出同義語、類義語、反義語一起記憶，可以迅速擴充字量。

※「≒」是近似於之意

翻譯與解題 ①

重要文法

❶ による 因…造成的…、由…引起的…

【名詞】＋による。表示造成某種事態的原因。「～による」前接所引起的原因。

例句 不注意による大事故が起こった。
因為不小心，而引起重大事故。

---

❷ いっぽうだ
一直…、不斷地…、越來越…

【動詞辭書形】＋一方だ。表示某狀況一直朝著一個方向不斷發展，沒有停止。多用於消極的、不利的傾向，意思近於「～ばかりだ」。

例句 岩崎の予想以上の活躍ぶりに、周囲の期待も高まる一方だ。
岩崎出色的表現超乎預期，使得周圍人們對他的期望也愈來愈高。

---

❸ からいうと
從…來說、從…來看、就…而言

【名詞】＋からいうと。表示判斷的依據及角度，指站在某一立場上來進行判斷。相當於「～から考えると」。

例句 専門家の立場からいうと、この家の構造はよくない。
從專家的角度來看，這個房子的結構不好。

---

❹ にはんして 與…相反…

【名詞】＋に反して。接「期待（期待）」、「予想（預測）」等詞後面，表示後項的結果，跟前項所預料的相反，形成對比的關係。相當於「～とは反対に」、「～に背いて」。

例句 期待に反して、収穫量は少なかった。
與預期的相反，收穫量少很多。

❺ うちに　在…之內…、趁…

例句 昼間は暑いから、朝のうちに散歩に行った。

白天很熱，所以趁早去散步了。

【名詞の；形容動詞詞幹な；［形容詞・動詞］辭書形】＋うちに。表示在前面的環境、狀態持續的期間，做後面的動作，相當於「～（している）間に」。

❻ にもとづいて　根據…、按照…、基於…

例句 違反者は法律に基づいて処罰されます。

違者依法究辦。

【名詞】＋に基づいて。表示以某事物為根據或基礎。相當於「～をもとにして」。

❼ をとおして

透過…、通過…；在整個期間…、在整個範圍…

例句 マネージャーを通して、取材を申し込んだ。

透過經紀人申請了採訪。

【名詞】＋を通して。表示利用某種媒介（如人物、交易、物品等），來達到某目的（如物品、利益、事項等）。相當於「～によって」。

❽ として

以…身分、作為…；如果是…的話、對…來說

例句 専門家として、一言意見を述べたいと思います。

我想以專家的身分，說一下我的意見。

【名詞】＋として。「として」接在名詞後面，表示身分、地位、資格、立場、種類、名目、作用等。有格助詞作用。

【動詞辭書形】＋べきだ。表示那樣做是應該的、正確的。常用在勸告、禁止及命令的場合。是一種比較客觀或依據原則的判斷，書面跟口語雙方都可以用，相當於「～するのが当然だ」。「べき」前面接サ行變格動詞時，「する」以外也常會使用「す」。「す」為文言的サ行變格動詞終止形。

❾ ～べきだ　必須…、應當…

例句 人間（にんげん）はみな平等（びょうどう）であるべきだ。
人人應該平等。

【名詞の；動詞辭書形；動詞否定形】＋ように。表示以具體的人事物為例，來陳述某件事物的性質或內容等。

❿ ～ように

如同…

例句 私（わたし）が発音（はつおん）するように、後（あと）について言（い）ってください。
請模仿我的發音，跟著複誦一次。

小知識大補帖

▶關於溝通

語言最根本的目的是「コミュニケーション」（溝通）。除了語言，人們也會透過動作來溝通，也就是「ボディーランゲージ」（肢體語言）。例如「挨拶（あいさつ）」（問候），在日本，最具代表性的問候方式是「辞儀（じぎ）」（鞠躬），而西方社會則是「握手（あくしゅ）」（握手）。泰國是「両手（りょうて）を合（あ）わせる」（雙手合掌）放在胸前。而最特別的是玻里尼西亞人的傳統問候方式，他們會「お互（たが）いに鼻（はな）と鼻（はな）を触（ふ）れ合（あ）わせる」（互相摩蹭彼此的鼻子）。

隨著語言的成熟，各國也逐漸發展出相應的問候句，隨著雙方見面的時間與場合的不同，問候的方式也經常不一樣。據說，日本人早上互道的「おはよう」（早）或「おはようございます」（早安），是從「お早（はや）くからご苦労様（くろうさま）です」（一早就辛苦您了）簡化而來的。而白天時段的「こんにちは」（您好）是「今日はご機嫌いかがですか」（您今天感覺如何呢）的簡略說法。至於從黃昏到晚上的「こんばんは」（晚上好），則是將「今晩は良い晩ですね」（今晚是個美好的夜晚呢）縮短成簡短的問候語。

常用的表達關鍵句

＊｛ ｝內也可自行帶入其他詞彙喔！

01 表示要求做出判斷

→｛一体その報告｝は本当だろうか／｛那份報告到底｝是不是真實無誤的呢？

→本当に｛この条件でいい｝だろうか／真的｛只要如此的條件就可以了｝嗎？

→｛はたしてその方法｝は正しいだろうか／｛那樣的方法真的｝是正確的嗎？

02 表示婉轉的斷定

→｛プロとの差は広がるばかり｝ではないか／｛與專業的差距｝好像只是｛越拉越大而已｝。

→｛今はいい機会｝ではないだろうか／｛現在｝不｛正是大好時機｝嗎？

→｛今日の彼女は少し機嫌が悪い｝ようだ／｛今天她｝好像｛有點情緒不佳｝。

→｛給料は多くはないが、平均はある｝ように思う／｛薪水雖然不多，但｝應該是｛有平均的水準｝。

→｛スコアアップに一番大切なのはドライバーの飛距離アップ｝ではなかろうか／｛想要拉高分數｝應該要｛提高 1 號木桿的擊球飛行距離｝吧。

→｛報道のレベルが浅いことが一因｝ではないかと思う／我想｛一部分的原因｝可能是｛媒體報導的水平太低了｝。

→｛猛暑なのは日本だけじゃない｝のがわかる／可知｛氣候持續炎熱的不僅只是日本而已｝。

→｛スキルが不足している｝と考える／可想成是｛技能不足｝。

→｛計算によって予測できる｝ではないかと考える／｛我｝認為應該｛可以透過計算來加以預測｝。

→｛やっと本来の数字に近づいた｝とも考えられる／也可以想成是｛勉強接近原本的數字了｝。

→｛犯人はまだこの周辺にいると｝考えてよさそうである／應該可以認定｛犯人還在這附近｝。

→｛罪が成立しない｝と考えられよう／可以想見｛這不足以構成犯罪｝吧。

關鍵字記單字

▸關鍵字	▸▸▸單字	
驚く（おどろく） 驚訝、害怕	□ ショック【shock】	衝擊，震動；刺激，打擊，震驚
	□ ホラー【horror】	恐怖，戰慄
	□ 意外（いがい）	意外，想不到，出乎意料
	□ 凄い（すごい）	可怕的，駭人的

▸關鍵字	▸▸▸單字	
思う（おもう） 思索、感覺	□ ご遠慮なく（えんりょ）	請不用客氣
	□ 思わず（おもわず）	禁不住，不由得，不由自主地，情不自禁地，不知不覺地
	□ 案外（あんがい）	意想不到，出乎意外
	□ 一体（いったい）	到底，究竟
	□ やはり・やっぱり	果然；還是，仍然
	□ どこか	總覺得，好像
	□ まさか	一旦，萬一；沒有預料的事態來臨
	□ 思い（おもい）	思，思想，思考，思索
	□ 思い（おもい）	願望，心願，意願，志願
	□ 思い出（おもいで）	回憶，回想，追憶，追懷
	□ 思い付く（おもいつく）	（忽然）想出，想起，想到

▸關鍵字	▸▸▸單字	
多い（おおい） 多的	□ 益々（ますます）	越發，益發，更加
	□ 丸（まる）	完全，整個；滿，整；原樣
	□ 多く（おおく）	多，多數，許多
	□ 多く（おおく）	多半，大都
	□ 無数（むすう）	無數
	□ 豊か（ゆたか）	豐富，寬裕，豐盈；十足，足夠
	□ 豊か（ゆたか）	充實，精神上的豐富
	□ しつこい	濃豔，濃重，膩人；（色、香、味等）濃烈得使人感到不快

日本語能力試験 ②

Track 19

つぎの（1）と（2）の文章を読んで、質問に答えなさい。答えは、1・2・3・4から最もよいものを一つえらびなさい。

(1)

日本料理は、お米を中心にして、野菜や魚、海草などさまざまな食材を用いる健康によい料理です。季節と関係が深いことも特徴の一つです。日本は季節の変化がはっきりしていますので、それぞれの季節で取れる食材も変わってきます。「旬」という言葉を聞いたことがありますか。「旬」とは、ある食材がもっとも多く取れ、もっともおいしく食べられる時期のことです。日本料理は、この「旬」を大切にしています。お店のメニューにも、「今が旬」や「旬の食材」と書いてあるのをよく見かけます。また、日本料理は味だけでなく、見た目（注１）の美しさも大切にしています。日本料理のお店で食事をする機会があったら、食べ始める前に、盛り付け（注２）にもちょっと気をつけてみてください。料理をきれいに見せるお皿の選び方や、料理ののせ方からも、料理人が料理に込めた心を感じられることでしょう。

（注１）見た目：外から見た様子

（注２）盛り付け：料理をお皿やお碗にのせること、またそののせ方

28 日本料理には、どんな特徴があると言っているか。

1 お米をたくさん食べるが、野菜、魚、海草などはあまり用いない。

2 季節に関係なく一年中同じ食材を使った料理が多い。

3 日本にしかない食材を使った料理が多い。

4 季節ごとの食材に合わせた料理が多い。

29 「旬」の説明として、正しいものはどれか。

1 その季節だけにとれる材料を使って、料理する方法のこと

2 季節と関係が深い材料を使った料理のこと

3 ある食材が、一年で一番おいしく食べられる期間のこと

4 お店で一番おすすめのメニューのこと

30 日本料理を作る料理人は、どのようなことに特に心を込めているといっているか。

1 味だけでなく、料理をきれいに見せること

2 野菜、魚、海草などをたくさん使った料理の方法を発達させること

3 世界中の人々に日本料理の美しさを知ってもらうようにすること

4 料理をきれいに見せるためのお皿を作ること

Track 20

(2)

マイホーム（注1）の購入は、多くの人にとって一生のうちでいちばん大きな買い物です。マイホームを購入することにどんな良い点と悪い点があるかについて、考えてみましょう。

まず一番の良い点は、一生暮らせる自分の住まいを手に入れられる（注2）ことです。それに、一部を新しく作り変えたり、壁に釘を打ったりするのも自由ですし、財産としても高い価値があります。

次に悪い点についても見てみましょう。まず言えることは、簡単に住む場所を変えられなくなることです。転勤することになって、新しい仕事場の近くに移りたいと思っても、簡単に引っ越すことはできません。また、多くの人は家を購入するためのお金が足りず、住宅ローン（注3）という長期間の借金を抱えることになります。マイホーム購入の際には、あせらず、家族でよく話し合ってから決めましょう。

（注1）マイホーム：自分の家
（注2）手に入れる：自分の物にする
（注3）住宅ローン：住宅を買うために、銀行などからお金を借りること。またその借りたお金のこと

31 マイホームを購入することの良い点はどんなところだと言っているか。

1 住宅ローンを利用する必要がなくなること
2 買ったときより高い値段で他の人に売れること
3 簡単に引っ越しができること
4 一生住める自分のうちを持てること

32 マイホームを購入することの悪い点はどんなところだと言っているか。

1 大きな買い物をする楽しみがなくなってしまうこと
2 簡単に引っ越しができなくなること
3 転勤することができなくなること
4 家族で話し合って決めなければならないこと

33 マイホームを購入する際には、どうするべきだと言っているか。

1 転勤するたびに、新しいマイホームを購入するべきだ。
2 良い家を見つけたら、できるだけ急いで買うべきだ。
3 良い点と悪い点についてよく考え、家族で話し合って決めるべきだ。
4 住宅ローンは利用するべきではない。

翻譯與解題 ②

つぎの(1)と(2)の文章を読んで、質問に答えなさい。答えは、1・2・3・4から最も よいものを一つえらびなさい。

(1)

日本料理は、お米を中心にして、野菜や魚、海草などさまざまな食材を用いる健康によい料理です。季節と関係が深いことも特徴の一つです。日本は季節の変化がはっきりしていますので、**それぞれの季節で取れる食材も変わってきます。**（28題關鍵句）「旬」という言葉を聞いたことがありますか。**「旬」とは、ある食材がもっとも多く取れ、もっともおいしく食べられる時期のことです。**（29題關鍵句）文法詳見 P130日本料理は、この「旬」を大切にしています。お店のメニューにも、「今が旬」や「旬の食材」と書いてあるのをよく見かけます。また、**日本料理は味だけでなく、見た目（注1）の美しさも大切にしています。**（30題關鍵句）日本料理のお店で食事をする機会があったら、食べ始める前に、盛り付け（注2）にもちょっと気をつけてみてください。**料理をきれいに見せるお皿の選び方や、料理ののせ方からも、料理人が料理に込めた心を感じられることでしょう。**（30題關鍵句）

（注1）見た目：外から見た様子

（注2）盛り付け：料理をお皿やお碗にのせること、またそののせ方

- □ 海草　海草；海菜
- □ 用いる　使用；採納
- □ 特徴　特色，特徵
- □ 変化　變化
- □ はっきり　清楚地
- □ それぞれ　各自，分別
- □ 食材　食材
- □ 味　味道
- □ 美しさ　美麗
- □ 機会　機會
- □ お皿　盤子
- □ 込める　包含在內；貫注
- □ お碗　碗，木碗
- □ のせる　放到…上
- □ 材料　食材；材料
- □ 発達　發達；擴展

請閱讀下列(1)和(2)的文章並回答問題。請從選項1・2・3・4當中選出一個最恰當的答案。

(1)

日本料理以米飯為主食，採用蔬菜、魚或海草等各式各樣的食材，是有益健康的料理。和季節有著密不可分的關係是它的特色之一。日本的四季變化鮮明，不同的季節所取得的食材也都有所不同。請問您有聽過「當季」這個詞嗎？所謂的「當季」，就是指某樣食材盛產，也是最好吃的時節。日本料理相當重視這個「當季」。我們也常常可以看到餐廳菜單上寫著「現在是當季」、「當季食材」等字眼。此外，日本料理不光是注重味道，連外觀（注1）的美感也相當講究。如果有機會在日本料理店用餐，不妨在開動以前先看看擺盤（注2）。從美化料理的器皿選用到菜肴的擺盤，也都能感受到師傅對於料理的用心吧！

（注1）外觀：從外表看起來的樣子

（注2）擺盤：把料理放上碗盤，或是其置放方式

Answer **4**

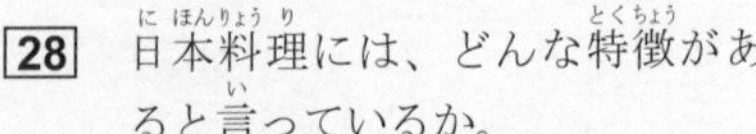

28 日本料理には、どんな特徴があると言っているか。

1 お米をたくさん食べるが、野菜、魚、海草などはあまり用いない。
2 季節に関係なく一年中同じ食材を使った料理が多い。
3 日本にしかない食材を使った料理が多い。
4 季節ごとの食材に合わせた料理が多い。

28 文章提到日本料理有什麼特色呢？

1 吃很多米飯，但是很少使用到蔬菜、魚、海草等。
2 和季節沒什麼關聯，一年到頭常常使用同樣的食材。
3 經常使用日本才有的食材。
4 料理經常會搭配各個季節的食材。

Answer **3**

29 「旬」の説明として、正しいものはどれか。
└文法詳見 P130

1 その季節だけにとれる材料を使って、料理する方法のこと
2 季節と関係が深い材料を使った料理のこと
3 ある食材が、一年で一番おいしく食べられる期間のこと
4 お店で一番おすすめのメニューのこと

29 關於「當季」的說明，正確敘述為何？

1 使用只在該季節才能取得的食材製作料理的方式
2 使用和季節有著深厚關係的食材所製作的料理
3 某樣食材一年當中最好吃的時期
4 餐廳最推薦的菜色

Answer **1**

30 日本料理を作る料理人は、どのようなことに特に心を込めているといっているか。

1 味だけでなく、料理をきれいに見せること
2 野菜、魚、海草などをたくさん使った料理の方法を発達させること
3 世界中の人々に日本料理の美しさを知ってもらうようにすること
4 料理をきれいに見せるためのお皿を作ること

30 製作日本料理的師傅，在什麼地方特別用心呢？

1 不僅是味道，還要讓料理看起來很美麗
2 讓大量使用蔬菜、魚、海草的料理方法更為進步
3 讓世界各地的人知道日本料理之美
4 製作盤子讓料理看起來更漂亮

解題攻略

只有選項４符合文章敘述，對應「それぞれの季節で取れる食材も変わってきます」（不同的季節所取得的食材也都有所不同）。

文章開頭提到「日本料理は、お米を中心にして、野菜や魚、海草などさまざまな食材を用いる…」（日本料理以米飯為主食，採用蔬菜、魚或海草等各式各樣的食材…），所以選項１錯誤。

下一句又提到「季節と関係が深いことも特徴の一つです。…それぞれの季節で取れる食材も変わってきます」（和季節有著密不可分的關係是它的特色之一。…不同的季節所取得的食材也都有所不同），所以選項２也錯誤。選項３的描述沒有出現在文章中。

文中提到「『旬』とは、ある食材がもっとも多く取れ、もっともおいしく食べられる時期のことです」（所謂的「當季」，就是指某樣食材盛產，也是最好吃的時節），由此可知「當季」其實是一個時間概念，不是像選項１說的「料理する方法」（烹飪方法），也不是選項２說的「料理」（料理），更不是選項４說的「メニュー」（菜單）。四個選項當中，只有選項３最接近這個描述。

正確答案是１。文中提到「料理をきれいに見せるお皿の選び方や、料理ののせ方からも、料理人が料理に込めた心を感じられることでしょう」（從美化料理的器皿選用到菜肴的擺盤，也都能感受到師傅對於料理的用心吧）。再加上選項的「味だけでなく」（不僅是味道）對應文章中「日本料理は味だけでなく、見た目の美しさも大切にしています」（不光是注重味道，連外觀的美感也相當講究）。

選項４是「お皿を作る」（製作盤子），但是原文是說「お皿の選び方」（器皿選用），小心別上當了。

問題的關鍵字在「日本料理を作る料理人」（日本料理的師傅）和「心を込めている」（特別用心）。

(2)

マイホーム（注1）の購入は、多くの人にとって一生のうちでいちばん大きな買い物です。マイホームを購入することにどんな良い点と悪い点があるかについて、考えてみましょう。

まず一番の良い点は、一生暮らせる自分の住まいを手に入れられる（注2）**ことです。**それに、一部を新しく作り変えたり、壁に釘を打ったりするのも自由ですし、財産としても高い価値があります。

31題 關鍵句

次に悪い点についても見てみましょう。まず言えることは、**簡単に住む場所を変えられなくなることです。**転勤することになって、新しい仕事場の近くに移りたいと思っても、簡単に引っ越すことはできません。また、多くの人は家を購入するためのお金が足りず、住宅ローン（注3）という長期間の借金を抱えることになります。**マイホーム購入の際には、あせらず、家族でよく話し合ってから決めましょう。**

32題 關鍵句

33題 關鍵句

└文法詳見 P130

（注1）マイホーム：自分の家
（注2）手に入れる：自分の物にする
（注3）住宅ローン：住宅を買うために、銀行などからお金を借りること。またその借りたお金のこと

- □ 購入　購買
- □ 一生　一輩子，終生
- □ 暮らす　生活
- □ 住まい　住宅
- □ 釘　釘子
- □ 打つ　打，敲
- □ 財産　財產
- □ 価値　價值
- □ 変える　變更
- □ 転勤　調職，調動工作
- □ 移る　遷移；移動；推移
- □ 引っ越す　搬家
- □ 足りる　足夠
- □ 抱える　負擔；（雙手）抱著
- □ あせる　焦急，不耐煩

(2)

購買 My home（注 1）對於很多人而言是一生當中最昂貴的花費。我們來想想看買 My home 有哪些好處和壞處吧！

開門見山帶出My home這個話題。

首先最大的好處是，擁有（注 2）屬於自己可以住上一輩子的房子。不僅如此，將房子一部分翻新，或是在牆壁打釘子也都是個人自由，作為財產也有相當高的價值。

說明My home的優點。

接著來看看壞處吧！首先提到的是，居住地點不能說換就換。即使面臨調職，想搬到新的工作地點附近，也不能說搬就搬。還有，很多人不夠錢買房子，就得背負房貸（注 3）這個長期的債務。在購買 My home 時，不要焦急，和家人好好地討論再決定吧。

說明My home的缺點，並給予讀者購買時的建議。

（注 1）My home：自己的家
（注 2）入手：把某物變成自己的東西
（注 3）房貸：為了購買住宅，向銀行等機構借貸。或是指該筆借款

Answer 4

31 マイホームを購入することの良い点はどんなところだと言っているか。

1 住宅ローンを利用する必要がなくなること
2 買ったときより高い値段で他の人に売れること
3 簡単に引っ越しができること
4 一生住める自分のうちを持てること

31 本文提到購買My home有什麼好處呢？

1 不再需要背負房貸
2 可以以高於購買時的價格賣給別人
3 搬家可以説搬就搬
4 可以擁有住上一輩子的自己的家

Answer 2

32 マイホームを購入することの悪い点はどんなところだと言っているか。

1 大きな買い物をする楽しみがなくなってしまうこと
2 簡単に引っ越しができなくなること
3 転勤することができなくなること
4 家族で話し合って決めなければならないこと

32 本文提到購買My home有什麼壞處呢？

1 無法再享受巨額消費的樂趣
2 搬家變得無法説搬就搬
3 不能調職
4 必須和家人討論過後再決定

Answer 3

33 マイホームを購入する際には、どうするべきだと言っているか。
（べきだ：文法詳見P130）

1 転勤するたびに、新しいマイホームを購入するべきだ。
（たびに：文法詳見P131）
2 良い家を見つけたら、できるだけ急いで買うべきだ。
3 良い点と悪い点についてよく考え、家族で話し合って決めるべきだ。
4 住宅ローンは利用するべきではない。

33 本文提到購買My home應該要怎麼做呢？

1 每次調職就應該買一棟新家。
2 找到好的房子就要盡快買下。
3 好好地思考好處及壞處，和家人討論過後再決定。
4 不應該申請房貸。

解題攻略

選項１、選項２和選項３都錯誤，文中針對購買My home的好處並沒有提到房貸，也沒有提到轉賣，更沒有提到搬家。再加上選項４的「一生住める」對應文中「一生暮らせる」、「自分のうち」對應「自分の住まい」、「持てる」對應「手に入れられる」，都是換句話說的句子。正確答案是４。

這篇文章整體是在探討“My home”的優缺點。對多數日本人來說，My home不僅是一棟屬於自己的房子，更是一個畢生的夢想。由於它具有這層特殊意義，所以在這邊刻意不翻譯成中文的「我的家」或「自己的家」。

這一題問的是購買My home的壞處，答案就在第三段。文中提到「簡単に住む場所を変えられなくなることです」（居住地點不能說換就換）、「多くの人は家を購入するためのお金が足りず、住宅ローンという長期間の借金を抱えることになります」（很多人不夠錢買房子，就得背負房貸），符合這兩項敘述的只有選項２。

表示先後順序的語詞像是「まず」（首先）、「また」（此外），這些接續詞、副詞在文章當中扮演了重要的角色，可以讓文章敘述起來有層次且條理分明，幫助理解。

這一題對應全文最後的建議。解題關鍵在「マイホーム購入の際には、あせらず、家族でよく話し合ってから決めましょう」（在購買My home時，不要焦急，和家人好好地討論再決定吧），最接近這個敘述的是選項３。

當問題出現「どうするべきだ」（應該怎麼做）的時候，不妨可以找找文章中出現「～てください」、「～ましょう」、「～ことだ」…等句型，通常這就是答案所在。

翻譯與解題 ②

重要文法

【名詞】＋とは。表示主題，前項為接下來話題的主題內容，後面常接疑問、評價、解釋等表現。

❶ とは

所謂的…、…指的是；叫…的、是…、這個…。

例句 食べ放題とは、食べたいだけ食べてもいいということです。

所謂的吃到飽，意思就是想吃多少就可以吃多少。

【名詞】＋として。「として」接在名詞後面，表示身分、地位、資格、立場、種類、名目、作用等。有格助詞作用。

❷ として

以…身分、作為…；如果是…的話、對…來説

例句 責任者として、状況を説明してください。

請以負責人的身分，説明一下狀況。

【名詞の；動詞普通形】＋際には。表示動作、行為進行的時候。相當於「～ときに」。

❸ さいには

…的時候、在…時、當…之際

例句 パスポートを申請する際には写真が必要です。

申請護照時需要照片。

【動詞辭書形】＋べきだ。表示那樣做是應該的、正確的。常用在勸告、禁止及命令的場合。是比較客觀或原則的判斷，書面跟口語都可以用，相當於「～するのが当然だ」。「べき」前面接サ行變格動詞時，「する」也常會使用「す」。「す」為文言的サ行變格動詞終止形。

❹ べきだ 必須…、應當…

例句 自分の不始末は自分で解決すべきだ。

自己闖的禍應該要自己收拾。

❺ たび（に）　每次…、每當…就…

例句 あいつは、会うたびに皮肉を言う。

每次跟那傢伙碰面，他就冷嘲熱諷的。

【名詞の；動詞辭書形】＋たび（に）。表示前項的動作、行為都伴隨後項，相當於「～するときはいつも～」。或表示每當進行前項動作，後項事態也朝某個方向逐漸變化。

小知識大補帖

▶日本料理的要角－－壽司

說到以「米」（米飯）為主食的「日本料理」（日本料理），就不得不說說「すし」（壽司）了。日本人喜歡吃壽司，從「チェーン店」（連鎖店）的「回転寿司屋」（迴轉壽司店）到銀座的高級餐廳，「値段」（價格）有高有低，「作り方」（製作方法）與美味程度也有差異。有些店是現切「刺身」（生魚片）捏製，有些則只是把在工廠裡切好的冷凍生魚片擺到用機器捏好的飯糰上而已。

若要分辨一家壽司店是否高級，可以看「イカ」（墨魚）的「表面」（表面）有沒有細細的割痕。因為「生のイカ」（生墨魚）的表面可能沾附著「寄生虫」（寄生蟲），只要經過「冷凍する」（冷凍）就能殺死寄生蟲。但是如果生食，就必須用刀子在表面劃出細痕，這樣不但「食べやすい」（方便嚼食），同時也能達到殺死那些寄生蟲的功效，這是「料理人」（廚師）的基本「常識」（常識）。所以如果一家店的墨魚表面沒有割痕，就表示這是沒有這種常識的廚師做的，或者這家店用的是冷凍墨魚。

常用的表達關鍵句

＊｛ ｝內也可自行帶入其他詞彙喔！

01 表示進行思考

- ｛皆さんが寂しいと感じたときのことを思い出し｝てみてください／請｛各位｝試著｛回想｝看看｛感到孤獨寂寞時的情景｝。
- ｛世の中の流れを読み、あなたの商売に生かせないか｝を考えてみよう／｛觀察世局動向，然後｝思考｛能否活用在你的生意場上｝吧。
- ｛効果と影響｝について検討してみよう／探討一下關於｛效果以及影響力的｝問題吧。
- ｛マンション市場の今と今後｝を考察してみよう／考察看看｛高級公寓市場現今以及未來的趨勢｝吧。
- ｛私はその事｝についてしばらく考えました／｛我｝針對｛那件事情｝思考了一陣子。
- ｛具体的な事業戦略｝について明らかにしてみよう／來試著弄清楚｛具體企業總體的策略｝吧。
- ｛一度断った事｝を｛再び｝問題として取り上げてみよう／把｛曾經否決的事情再一次｝作為問題提出來吧。

02 表示委婉表現

- ｛相続するのが長女｝であろう／｛繼承遺產的｝是｛長女｝吧。
- ｛努力すればなんとかなるの｝ではないか／｛只要努力｝可能｛總有辦法的｝吧。
- ｛態度は矛盾｝ではないだろうか／｛心裡｝可能｛有點矛盾｝吧？
- ｛この間違いは彼の軽率さが原因である｝と考えてよさそうである／應該可以認定｛這次的錯誤，原因歸結於他的草率行事所致的｝。
- ｛今後、より深い議論を行うに当たって有益である｝と考えられよう／可以看做｛這對今後，更深一層討論這一議題時會有所助益｝。
- ｛この観点からすれば、彼は正しかった｝と言えよう／｛由此觀點來看｝可以說｛他是對的｝吧。

關鍵字記單字

▸關鍵字	▸▸▸單字	
変(か)わる 變化、改變	□ 化(か)	變化，變遷
	□ 変化(へんか)	變化，變更
	□ 変更(へんこう)	變更，更改，改變
	□ 曲(ま)げる	違心，改變，放棄
	□ 直(なお)す	改正
	□ 変(か)わる	變，變化；改變，轉變
	□ 移(うつ)る	變心
	□ 弱(よわ)まる	變弱，衰弱
移(うつ)る 移動、感染	□ 乗(の)り換(か)え	換乘，改乘，改搭
	□ 下(さ)げる	使後退，向後移動
	□ 動(うご)かす	移動，挪動
	□ 移(うつ)す	移，挪；搬，遷
	□ 移(うつ)る	移動
	□ 移(うつ)る	感染
	□ 変(か)わる	改變時間地點，遷居，調任
	□ 引(ひ)っ越(こ)し	搬家，遷居
生(い)きる 生活、生存	□ 世(よ)の中(なか)	人世間，社會；時代，時期；男女之情
	□ 世間(せけん)	世上，社會上；世人；社會輿論
	□ 民間(みんかん)	民間
	□ 命(いのち)	生命，命
	□ 一生(いっしょう)	一生，終生，一輩子
	□ 生前(せいぜん)	生前
	□ 暮(く)らす	生活，度日
	□ 過(す)ごす	度（日子、時間），過生活

日本語能力試験 ③

Track 21

つぎの（1）と（2）の文章を読んで、質問に答えなさい。答えは、1・2・3・4から最も よいものを一つえらびなさい。

(1)

昨日、電車の中でちょっと①うれしい光景に出会った。車内は混んでいたが満員というほどでもなく、私は入り口の近くに立っていた。私の前の優先席には、派手な服装をした若い男が座っていた。私はまだ若いつもりだから、席を譲ってほしいとは思わないが、もし、そばにお年寄りや体の不自由な方が立っていたら、その若者に一言注意してやろうと思い、まわりを見まわしてみた。しかし、そばには席が必要そうな人は見当たらなかった（注）。次の駅で、一人のおじいさんが乗ってきて、私のとなりに立った。私が若者に向かって②口を開こうとしたその時、若者は自分から立ち上がり、おじいさんに「どうぞ」と言って席を譲った。③私は自分を恥ずかしく思った。だが、それと同時に、とてもさわやかな気持ちにもなった。よく最近の若者は礼儀を知らないという人がいるが、必ずしもそうではないのだ。

（注）見当たる：探していた物が見つかる

28 ①うれしい光景とあるが、どういうことか。

1　車内が混んでいたが、満員ではなかったこと

2　派手な服装をした若い男を見たこと

3　自分のそばに席が必要な人がいなかったこと

4　若者が自分から席を譲ったこと

29 ②口を開こうとしたとあるが、何をしようとしたのか。

1　あくびをする。

2　おじいさんに席を譲るように若者に言う。

3　自分に席を譲るように若者に言う。

4　電車が発車したことを若者に教える。

30 ③私は自分を恥ずかしく思ったとあるが、どうしてか。

1　服装だけで人を判断してしまったから

2　自分が注意する前に若者が立ち上がってしまったから

3　自分の服装が若者のように派手でなかったから

4　自分がおじいさんに席を譲ってあげなかったから

Track 22

(2)

以前、『分数ができない大学生』という本が話題になったことがあるが、本屋ではじめてこの本を見たとき、わたしは自分の目を疑った（注）。大学生にもなって、分数のような簡単な計算ができないなんて、とても信じられなかったのだ。しかし、①これは本当のことらしかった。この本の出版は、人々に大きな驚きを与えた。そして、このころから、「日本の学生の学力低下」が心配されるようになった。

私は、そのいちばんの原因としては、やはり国の教育政策の失敗を挙げなければならないと思う。子どもの負担を軽くしようと、授業時間を短くしたために、学校で教えられる量まで減ってしまったのだ。私が子どものころと比べると、今の教科書はだいぶ薄くなっている。特に、国語や算数などの基礎的な科目の教科書はとても薄い。

こう考えると、②「分数ができない大学生」たちが増えたのは当然だといえる。学生だけの責任ではない。

（注）目を疑う：実際に見た事実を信じられない

31 ①これはなにを指すか。

1 『分数ができない大学生』という本が出版されたこと

2 『分数ができない大学生』という本がとても話題になったこと

3 分数の計算ができない大学生が存在すること

4 分数の計算ができない大学生が本を書いたこと

32 ②「分数ができない大学生」たちが増えたのは当然だといえるとあるが、それはどうしてだと言っているか。

1 『分数ができない大学生』という本がとても売れたから

2 授業時間が短くなって、学校で教える量も減ったから

3 『分数ができない大学生』という本の内容をみんなが疑ったから

4 勉強が嫌いな学生が増えたから

33 この文章で「私」が最も言いたいことは何か

1 『分数ができない大学生』という本の内容はとてもすばらしい。

2 日本の学生の学力が下がったのは、『分数ができない大学生』という本に原因がある。

3 日本の学生の学力が下がったのは国の政策にも原因がある。

4 「分数ができない大学生」は、実際にはそれほど多くない。

翻譯與解題 ③

つぎの(1)と(2)の文章を読んで、質問に答えなさい。答えは、1・2・3・4から最もよいものを一つえらびなさい。

(1)

昨日、電車の中でちょっと①うれしい光景に出会った。車内は混んでいたが満員というほどでもなく、私は入り口の近くに立っていた。**私の前の優先席には、派手な服装をした若い男が座っていた。**（28題 關鍵句）私はまだ若いつもりだから、席を譲ってほしいとは思わないが、**もし、そばにお年寄りや体の不自由な方が立っていたら、その若者に一言注意してやろうと思い、**（29題 關鍵句）まわりを見まわしてみた。しかし、そばには席が必要そうな人は見当たらなかった（注）。次の駅で、一人のおじいさんが乗ってきて、私のとなりに立った。**私が若者に向かって②口を開こうとしたその時、若者は自分から立ち上がり、おじいさんに「どうぞ」と言って席を譲った。**（30題 關鍵句）③私は自分を恥ずかしく思った。だが、それと同時に、とてもさわやかな気持ちにもなった。よく最近の若者は礼儀を知らないという人がいるが、必ずしもそうではないのだ。

（注）見当たる：探していた物が見つかる

- □ 光景　情景，畫面
- □ 混む　擁擠，混雜
- □ 満員　（船、車、會場等）滿座
- □ ほど　表程度
- □ 優先席　博愛座
- □ 派手　華麗；鮮豔
- □ 服装　服裝，服飾
- □ 譲る　讓（出）
- □ 不自由な方　行動不便者
- □ 一言　幾句話；一句話
- □ 見まわす　張望，環視
- □ 立ち上がる　起身，起立
- □ 恥ずかしい　羞恥，慚愧
- □ さわやか　（心情）爽快，爽朗
- □ 必ずしも　不一定，未必（後接否定）
- □ あくび　哈欠
- □ 発車　發動，發車

請閱讀下列(1)和(2)的文章並回答問題。請從選項1．2．3．4當中選出一個最恰當的答案。

(1)

昨天在電車中我遇見了一個有些①令人高興的畫面。車廂裡面雖然人擠人，但還不到客滿的程度。我站在靠近出口的地方。我前方的博愛座上坐了一個穿著搶眼的年輕男子。我覺得我還年輕，不需要他讓位給我。可是我心想，如果旁邊有老年人或是殘障人士站著的話，我一定要說他個幾句，所以我就張望一下四周。不過，四周並沒有看到看起來需要座位的人（注）。在下一站時，一位老爺爺上了車，站在我旁邊。我②正準備要開口向年輕人說話時，他就自己站起來，說句「請坐」並讓位。③我自己覺得羞愧。同時地，卻也有種舒爽的感覺。有很多人都說最近的年輕人沒有禮貌，可是也不全然是這麼一回事。

（注）看到：發現正在尋找的東西

Answer **4**

28 ①うれしい光景とあるが、どういうことか。

1 車内が混んでいたが、満員ではなかったこと
2 派手な服装をした若い男を見たこと
3 自分のそばに席が必要な人がいなかったこと
4 若者が自分から席を譲ったこと

28 文中提到①令人高興的畫面，這是指什麼呢？

1 車內雖然人擠人，但是沒有客滿
2 看到一個穿著搶眼的年輕男子
3 自己身邊沒有需要座位的人
4 年輕人自動讓座

Answer **2**

29 ②口を開こうとしたとあるが、何をしようとしたのか。

1 あくびをする。
2 おじいさんに席を譲るように若者に言う。
3 自分に席を譲るように若者に言う。
4 電車が発車したことを若者に教える。

29 文中提到②正準備要開口，他是要做什麼呢？

1 打呵欠。
2 叫年輕人讓座給老爺爺。
3 叫年輕人讓座給自己。
4 告訴年輕人電車開了。

Answer **1**

30 ③私は自分を恥ずかしく思ったとあるが、どうしてか。

1 服装だけで人を判断してしまったから
2 自分が注意する前に若者が立ち上がってしまったから
3 自分の服装が若者のように派手でなかったから
4 自分がおじいさんに席を譲ってあげなかったから

30 文中提到③我自己覺得很羞愧，這是為什麼呢？

1 因為只憑服裝就判斷一個人
2 因為在自己提醒之前年輕人就自己站了起來
3 因為自己的服裝不如年輕人那樣搶眼
4 因為自己沒讓座給老爺爺

解題攻略

解題關鍵在「だが、それと同時に、とてもさわやかな気持ちにもなった」（同時地，卻也有種舒爽的感覺），原因就在「若者は自分から立ち上がり、おじいさんに『どうぞ』と言って席を譲った」（他就自己站起來，說句「請坐」並讓位），也就是說，看到年輕人讓座，讓作者的心情很不錯。

這一題考的是劃線部分，通常劃線部分的解題關鍵就在上下文，所以要從上下文當中找出讓作者覺得很高興的事情。特別是這一句是位在文章開頭，暗示接下來文章要針對這句話進行解釋，所以要從下文來找答案。

解題關鍵在「私はまだ若いつもりだから、席を譲ってほしいとは思わないが、もし、そばにお年寄りや体の不自由な方が立っていたら、その若者に一言注意してやろうと思い」（我覺得我還年輕，不需要他讓位給我。可是我心想，如果旁邊有老年人或是殘障人士站著的話，我一定要說他個幾句），作者開口就是準備要講這件事情，正確答案是２。

「口を開く」意思是開口說話，所以選項１錯誤。

選項４的「発車」在文中也沒提到。

「おじいさん」對應「お年寄り」。

解題關鍵在「私が若者に向かって口を開こうとしたその時、若者は自分から立ち上がり、おじいさんに『どうぞ』と言って席を譲った」（我正準備要開口向年輕人說話時，他就自己站起來，說句「請坐」並讓位）。所以作者才會感到羞愧。四個選項當中，選項１最符合這個情境。因為文章前面提到「派手な服装をした若い男」（穿著搶眼的年輕男子），原本心裡就想說這個年輕人不會讓座，可見作者只憑外表就斷定一個人。

選項２是陷阱。「自分が注意する前に若者が立ち上がってしまったから」（因為在自己提醒之前年輕人就自己站了起來）指的其實是在開口前年輕人就自己站了起來，讓作者錯失說教的機會，覺得很糗。但其實說教並不是作者的本意，所以選項２錯誤。

(2)

以前、『分数ができない大学生』という本が話題になったことがあるが、本屋ではじめてこの本を見たとき、わたしは自分の目を疑った（注）。**大学生にもなって、分数のような簡単な計算ができない**なんて、とても信じられなかったのだ。しかし、①これは本当のことらしかった。この本の出版は、人々に大きな驚きを与えた。そして、このころから、「日本の学生の学力低下」が心配されるようになった。

31題關鍵句

文法詳見 P146

私は、そのいちばんの原因としては、**やはり国の教育政策の失敗を挙げなければならないと思う。子どもの負担を軽くしようと、授業時間を短くしたために、学校で教えられる量まで減ってしまったのだ。**私が子どものころと比べると、今の教科書はだいぶ薄くなっている。特に、国語や算数などの基礎的な科目の教科書はとても薄い。

33題關鍵句

文法詳見 P146

32題關鍵句

こう考えると、②「分数ができない大学生」たちが増えたのは当然だといえる。学生だけの責任ではない。

（注）目を疑う：実際に見た事実を信じられない

- □ 分数 （數學結構的）分數
- □ 話題になる 引起話題
- □ 出版 出版，發行
- □ 驚き 震驚，吃驚
- □ 与える 給予；使蒙受
- □ 学力 學習力
- □ 低下 低落，下降
- □ やはり 果然；依然
- □ 政策 政策
- □ 挙げる 舉出，列舉
- □ 負担 負擔，承擔
- □ だいぶ 頗，很，相當
- □ 基礎的 基礎的，根基的
- □ 科目 科目
- □ 存在 存在
- □ それほど （表程度）那麼，那樣

(2)

以前曾經有本名叫『不會分數的大學生』的書造成話題，我第一次在書店看到這本書時，一度懷疑自己的眼睛（注）。都已經是大學生了，居然不會算分數這麼簡單的東西，真是讓人難以置信。不過，①這件事似乎是真有其事。這本書的出版帶給眾人很大的震撼。從此之後，大家也就開始擔心起「日本學生學力下降」。

> 『不會分數的大學生』這本書點出了日本學生學力下降的事實。

我認為最大的原因應該在於國家教育政策的失敗。為了減輕孩子們的負擔、減少上課時間，連學校教授的事物都跟著減量。比起我小時候，現在的教科書都變薄許多。特別是國語、數學等基礎科目的教科書薄到不行。

> 作者認為造成這個現象的原因在於國家的教育政策失敗。

一這麼想，②「不會分數的大學生」們增加也是理所當然的。這不僅僅是學生的責任。

> 作者認為不會分數的大學生人數增加，不完全是學生的問題。

（注）懷疑自己的眼睛：不相信實際上看到的事實

Answer 3

31 ①これはなにを指すか。

1 『分数ができない大学生』という本が出版されたこと
2 『分数ができない大学生』という本がとても話題になったこと
3 分数の計算ができない大学生が存在すること
4 分数の計算ができない大学生が本を書いたこと

31 文中提到①這件事，是指什麼呢？

1 『不會分數的大學生』這本書出版問世
2 『不會分數的大學生』這本書造成話題
3 不會分數的大學生實際上真的存在
4 不會分數的大學生寫書

Answer 2

32 ②「分数ができない大学生」たちが増えたのは当然だといえるとあるが、それはどうしてだと言っているか。

1 『分数ができない大学生』という本がとても売れたから
2 授業時間が短くなって、学校で教える量も減ったから
3 『分数ができない大学生』という本の内容をみんなが疑ったから
4 勉強が嫌いな学生が増えたから

32 文中提到②「不會分數的大學生」們之所以增加也是理所當然的，作者為什麼這樣說呢？

1 因為『不會分數的大學生』這本書十分熱賣
2 因為上課時間縮短，學校教授的事物也減量
3 因為大家都懷疑『不會分數的大學生』這本書的內容
4 因為討厭讀書的學生增加了

Answer 3

33 この文章で「私」が最も言いたいことは何か

1 『分数ができない大学生』という本の内容はとてもすばらしい。
2 日本の学生の学力が下がったのは、『分数ができない大学生』という本に原因がある。
3 日本の学生の学力が下がったのは国の政策にも原因がある。
4 「分数ができない大学生」は、実際にはそれほど多くない。

33 在這篇文章中「我」最想說的是什麼？

1 『不會分數的大學生』這本書內容非常精彩。
2 日本學生學力之所以下降，是因為『不會分數的大學生』這本書。
3 日本學生學力之所以下降也是因為國家政策。
4 「不會分數的大學生」其實沒有那麼多。

解題攻略

解題關鍵在「大学生にもなって、分数のような簡単な計算ができないなんて、とても信じられなかったのだ」（都已經是大學生了，居然不會算分數這麼簡單的東西，真是讓人難以置信），下一句即是劃線部分「これは本当のことらしかった」（這件事似乎是真有其事）。所以「これ」的內容就是「大学生にもなって、分数のような簡単な計算ができない」這件事情，選項３是正確答案。

通常文章中出現「こ」開頭的指示詞，指的一定是不久前提到的人事物，是上一個提到的主題概念，或是上一句。

這一題問的是劃線部分的原因，可以回劃線部分的上一段找答案。解題關鍵在「私は、そのいちばんの原因としては、やはり国の教育政策の失敗を挙げなければならないと思う。子どもの負担を軽くしようと、授業時間を短くしたために、学校で教えられる量まで減ってしまったのだ」（我認為最大的原因應該在於國家教育政策的失敗。為了減輕孩子們的負擔、減少上課時間，連學校教授的事物都跟著減量）。「日本の学生の学力低下」和「『分数ができない大学生』たちが増えた」意思相近，所以這個解釋就是答案。

選項１錯誤。作者有提到『分数ができない大学生』這本書，但沒有對這本書做任何評價。

選項２也錯誤，從「…原因としては、やはり国の教育政策の失敗…」（…原因應該在於國家教育政策的失敗…）可知，作者認為日本學生學力下降的問題出在國家政策，而不是這本書。

文章裡並沒有提到「不會分數的大學生」的實際人數多寡，選項４錯誤。

這一題問的是作者最主要的意見。像這樣半開放式作答的題目就可以用刪去法來作答，比較節省時間。

選項３用「も」表示原因不僅如此，也可以呼應最後一句「学生だけの責任ではない」（這不僅僅是學生的責任），暗示學生們也要負點責任，選項３正確。

翻譯與解題 ③

重要文法

【［名詞・形容詞・形容動詞・動詞］普通形】＋なんて。表示對所提到的事物，帶有輕視的態度。

❶ なんて　…之類的、…什麼的

例句 いい年して、嫌いだからって無視するなんて、子どもみたいですね。

都已經是這麼大歲數的人了，只因為不喜歡就當做視而不見，實在太孩子氣了耶！

【名詞】＋として。「として」接在名詞後面，表示身分、地位、資格、立場、種類、名目、作用等。有格助詞作用。

❷ として

以…身分、作為…；如果是…的話、對…來說

例句 本の著者として、内容について話してください。

請以本書作者的身分，談一下本書的內容。

小知識大補帖

▶電車趣事

說到「電車」（電車），應該很多人都有把東西忘在車上的經驗吧？根據 JR 東日本統計，最常見的「忘れ物」（遺失物）是「マフラー」（圍巾）、「帽子」（帽子）、「手袋」（手套）等衣物，接著是「傘」（傘）。每年大約有多達 30 萬支傘被忘在車上。儘管下雨天車廂內的「アナウンス」（廣播）總是一再播放「傘をお忘れになりませんように」（請記得帶走您的傘），只可惜「効果が薄い」（效果有限）。

順帶一提，由於日本人有進入房屋時脫下鞋子的「習慣」（習慣），因此在電車剛開始營運的明治時代，很多人會在「列車に乗る」（搭乘電車）前「靴を脱ぐ」（脫下鞋子），結果到站下車後，才發現沒有鞋子可穿。

▸「～なんて」、「～なんか」補充說明

「～なんて」是由「～など」＋「と」變化而來的，「～など」用於加強否定的語氣，也表示不值得一提、無聊、不屑等輕視的心情。

例：「私の気持ちが、君などに分かるものか。」（我的感受你怎麼會了解！）

另一個和「～なんて」相似的用法是「～なんか」。「～なんか」是由「なに」＋「か」變化而來，和「～なんて」一樣有輕視之意。

例：「あいつが言うことなんか、信じるもんか。」
（我才不相信那傢伙說的話呢！）

「～なんか」可用於舉例，從各種事物中例舉其一，是比「など」還隨便的說法。

例：「庭に、芝生なんかあるといいですね。」
（如果庭院有個草坪之類的東西就好了。）

另外，如果用「なんか～ない」的形式，則表示「連…都不…」之意。
例：「ラテン語なんか、興味ない。」（拉丁語那種的我沒興趣。）

「なんか」也可以表示“不知為何但有這種感覺”的心情，可譯作“總覺得”。
例：「なんか悲しい。」（總覺得好悲傷。）

常用的表達關鍵句

＊{ } 內也可自行帶入其他詞彙喔！

01 表示期望

- {夫が瀬戸物の茶碗をほし} がっています／{我先生} 想 {要陶瓷的茶杯}。
- {手術を乗り越え} てほしい／希望 {能挺過這次的手術}。
- {早く暖かく} なってほしい／希望 {能盡早回暖}。
- {駅からの距離が近い物件} がいい／最好是 {離車站不遠的房子}。
- {テレビ番組の改善} を望む／希望 {電視節目能夠有所改善}。

02 表示經歷、經驗

- {ドラマを録画す} ることがある／偶爾會 {錄下連續劇}。
- {日本で就職し} たことがある／曾經 {在日本工作} 過。
- {バスが時間通りに来} ないことがある／有時 {公車} 不 {會準時來}。

03 表示變化

- {自ら考えて遊ぶ} ようになります／變得能 {獨自思考如何玩遊戲}。
- {試合を見に行け} なくなりました／不 {能前去觀看比賽} 了。
- {子ども部屋を少し広} くします／把 {兒童房} 改裝得 {寬敞些}。
- {川をきれい} にします／把 {河川} 整治得 {乾淨清澈}。
- {コンピュータ技術はこれからも発展し} ていきます／{電腦技術今後也將持續發展} 下去。
- {子どもの行きたい場所が増え} てきました／{孩子們想去的地方選項多了} 起來。

04 表示比喻、例示

- {雪} のような {肌がほしい} ／{我想擁有} 如 {白雪} 般 {淨透無瑕的肌膚}。

148

關鍵字記單字

▸關鍵字	▸▸▸單字	
おさな **幼い** 年幼	□ わかもの 若者	年輕人，青年
	□ ようじ 幼児	幼兒，幼童
	□ しょうねん 少年	少年
	□ しょうがくせい 小学生	小學生

こま **困る** 苦惱、為難	□ めいわく 迷惑	麻煩；煩擾；為難；打攪
	□ めんどう 面倒	麻煩，費事；繁瑣，棘手；照顧，照料
	□ ふじゆう 不自由	（手腳等）不聽使喚；不自由，不如意，不充裕
	□ くる 苦しい	痛苦，身體不舒服，疼痛
	□ なや 悩む	煩惱，苦惱，憂愁；感到痛苦
	□ つ 詰まる	困窘，窘迫
	□ まよ 迷う	迷，迷失；困惑；迷戀；（佛）執迷；（古）（毛線、線繩等）絮亂，錯亂

かぞ **数える** 計算	□ せいすう 整数	（數字）整數
	□ きすう 奇数	（數字）奇數
	□ しょうすう 小数	（數字）小數
	□ しょうすう 少数	少數
	□ ぶんすう 分数	（數學的）分數
	□ ナンバー【number】	數，數字，號碼
	□ プラス【plus】	加，加上
	□ か ざん 掛け算	乘法
	□ わ ざん 割り算	除法
	□ た ざん 足し算	加法
	□ ひ ざん 引き算	減法
	□ わ 割る	除

日本語能力試験 ④

Track 23

つぎの（1）と（2）の文章を読んで、質問に答えなさい。答えは、1・2・3・4から最もよいものを一つえらびなさい。

(1)

「楽は苦の種、苦は楽の種」という言葉があります。「今、楽をすれば後で苦労することになり、今、苦労をしておけば後で楽ができる」という意味です。

子どものころの夏休みの宿題を思い出してみてください。休みが終わるころになってから、あわててやっていた人が多いのではないでしょうか。先に宿題を終わらせてしまえば、後は遊んで過ごせることは分かっているのに、夏休みになったとたんに遊びに夢中になってしまった経験を、多くの人が持っていると思います。

人は誰でも、嫌なことは後回し（注）にしたくなるものです。しかし、たとえ①そのときは楽ができたとしても、それで嫌なことを②やらなくてもよくなったわけではありません。

苦しいことは、誰だっていやなものです。しかし、今の苦労はきっとよい経験となり、将来幸せを運んでくれると信じて乗り越えてください。

（注）後回し：順番を変えてあとにすること

28 ①そのときとあるが、ここではどんなときのことを言っているか。

1　子どものとき
2　夏休み
3　自分の好きなことをしているとき
4　宿題をしているとき

29 ②やらなくてもよくなったわけではありませんとあるが、どういうことか。

1　やってもやらなくてもよい。
2　やりたくなったら、やればよい。
3　やらなくてもかまわない。
4　いつかは、やらないわけにはいかない。

30 「楽は苦の種、苦は楽の種」の例として、正しいのはどれか。

1　家が貧しかったので、学生時代は夜、工場で働きながら学んだが、今ではその経験をもとに、大企業の経営者になった。
2　ストレスがたまったので、お酒をたくさん飲んだら楽しい気分になった。
3　悲しいことがあったので下を向いて歩いていたら、お金が落ちているのに気がついた。
4　家が金持ちなので、一度も働いたことがないのに、いつもぜいたくな生活をしている。

31 この文章で一番言いたいことは何か。

1　楽しみと苦しみは同じ量あるので、どちらを先にしても変わらない。
2　今の苦労は将来の役に立つのだから、嫌なことでも我慢してやる方がよい。
3　夏休みの宿題は、先にする方がよい。
4　楽しみや苦しみは、その人の感じ方の問題である。

Track 24

(2)

「ばか（注）とはさみは使いよう」という言葉があります。「使いよう」は、「使い方」のことです。これは、「古くて切れにくくなったはさみでも、うまく使えば切れないことはない。それと同様に、たとえ頭の良くない人でも、使い方によっては役に立つ」という意味です。

どんな人にも、できることとできないこと、得意なことと苦手なことがあります。人を使うときには、その人の能力や性格に合った使い方をすることが大切です。会社であなたの部下が、あなたの期待したとおりに仕事をすることができなかったとしても、それはその人がまじめにやらなかったからとか、頭が悪いからとは限りません。一番の責任は、その人に合った仕事を与えなかったあなたにあるのです。

（注）ばか：頭が悪い人

32 期待したとおりに仕事をすることができなかったときは、誰の責任が一番大きいと言っているか。

1　その人にその仕事をさせた人

2　その仕事をした人

3　その仕事をした人とさせた人の両方

4　誰の責任でもない

33 この文章を書いた人の考えに、もっとも近いのはどれか。

1　人を使うときには、期待したとおりに仕事ができなくても当然だと思うほうがいい。

2　頭の良くない人でも、うまくはさみを使うことができる。

3　人を使う地位にいる人は、部下の能力や性格をよく知らなければならない。

4　人を使うときには、まず、はさみをうまく使えるかどうかを確かめるほうがいい。

つぎの(1)と(2)の文章を読んで、質問に答えなさい。答えは、1・2・3・4から最もよいものを一つえらびなさい。

(1)

「楽は苦の種、苦は楽の種」という言葉があります。**「今、楽をすれば後で苦労することになり、今、苦労をしておけば後で楽ができる」**という意味です。 30題 關鍵句

子どものころの夏休みの宿題を思い出してみてください。休みが終わるころになってから、あわてててやっていた人が多いのではないでしょうか。先に宿題を終わらせてしまえば、後は遊んで過ごせることは分かっているのに、夏休みになったとたんに遊びに夢中になってしまった経験を、多くの人が持っていると思います。

文法詳見 P164

人は誰でも、**嫌なことは後回し**（注）**にしたくなる**ものです。しかし、たとえ①そのときは楽ができたとしても、**それで嫌なことを②やらなくてもよくなったわけではありません**。 28題 關鍵句 29題 關鍵句

文法詳見 P164

苦しいことは、誰だっていやなものです。しかし、**今の苦労はきっとよい経験となり**、将来幸せを運んでくれると信じて乗り越えてください。 31題 關鍵句

（注）後回し：順番を変えてあとにすること

- □ 楽 輕鬆
- □ 苦労 辛苦，辛勞
- □ 過ごす 過日子，過生活
- □ 夢中になる 沉溺
- □ だって 即使…也（不）…
- □ 幸せ 幸福
- □ 乗り越える 克服
- □ 貧しい 貧窮的
- □ 大企業 大企業，大公司
- □ 経営者 經營人
- □ ストレスがたまる 累積壓力
- □ ぜいたく 奢侈
- □ 楽しみ 享樂
- □ 苦しみ 吃苦，辛苦
- □ 役に立つ 對…有幫助

請閱讀下列(1)和(2)的文章並回答問題。請從選項1・2・3・4當中選出一個最恰當的答案。

(1)

有句話叫「先甘後苦，先苦後甘」。意思是「現在輕鬆的話之後就會辛苦。現在辛苦的話之後就可以輕鬆」。

以諺語來破題，點出主題「先苦後甘」。

請回想一下小時候的暑假作業。有很多人都是等到假期快結束了，才急急忙忙寫作業。明知道先把作業寫完，之後就可以遊玩過日子了，但是暑假一到就完全沉迷於玩樂之中，相信大家都有這樣的經驗。

以暑假作業為例子，幫助讀者理解。

每個人都想把討厭的事物拖到最後（注）。可是，即使①當時是輕鬆快樂的，②也不代表就可以不用做討厭的事情。

話題轉到「先甘後苦」上。

辛苦的事物誰都不喜歡。但請相信現在的辛勞一定會成為良好的經驗，且將來會為自己帶來幸福，克服它吧！

作者勉勵大家要有「先苦後甘」的精神。

（注）拖到最後：改變順序延到後面

Answer 3

28 ①そのときとあるが、ここではどんなときのことを言っているか。

1 子どものとき
2 夏休み
3 自分の好きなことをしているとき
4 宿題をしているとき

28 文中提到①當時，這裡是指什麼時候呢？

1 小時候
2 暑假
3 做自己喜歡做的事的時候
4 做作業的時候

Answer 4

29 ②やらなくてもよくなったわけではありませんとあるが、どういうことか。

1 やってもやらなくてもよい。
2 やりたくなったら、やればよい。
3 やらなくてもかまわない。
4 いつかは、やらないわけにはいかない。

文法詳見 P164

29 文中提到②也不代表就可以不用做，這是指什麼呢？

1 可以做也可以不做。
2 想做的時候再做。
3 不用做也沒關係。
4 總有一天必須要做。

解題攻略

這邊的「そのとき」（當時）指的就是前一句提到的「嫌なことは後回しにする」（把討厭的事物拖到最後）。選項當中只有選項3最接近「嫌なことは後回しにする」這個敘述。

從「そのとき」（當時）後面的假設「楽ができたとしても」（即使是輕鬆快樂的）可以推測「そのとき」應該是「輕鬆快樂」的一段時間。

劃線部分的原句是「しかし、たとえそのときは楽ができたとしても、それで嫌なことをやらなくてもよくなったわけではありません」。想知道這句話在說什麼，就要知道「たとえ～としても」和「～わけではない」分別是什麼意思。

整句話的意思是「即使當時是輕鬆快樂的，也不代表就可以不用做討厭的事情」。「やらなくてもよくなったわけではありません」表示最終結果還是必須做這件事。

選項１、２、３都表示「可以選擇不做」，所以是不正確的。正確答案是４。

「たとえ～としても」（就算…也…）是假定用法，表示前項就算成立了也不會影響到後項的發展。「～わけではない」（並不是說…）是一種語帶保留的講法，針對某種情況、心情、理由、推測來進行委婉否定。

Answer **1**

30 「楽は苦の種、苦は楽の種」の例として、正しいのはどれか。

1 家が貧しかったので、学生時代は夜、工場で働きながら学んだが、今ではその経験をもとに、大企業の経営者になった。

文法詳見 P164

2 ストレスがたまったので、お酒をたくさん飲んだら楽しい気分になった。

3 悲しいことがあったので下を向いて歩いていたら、お金が落ちているのに気がついた。

4 家が金持ちなので、一度も働いたことがないのに、いつもぜいたくな生活をしている。

30 下列選項當中哪一個是「先甘後苦，先苦後甘」的例子？

1 以前家裡很窮，所以學生時代，晚上在工廠邊工作邊學習，現在以當時的經驗為基礎，成為大公司的老闆。

2 累積壓力後喝了很多酒，感覺很開心。

3 發生了難過的事情，所以臉朝下走路，結果發現地上有人掉了錢。

4 家裡很有錢，從來沒工作過，卻可以一直過著奢侈的生活。

Answer **2**

31 この文章で一番言いたいことは何か。

1 楽しみと苦しみは同じ量あるので、どちらを先にしても変わらない。

2 今の苦労は将来の役に立つのだから、嫌なことでも我慢してやる方がよい。

3 夏休みの宿題は、先にする方がよい。

4 楽しみや苦しみは、その人の感じ方の問題である。

31 這篇文章當中作者最想表達的是什麼？

1 享樂和辛苦都是同量的，不管哪個先做都不會有所改變。

2 現在的辛勞對將來有益，所以再討厭的事情都要忍耐地做。

3 暑假作業先做比較好。

4 享樂和辛苦都是個人的觀感。

解題攻略

選項 1 是正確的。學生時代因為貧窮而辛苦過，現在成為了大公司的老闆。這正是「先苦後甘」的寫照。

選項 2 、 3 乍看之下好像也是「先苦後甘」。不過從文章最後一句「今の苦労はきっとよい経験となり、将来幸せを運んでくれると信じて乗り越えてください」（現在的辛勞一定會成為良好的經驗，且將來會為自己帶來幸福，克服它吧）可以知道，「先苦後甘」應該是要經過一番努力和忍耐才能獲得甜美的果實。可是選項 2 是紓壓，選項 3 是在壞事發生後有了意想不到的好事，不適合用「先苦後甘」解釋。

選項 4 的敘述當中完全沒有「苦」的成分，既是「金持ち」（有錢人），又是「ぜいたくな生活をしている」（過著奢侈的生活），當然沒辦法當例子。

遇到「正しいのはどれか」（選出正確的選項）這種題型就要用刪去法作答。

「ストレスがたまる」意思是「累積壓力」。另外，「ストレス」是指內心有的壓力，是一種心理狀態，也就是英文的“stress”，如果是外在的精神壓力，那就是「プレッシャー」（pressure），「施壓」就是「プレッシャーをかける」。

文章最後一句「しかし、今の苦労はきっとよい経験となり…」（但現在的辛勞一定會成為良好的經驗…）是在勉勵讀者先吃苦，將來就能獲得幸福。所以選項 1 錯誤。

選項 2 正確。「今の苦労は将来の役に立つ」（現在的辛勞對將來有益）對應文中「今の苦労はきっとよい経験となり」（現在的辛勞一定會成為良好的經驗）。

選項 3 錯誤。作者只是拿暑假作業出來當「先甘後苦」的例子，並沒有建議大家要先把暑假作業做完。

選項 4 錯誤，整篇文章都沒有提到苦與樂只是個人的感受。

這一題要問的是整篇文章的主旨，主旨也就是文章的重點，通常會放在文章的最後。

(2)

「ばか（注）とはさみは使いよう」という言葉があります。「使いよう」は、「使い方」のことです。これは、「古くて切れにくくなったはさみでも、うまく使えば切れないことはない。それと同様に、たとえ頭の良くない人でも、使い方によっては役に立つ」という意味です。

文法詳見 P165 文法詳見 P165

どんな人にも、できることとできないこと、得意なことと苦手なことがあります。**人を使うときには、その人の能力や性格に合った使い方をすることが大切です。**（33題關鍵句）会社であなたの部下が、あなたの期待したとおりに仕事をすることができなかったとしても、それはその人がまじめにやらなかったからとか、頭が悪いからとは限りません。**一番の責任は、その人に合った仕事を与えなかったあなたにあるのです。**（32題關鍵句）

文法詳見 P165 文法詳見 P165

（注）ばか：頭が悪い人

- □ はさみ　剪刀
- □ 得意　擅長
- □ 苦手　不擅長
- □ 部下　部屬，屬下
- □ 期待　期待，期望
- □ まじめ　認真
- □ 責任　責任
- □ 両方　兩者，雙方
- □ 当然　理所當然
- □ 地位　位子，地位
- □ 確かめる　確定，確認

(2)

有句話叫「笨蛋（注）和剪刀端看使用方式」。「使用方式」指的是「用法」。意思是說，「用舊的鈍剪刀只要使用得巧，沒有剪不斷的東西。同樣地，頭腦再怎麼不好的人，依據用人方式不同也能有用武之地」。

說明「笨蛋和剪刀端看使用方式」這句話。

不管是什麼樣的人，都有辦得到的事和辦不到的事，也有擅長的事和不擅長的事。用人時最重要的就是要針對那個人的能力和個性。即使公司屬下無法依照你的期望來做事，也有可能是因為他做事不認真，不一定是因為他頭腦不好。最大的責任在無法給那個人適合的工作的你身上。

探討如何管理人員，並說明上位者用人當因才施用。

（注）笨蛋：頭腦不好的人

Answer 1

32 期待したとおりに仕事をすることができなかったときは、誰の責任が一番大きいと言っているか。

1 その人にその仕事をさせた人
2 その仕事をした人
3 その仕事をした人とさせた人の両方
4 誰の責任でもない

32 作者認為無法依照你的期望來做事的時候，誰的責任最大？

1 給那個人那項工作的人
2 做那項工作的人
3 給工作的人和做工作的人，兩者皆是
4 沒有人應該負責

Answer 3

33 この文章を書いた人の考えに、もっとも近いのはどれか。

1 人を使うときには、期待したとおりに仕事ができなくても当然だと思うほうがいい。
2 頭の良くない人でも、うまくはさみを使うことができる。
3 人を使う地位にいる人は、部下の能力や性格をよく知らなければならない。
4 人を使うときには、まず、はさみをうまく使えるかどうかを確かめるほうがいい。

33 下列選項當中哪一個最接近這篇文章作者的想法？

1 用人時最好要知道無法順應期待工作是理所當然的事情。
2 即使是頭腦不好的人都能夠巧妙地使用剪刀。
3 位居上位用人的人，一定要熟知下屬的能力和個性。
4 用人時首先要先確定對方能不能巧妙地使用剪刀。

解題攻略

題目用「誰」來問人物。題目中的「責任が一番大きい」（責任最大）對應文中最後一句「一番の責任は、その人に合った仕事を与えなかったあなたにあるのです」（最大的責任在無法給那個人適合的工作的你身上），主詞是「あなた」，前面用「その人に合った仕事を与えなかった」來修飾「あなた」，所以最應負責的是「無法給那個人適合他的工作的你」。和這個敘述最吻合的是選項１。

這篇文章整體是在探討用人的方式，作者認為一定要考慮到對方的能力和個性再交辦工作。

選項１錯誤。文章提到「会社であなたの部下が、あなたの期待したとおりに仕事をすることができなかったとしても、それはその人がまじめにやらなかったからとか、頭が悪いからとは限りません」（即使公司屬下無法依照你的期望來做事，也有可能是因為他做事不認真，不一定是因為他頭腦不好）。「としても」帶有假設語氣，由此可知作者沒有覺得屬下無法達成期望是理所當然的事，自然不會建議讀者抱持這種想法。

剪刀只是比喻，和「用人」沒有實際關聯，所以選項２和４錯誤。

選項３對應「人を使うときには、その人の能力や性格に合った使い方をすることが大切です」（用人時最重要的就是要針對那個人的能力和個性）。「その人」指的就是被使用的這個「人」，也就是「部下」。正確答案是３。

這一題問的是作者的想法，所以要抓住整篇文章的重點。全文環繞「ばかとはさみは使いよう」（笨蛋和剪刀端看使用方式），並且文章一直在針對「用人」進行説明，可見這篇文章的主旨是在討論如何管理人員。

重要文法

【動詞た形】＋とたん(に)。表示前項動作和變化完成的一瞬間，發生了後項的動作和變化。由於說話人當場看到後項的動作和變化，因此伴有意外的語感，相當於「～したら、その瞬間に」。

❶ たとたん（に）　剛…就…、剎那就…

例句 二人(ふたり)は、出会(であ)ったとたんに恋(こい)に落(お)ちた。

兩人一見鍾情。

【形容動詞詞幹な；[形容詞・動詞]普通形】＋わけではない、わけでもない。表示不能簡單地對現在的狀況下某種結論，也有其它情況。常表示部分否定或委婉的否定。

❷ わけではない　並不是…、並非…

例句 食事(しょくじ)をたっぷり食(た)べても、必(かなら)ず太(ふと)るというわけではない。

吃得多不一定會胖。

【動詞否定形】＋ないわけにはいかない。表示根據社會的理念、情理、一般常識或自己過去的經驗，不能不做某事，有做某事的義務。

❸ ないわけにはいかない

不能不…、必須…

例句 どんなに嫌(いや)でも、税金(ぜいきん)を納(おさ)めないわけにはいかない。

任憑百般不願，也非得繳納稅金不可。

【名詞】＋をもとに。表示將某事物做為啟示、根據、材料、基礎等。後項的行為、動作是根據或參考前項來進行的。相當於「～に基づいて」、「～を根拠にして」。

❹ をもとに

以…為根據、以…為參考、在…基礎上

例句 彼女(かのじょ)のデザインをもとに、青(あお)いワンピースを作(つく)った。

以她的設計為基礎，裁製了藍色的連身裙。

❺ たとえ～ても　即使…也…、無論…也…

例句　たとえ明日(あした)雨(あめ)が降(ふ)っても、試合(しあい)は行(おこな)われます。

明天即使下雨，比賽還是照常舉行。

たとえ＋【動詞て形；形容詞く形】＋ても；たとえ＋【名詞；形容動詞詞幹】＋でも。表示讓步關係，即使是在前項極端的條件下，後項結果仍然成立。相當於「もし～だとしても」。

❻ によって　因為…；根據…；由…；依照…

例句　価値観(かちかん)は人(ひと)によって違(ちが)う。

價值觀因人而異。

【名詞】＋によって。表示事態的因果關係，或事態所依據的方法、方式、手段。也表示後項結果會對應前項事態的不同而有所變動或調整。

❼ とおり（に）　按照…、按照…那樣

例句　説明書(せつめいしょ)の通(とお)りに、本棚(ほんだな)を組(く)み立(た)てた。

按照說明書的指示把書櫃組合起來了。

【名詞の；動詞辭書形；動詞た形】＋とおり（に）。表示按照前項的方式或要求，進行後項的行為、動作。

❽ としても　即使…，也…、就算…，也…

例句　みんなで力(ちから)を合(あ)わせたとしても、彼(かれ)に勝(か)つことはできない。

就算大家聯手，也沒辦法贏他。

【名詞だ；形容動詞詞幹だ；［形容詞・動詞］た形】＋としても。表示假設前項是事實或成立，後項也不會起有效的作用，或者後項的結果，與前項的預期相反。相當於「その場合でも」。

翻譯與解題 ④

小知識大補帖

▶ 自我重要感

前面的文章中提到用人應因材施用，那麼要如何讓下屬一心一意的跟隨自己呢？人類在滿足了本能、安全等「基本的」（基本）需求後，會產生“自我重要感的需求”，也就是希望「周りから尊敬される」（被他人尊敬）、「他人に才能を買われる」（獲得他人賞識）。因此，只要滿足他人的自我重要感，對方就會自然而然對你產生「親しみ」（親近感）。

據説希爾頓飯店的創始人康拉德．希爾頓對待下屬一向寬容尊重。如果在他的「ホテル」（飯店）裡有人「ミスを犯す」（犯錯），他會先「がっかりしている部下を励ます」（為頹喪的下屬打氣），然後再和對方一起「解決方法を探る」（找尋解決的辦法）。

另外，他願意「新人を引き立てる」（提拔新人），並且不吝於在和員工「顔を合わせる」（碰面）時「激励する」（給予激勵）。對員工們而言，「社長」（社長）如此看重自己，「感動する」（受到感動）後就很容易產生“我要成為社長的助力”這樣的想法。

由此可見只要好好利用人類心理中“自我重要感的需求”，「人心収攬」（收攬人心）其實並不是一件難事。

常用的表達關鍵句

＊{ } 內也可自行帶入其他詞彙喔！

01 表示引用

- {お医者さんは父に酒を飲まない} ように（と）言いました／{醫生}吩咐{父親不可再喝酒}。
- {こちらは無病息災や延命寿命のご利益がある} と言われている／據說{這對無病無災及延年益壽是很靈驗的}。
- 一般に {願い事がかなう} と言われている／普遍都說{願望都將心想事成}。
- {まだ店を開いて1年ぐらい} と聞いている／聽說{店鋪才開張約1年而已}。
- {すべての細胞} は「細胞から生じる」と述べている／描述著{所有的細胞都是由細胞增生而成的}。
- {藤田氏} は次のように述べる／{藤田氏}的說法如下。
- {いろんな学者} の説を引用する／引用{諸多學者}的學說。
- {予報} によると「今年の夏は冷夏が予想される」という／根據{氣象預報}說，{預測今年的夏天將會是個冷夏}。
- {お客様} からの情報では、次のようである／{客人}給的情報如下。
- {グーグルの予想} によると {今年は桜の木がいつもより早く開花する} とのことである／根據{Google的預測}說{今年日本櫻花的綻放時間將比往年都更早}。

02 表示因果關係

- {自分に自信が} なくて {なかなか恋愛できない} ／因為{對自己}沒有{自信}，所以{無法談戀愛}。
- {コロナの影響の} ため、{日本に留学に行く予定は中止になりました} ／由於{新冠肺炎的影響，到日本留學的計畫取消了}。
- {彼女は熱心だ} し、{真面目だ} し、{どこに行っても好かれる} ／因為{她}既{熱心}又{認真，走到哪裡大家都喜歡她}。

關鍵字記單字

▸關鍵字	▸▸▸單字	
遊ぶ（あそ） 遊玩、閒著	□ のんびり	無憂無慮，自由自在，悠閒自在，逍遙自在，無拘無束，舒舒服服，悠然自得，輕鬆愉快
	□ ゲーム【game】	遊戲，娛樂
	□ カルタ【carta・歌留多】	紙牌；寫有日本和歌的紙牌
	□ トランプ【trump】	撲克牌
	□ カード【card】	紙牌；撲克牌
	□ 休憩（きゅうけい）	休息
	□ 楽（らく）	快樂，快活，安樂，舒適，舒服
	□ 指す（さ）	下將棋
	□ 揚げる（あ）	放，升（煙火、旗子等）
使う（つか） 使用	□ 文房具（ぶんぼうぐ）	文具，文房四寶
	□ リサイクル【recycle】	回收，（廢物）再利用
	□ 向ける（む）	歸入，挪用
	□ 役立てる（やくだ）	（供）使用，使…有用
すぐれる 優秀、出色	□ プロ【professional之略】	職業選手，專家
	□ ベテラン【veteran】	老手，內行
	□ 人気（にんき）	人望，人緣，聲望；受歡迎，博得好評；吃香，吃得開
	□ 優秀（ゆうしゅう）	優秀
	□ 得意（とくい）	擅長
	□ うまい	巧妙，高明，好
	□ 凄い（すご）	了不起的，好得很的
	□ 感心（かんしん）	令人欽佩，贊佩，佩服

N3 萬用會話小專欄

▶ 餐廳用餐

駅前に新しいレストランができた。
車站前開了一家新的餐廳。

どこかいいレストラン知らない？
你知不知道哪裡有不錯的餐廳？

駅前の安くておいしいレストランを教えてあげましょう。
我告訴你一家開在車站前、便宜又好吃的餐廳。

あそこのレストランは高くておいしくない。
那邊那家餐廳既貴又難吃。

この店は味はおいしいが、サービスが悪い。
那家餐廳的餐點雖然好吃，但服務很差。

予約したいのですが。
我想預約。

窓側の席をお願いします。
請給我靠窗的座位。

ただいま、満席なのですが。
目前已經客滿了。

お席は喫煙席と禁煙席、どちらになさいますか。
請問您要坐在吸菸區還是非吸菸區呢？

担当の者が参りますので少々お待ちください。
為您服務的專人很快就來，請稍候。

食事の前に何かお飲みになりますか。
請問用餐前需要喝點什麼嗎？

ワインリスクを見せてください。
請讓我看一下酒單。

こちらが本日のお薦めのメニューでございます。
這是今日的推薦菜單。

お飲み物は食事と一緒ですか。食後ですか。
飲料跟餐點一起上，還是飯後上？

ミルクと砂糖はつけますか。
要附牛奶和砂糖嗎？

お勘定をお願いします。
麻煩結帳。

カードでお願いします。
我要刷卡。

一緒でお願いします。
請一起算。

別々でお願いします。
我們各付各的。

▶ 搭車的規則和意外

1 号車は禁煙です。
一號車廂是禁菸車廂。

電車の窓から手や顔を出してはいけません。
不可將頭、手伸出電車的窗外。

電車の中で足を広げてはいけません。
坐電車時不可以雙腿大張。

電車の中で男の人が大きな口をあけて寝ています。
一位男人正在電車裡，張大嘴巴地呼呼大睡。

電車の中に傘を忘れる人が多い。
很多人都會把傘忘在電車上。

電車が15分遅れています。
電車已經遲了 15 分鐘。

雪のため電車は30分遅くついた。
由於大雪的緣故，電車晚了 30 分鐘才抵達。

道が混んでいたので遅くなってすみません。
由於交通壅塞而遲到了，真是非常抱歉。

大阪で電車を降りなくてはいけないのに新大阪まで行ってしまいました。
明明在大阪站就該下車，卻搭過站而到新大阪站去了。

地下鉄は速くて安全です。
搭乘地下鐵既快捷又安全。

三田駅で地下鉄に乗り換える。
要在三田站轉搭地下鐵。

今朝の地下鉄はとても混んでいました。
今天早晨的地下鐵車廂極為擁擠。

東京の地下鉄は200キロ以上あります。
東京地下鐵的總長超過 200 公里。

千葉にはまだ地下鉄がない。
千葉縣還沒有地下鐵。

新しい地下鉄ができて便利になりました。
新的地下鐵路開通後交通便利多了。

この地下鉄は梅田を通りますか。
請問這條地下鐵路會通往梅田嗎？

梅田へ行くなら本町で御堂筋線に乗り換えてください。
如果要去梅田的話，請在本町轉搭御堂筋線。

在讀完解說、散文、信函等，約 550 字左右的文章段落之後，測驗是否能夠理解其概要或論述等等。

理解內容／長文

考前要注意的事

作答流程 & 答題技巧

閱讀說明

先仔細閱讀考題說明

閱讀問題與內容

預估有 4 題

1 考試時建議先看提問及選項，再看文章。

2 閱讀一篇約 550 字的長篇文章，測驗能否理解作者的想法、主張等，以及能否理解文章大意或某詞彙某句話的意思。主要以一般常識性的、抽象的說明文、散文、書信為主。

3 文章較長，應考時關鍵在快速掌握文章大意。提問一般用「～のは、どんなことか」(…是什麼意思？)「この文章の内容と合っているのはどれか」（符合文章內容的是哪一個？）、「～のはなぜか」（…是為什麼？）。

4 有時文章中也包含與作者意見相反的主張，要多加注意！

答題

選出正確答案

日本語能力試験 ①

Track 25

つぎの文章を読んで、質問に答えなさい。答えは、1・2・3・4から最もよいものを一つえらびなさい。

　先月、父が病気で入院した。私にとってはとてもショック（注1）な出来事だった。私はこれまで重い病気をしたことが一度もなく、家族もみんな丈夫だった、健康でいられることを、ずっと当たり前のように思っていた。だが、青白い顔をして病院のベッドに横になっている父を見て、決して①そうではなかったのだと、初めて気がついた。幸い、父は順調に回復し、今では元気に元通りの生活をしている。

　父の入院という初めての経験をして、私が健康について真剣に考え始めたころ、あるテレビ番組で、100歳の元気なおばあさんを紹介しているのを見た。おばあさんによると、早寝早起きをして体をよく動かすことが長生きの秘訣（注2）だそうだ。なんと毎朝5時に起きて、庭の草花の世話をしたり、家の掃除をしたりするという。その一方で、自分が100歳になっても元気でいられるのは、何よりも②まわりの人のおかげだとも言っていた。明るい笑顔で答えるこのおばあさんを見て、私は、感謝の気持ちを忘れず、腹を立てたり、つまらないことで悩んだりしないことも、健康の秘訣なのではないかと思った。

　私も最近、健康のために、なるべく体を動かすようにしている。まずは会社からの帰り、一駅分歩くことから始めてみた。まだ始めたばかりで、効果は特に感じないが、しばらく続けてみようと思う。そして、あのおばあさんのように、感謝の気持ちと明るい心を忘れずに生活しようと思う。

（注1）ショック：予想しなかったことに出あって、おどろくこと
（注2）秘訣：あることを行うのにもっとも良い方法

34 ①そうではなかったのだとあるが、「そう」は何を指しているか。

1　父が入院したこと
2　父が病院のベッドに横になっていたこと
3　健康なことが当然であること
4　自分がこれまで一度も病気をしなかったこと

35 ②まわりの人のおかげだとあるが、どういうことか。

1　暑いときに他の人が自分のまわりに立ってかげを作ってくれること
2　家族や近所の人が助けてくれること
3　おまわりさんが助けてくれること
4　近所の人がいつも自分の家のまわりを歩き回ってくれること

36 この人は、健康のためにどんなことを始めたか。

1　電車が来るまでのあいだ、駅の中を歩いて待っている。
2　電車が駅に着くまでのあいだ、電車の中でずっと歩いている。
3　自分の家からいちばん近い駅のひとつ前で降りて、家まで歩く。
4　会社から家まで歩いて帰る。

37 この文章全体のテーマは、何か。

1　100歳の元気なおばあさん
2　父の入院
3　テレビ番組
4　健康のためにできること

翻譯與解題 ①

つぎの文章を読んで、質問に答えなさい。答えは、1・2・3・4から最も良いものを一つえらびなさい。

先月、父が病気で入院した。私にとっては（文法詳見 P182）とてもショック（注1）な出来事だった。私はこれまで重い病気をしたことが一度もなく、家族もみんな丈夫だった、**健康でいられることを、ずっと当たり前のように思っていた。**（34題關鍵句）だが、青白い顔をして病院のベッドに横になっている父を見て、決して①そうではなかったのだと、初めて気がついた。幸い、父は順調に回復し、今では元気に元通りの生活をしている。

父の入院という初めての経験をして、**私が健康について真剣に考え始めた**（37題關鍵句）ころ、あるテレビ番組で、100歳の元気なおばあさんを紹介しているのを見た。おばあさんによると、早寝早起きをして体をよく動かすことが長生きの秘訣（注2）だそうだ。なんと毎朝５時に起きて、庭の草花の世話をしたり、家の掃除をしたりするという。その一方で、自分が100歳になっても元気でいられるのは、**何よりも②まわりの人のおかげだとも言っていた。**（35題關鍵句）（文法詳見 P182）明るい笑顔で答えるこのおばあさんを見て、私は、感謝の気持ちを忘れず、腹を立てたり、つまらないことで悩んだりしないことも、健康の秘訣なのではないかと思った。

私も最近、健康のために、なるべく体を動かすようにしている。まずは会社からの帰り、一駅分歩くことから始めてみた。（36題關鍵句）まだ始めたばかりで、効果は特に感じないが、しばらく続けてみようと思う。そして、あのおばあさんのように、感謝の気持ちと明るい心を忘れずに生活しようと思う。

（注1）ショック：予想しなかったことに出あって、おどろくこと

（注2）秘訣：あることを行うのにもっとも良い方法

- □ 出来事　偶發事件，變故
- □ 健康　健康
- □ 当たり前　理所當然
- □ 青白い　（臉色）慘白的；青白色的
- □ 横になる　橫躺；睡覺
- □ 気がつく　注意到，意識到
- □ 幸い　幸虧，好在
- □ 順調　（病情等）良好；順利
- □ 回復　復原，康復
- □ 元通り　原樣，以前的樣子
- □ 真剣　認真，正經
- □ 世話　照顧
- □ 笑顔　笑臉，笑容
- □ 感謝　感謝
- □ 腹を立てる　生氣，憤怒
- □ 悩む　煩惱
- □ 効果　效果，功效
- □ しばらく　暫且，暫時
- □ 予想　預想
- □ 出あう　碰到，遇見

請閱讀下列文章並回答問題。請從選項1・2・3・4當中選出一個最恰當的答案。

上個月我的父親因病入院。這對我來說是一件打擊（注 1）很大的事。到目前為止我一次也沒有生過重病，家人也都很健康，所以一直以來，我把身體健康當成是理所當然的事。可是，看到臉色發青躺在醫院病床上的父親，我第一次發現到①事情並非如此。幸好父親順利康復，現在生活作息也都恢復往常一樣正常、健康。

> 作者表示父親生病一事讓他第一次知道原來健康不是理所當然的。

有了父親住院的初次體驗，我開始認真地思考健康這件事。這時剛好看到某個電視節目在介紹一位 100 歲的健康老奶奶。老奶奶表示，她長壽的祕訣（注 2）就是早睡早起活動身體，沒想到她每天都早上 5 點起床，照料庭院的花草，打掃家裡。另一方面，她也說自己長命百歲都是②託眾人之福。看到老奶奶用開朗的笑容回答問題，我想，也許健康的祕訣還有不忘感謝、不生氣、不為了小事煩惱吧？

> 作者在電視上看到某位老奶奶，發現健康秘訣不只是早睡早起多活動，還有不忘感謝、不生氣和不為小事煩惱。

最近為了健康，我也盡可能地活動筋骨。首先從下班回家時，走一個車站的距離開始。雖然我才剛開始進行，沒特別感受到什麼效果，但我想再持續一陣子。還有，就像那位老奶奶一樣，謹記著感謝的心情及開朗的一顆心過活。

> 作者為了健康也開始培養運動的習慣，並打算懷著感謝與開朗的心過日子。

（注 1）受到打擊：碰到預料之外的事情而驚嚇
（注 2）秘訣：進行某件事情時最好的方法

Answer 3

34 ①そうではなかったのだとあるが、「そう」は何を指しているか。

1 父が入院したこと
2 父が病院のベッドに横になっていたこと
3 健康なことが当然であること
4 自分がこれまで一度も病気をしなかったこと

34 文中提到①事情並非如此，「如此」指的是什麼？

1 父親住院
2 父親躺在醫院病床上
3 健康是理所當然的
4 自己到目前為止都沒生病過

Answer 2

35 ②まわりの人のおかげだとあるが、どういうことか。

1 暑いときに他の人が自分のまわりに立ってかげを作ってくれること
2 家族や近所の人が助けてくれること
3 おまわりさんが助けてくれること
4 近所の人がいつも自分の家のまわりを歩き回ってくれること

35 文中提到②託眾人之福，這是什麼意思？

1 炎熱的時候，其他人站在自己的四周幫忙擋太陽
2 受到家人或鄰居的幫助
3 受到警察的幫助
4 鄰居總是幫忙在自家附近走來走去

解題攻略

劃線部分的原句是「だが、青白い顔をして病院のベッドに横になっている父を見て、決してそうではなかったのだと、初めて気がついた」（可是，看到臉色發青躺在醫院病床上的父親，我第一次發現到事情並非如此）。這裡的「だが」是逆接用法，暗示這一句和前面所說的事物相反，所以這一句前面的句子就是我們要的答案，裡面勢必藏了原先的説詞。

解題關鍵在「健康でいられることを、ずっと当たり前のように思っていた」（所以一直以來，我把身體健康當成是理所當然的事），表示作者原本認為健康是很理所當然的事情。這個「思っていた」暗示了作者有好一段時間都抱持這種想法。所以這個想法就是原先説詞，也就是「そう」的具體內容。「当然」和「当たり前」意思相同，正確答案是３。

這一題問的是「そうではなかったのだ」（事情並非如此），這是一種推翻原先説詞的用法，只要找出原先説詞，就能破解這道題目。「そう」這種「そ」開頭的指示詞一出現，就要從前文去找出答案。另外，通常「そう」指的是一個狀況或想法，所以必須弄清楚前文整體的概念。

這一題劃線部分的原句是「その一方で、自分が100歳になっても元気でいられるのは、何よりもまわりの人のおかげだとも言っていた」（另一方面，她也説自己長命百歲都是託眾人之福）。這個「～のは」意思是「之所以…」，下面説明前項的理由原因。所以劃線部分就是老奶奶健康活到100歲的理由。

四個選項當中最接近劃線部分的只有選項３。要小心選項３這個陷阱，「おまわりさん」（警察）雖然也有「まわり」，但指的其實是「警察」。

「まわりの人」，指的是「週遭的人」。「～おかげだ」表示蒙受外來的幫助、恩惠、影響，可以翻譯成「託…的福」、「多虧了…」，通常用在正面的事物，用在負面的事物表示諷刺、故意説反話。「まわりの人のおかげだ」也就是「託眾人之福」。

Answer **3**

36 この人は、健康のためにどんなことを始めたか。

1 電車が来るまでのあいだ、駅の中を歩いて待っている。

2 電車が駅に着くまでのあいだ、電車の中でずっと歩いている。

3 自分の家からいちばん近い駅のひとつ前で降りて、家まで歩く。

4 会社から家まで歩いて帰る。

36 這個人為了健康開始進行什麼事情呢？

1 在等電車的這段時間，在車站中邊走動邊等。

2 在電車抵達車站的這段時間，不停地在電車裡走動。

3 提前在離自己家最近的一站下車走回家。

4 從公司走回家。

Answer **4**

37 この文章全体のテーマは、何か。

1 100歳の元気なおばあさん

2 父の入院

3 テレビ番組

4 健康のためにできること

37 這篇文章整體的主旨是什麼呢？

1 100 歲的健康老奶奶

2 父親住院

3 電視節目

4 為了健康著想所能做的事

解題攻略

問題問的是「健康のためにどんなことを始めたか」（為了健康開始進行什麼事情），剛好對應第三段「私も最近、健康のために、なるべく体を動かすようにしている。まずは会社からの帰り、一駅分歩くことから始めてみた」（最近為了健康，我也盡可能地活動筋骨。首先從下班回家時，走一個車站的距離開始）。

「会社からの帰り、一駅分歩く」是什麼意思呢？「一駅」是「一個車站」，「分」接在名詞下面，表示相當於該名詞的事物、數量。從後面的「歩く」可以推知這裡指的是走「一個車站的距離」。「会社からの帰り」意思是「下班回家」，所以整句就是說下班時，走一站的路程回家。正確答案是3。

這一題問的是整篇文章的主旨。回答這種題目時，要把整篇文章看熟並融會貫通。

通常一篇文章的構成，最重要的部分會放在最後一段的結論。另外也可以從反覆出現的關鍵字來抓出要點，尤其是在每一段都會出現的單字。

這篇文章當中，最常出現的單字是「私」（5次），其次是「健康」（健康）和「おばあさん」（老奶奶），各出現4次，不過比起「おばあさん」，「健康」平均出現在各段落裡面，可以說這整篇文章都圍繞著這個主題在打轉。再加上第二段提到了健康的秘訣，第三段總結時又寫到健康的實踐行動。所以答案應該是「健康のためにできること」（為了健康著想所能做的事）沒錯。

重要文法

【名詞】＋にとっては。表示站在前面接的那個詞的立場，來進行後面的判斷或評價，相當於「～の立場から見て」。

❶ にとっては　對於…來說

例句　たった1,000円でも、子どもにとっては大金です。

雖然只有 1000 圓，但對孩子而言可是個大數字。

【名詞の；形容動詞詞幹な；形容詞普通形；動詞た形】＋おかげだ。由於受到某種恩惠，導致後面好的結果，與「から」、「ので」作用相似，但感情色彩更濃，常帶有感謝的語氣。後句如果是消極的結果時，一般帶有諷刺的意味，相當於「～のせいで」。

❷ おかげだ　多虧…、托您的福、因為…

例句　就職できたのは、山本先生が推薦状を書いてくださったおかげです。

能夠順利找到工作，一切多虧山本老師幫忙寫的推薦函。

小知識大補帖

▶健康的秘訣

現代人總是很忙碌，各種病痛也在不知不覺中找上身了。像是每餐都「外食する」（吃外食）造成的「栄養バランスの悪い」（營養不均衡）、坐辦公室缺乏運動導致肥胖，工作忙不完、「ストレスがたまる」（累積壓力）導致精神緊張…。

有些人選擇犧牲睡眠來解決前幾項問題。如果不睡覺，多出來的時間就可以用來「弁当を作る」（做便當）、「スポーツジムに通う」（上健身房），或是好好處理忙不完的工作。然而，若是「睡眠時間が不足する」（睡眠不足），隔天就會「だるい」（全身無力），腦子也會不清楚。工作「効率」（效率）變差，也會變得「病気がち」（容易生病）。

經常「夜更かし」（熬夜），到了假日才「寝だめ」（補眠）的人也很多。雖說假日補眠是為了彌補平時的睡眠不足，但每個人一天所需的睡眠時間是固定的，多睡的時間無法補回先前的不足，只會越睡越累。如果真的需要補充睡眠，上限是平常的睡眠時間再「プラス」（加）兩個小時。

平日就應該確保平均且充足的睡眠，若是真的需要熬夜，就利用「通勤する」（通勤）的時間或是「昼休み」（午睡）來彌補吧！今天該有的睡眠盡量不要拖到明天，這就是保持「健康」（健康）的「秘訣」（秘訣）。

常用的表達關鍵句

＊{ } 內也可自行帶入其他詞彙喔！

01 表示委婉表現

- {物理が苦手な高校生は多い} ように思う／看來 { 許多高中生都對物理都深感束手無策 }。
- {どうも嫁と離婚してしまった} ようだ／ { 兒子 } 好像 { 跟媳婦離婚了 }。

02 表示目的

- {りんごを切る} のに {便利です} ／用來 { 切蘋果相當方便 }。
- {役立つ} のため（に） {力をつくす} ／為了 { 能派上用場 } 而 { 竭盡全力 }。
- {店の名前を宣伝する} ために {もいいそうです} ／ { 好像也有助於 } 幫 { 店鋪名進行宣傳 }。
- {早く治る} ように {手術をする} ／為了 { 盡快治癒 } 而 { 進行手術 }。
- {失業者を出さ} ないように／為了不 { 讓失業的人數再增加 } 而…。

03 表示習慣

- {揚げても焼いてもいい} ようにしてあります／處理好，隨時 { 要炸要煎 } 都 { 可以 }。
- {何でも食べる} ようにしています／養成 { 不偏食 } 的習慣。
- {1回につき手数料} が決められている／ { 每次的手續費 } 都是固定的。
- {毎月の貯金額} が決まっている／ { 每月的儲蓄金額 } 都是固定的。
- {お菓子はいつも明月堂} に決まっている／ { 點心一直以來 } 都是 { 買明月堂的 }。

04 表示決心、打算

- {できるだけ魚を食べる} ようにします／堅持 { 盡量多吃魚類 }。
- {顔は写さ} ないようにします／避免 { 拍到臉部 }。
- {父はたばこをやめ} ようとしません／ { 父親 } 遲遲無法 { 戒菸 }。

關鍵字記單字

▸關鍵字	▸▸▸單字	
起きる（お） 不睡、發生、醒來	□ 徹夜（てつや）	通宵，熬夜 ，徹夜
	□ 事件（じけん）	事件，案件
	□ 出來事（できごと）	（偶發的）事件，變故
	□ 起きる（お）	發生
	□ 起こる（お）	起，發生，鬧出事情
	□ 覚める（さ）	（從睡夢中）醒，醒過來；（從迷惑、錯誤、沉醉中）醒悟，清醒
	□ 覚ます（さ）	（從睡夢中）弄醒，喚醒；（從迷惑、錯誤中）清醒，醒酒；使清醒，使覺醒

▸關鍵字	▸▸▸單字	
続ける（つづ） 繼續、不斷	□ 次々（つぎつぎ）	連續不斷、絡繹不絕
	□ 再び（ふたた）	再一次，又，重新
	□ 続ける（つづ）	繼續…，不斷地…；接在動詞連用形後的複合語用法
	□ 通す（とお）	連續，連貫；貫徹，一直…
	□ 繰り返す（く・かえ）	反覆，重覆
	□ 重ねる（かさ）	反覆，屢次，多次
	□ 絶えず（た）	不斷地，經常地，不停地，連續

▸關鍵字	▸▸▸單字	
構う（かま） 顧及、照顧	□ 世話（せわ）	援助，幫助；照顧，照料
	□ 構う（かま）	照顧，照料；招待
	□ 構う（かま）	管，顧；介意；理睬；干預
	□ 奢る（おご）	請客，做東

▸關鍵字	▸▸▸單字	
役に立つ（やく・た） 有幫助	□ 効果（こうか）	效果，成效，成績；演出、戲劇的效果
	□ 無駄（むだ）	徒勞，無用，無益，白搭
	□ 効く（き）	有效，見效，起作用；顯現出某物的作用、效果
	□ 助かる（たす）	省力，省事

日本語能力試験 ②

Track 26

つぎの文章を読んで、質問に答えなさい。答えは、1・2・3・4から最もよいものを一つえらびなさい。

多くの日本人にとって、お茶は生活に欠かせないもの（注1）です。しかし、お茶はもともと日本にあったわけではなく、中国から伝わったものです。

お茶が最初に日本に伝わったのは、奈良時代（710−784年）と考えられています。しかし、広く飲まれるようになったのは、それからずいぶん後の鎌倉時代（1185−1333年）からです。中国に仏教を学びに行った栄西という僧が、お茶は健康と長寿に効果があることを知り、日本に帰国したのち、①それを本に書いたことから広まったと言われています。そのため、お茶ははじめ、高価な薬として、地位の高い人たちの間で飲まれていましたが、その後、時がたつにつれて一般の人も②楽しめるようになりました。

お茶にはいろいろな種類があります。日本でもっとも多く飲まれているのは「緑茶」です。日本の緑茶は、お茶の葉を蒸して作るのが特徴ですが、それに対して、中国の緑茶は炒って（注2）作ります。この作り方の違いが、お湯をついだあとの色や味にも影響します。「緑茶」という名前は、もともとはお茶の葉の色が緑色であることから来ていますが、日本の緑茶は、いれた（注3）あとのお湯の色も、美しい緑色をしています。一方、中国の緑茶は、いれると黄色っぽい色になります。また一般的に、日本の緑茶はやや甘く、中国の緑茶は香りがさわやか（注4）です。どちらもそれぞれにおいしいものですので、あなたもぜひ、飲み比べてみてください。

（注1）欠かせないもの：ないと困るもの

（注2）炒る：鍋などに材料を入れて加熱し、水分を減らすこと

（注3）いれる：お湯をついで飲み物を作ること

（注4）さわやか：さっぱりとして気持ちがいい様子

34 お茶は、いつから日本にあると考えられているか。

1　奈良時代より前
2　奈良時代
3　鎌倉時代
4　わからない

35 ①それは、何を指しているか。

1　お茶に薬としての効果があること
2　自分が日本に帰国したこと
3　中国で仏教を学んだこと
4　お茶が奈良時代に日本に伝わったこと

36 ②楽しめるようになりましたとあるが、どういうことか。

1　一般の人も簡単にお茶を作れるようになった。
2　一般の人もみんな地位が高くなり、生活が楽になった。
3　一般の人も簡単に高価な薬を買えるようになった。
4　一般の人も簡単にお茶を飲めるようになった。

37 日本と中国の緑茶の説明として、正しくないのはどれか。

1　日本の緑茶はお茶の葉を蒸して作るが、中国の緑茶は炒って作る。
2　お湯をつぐ前のお茶の葉の色はどちらも緑色である。
3　日本の緑茶は中国の緑茶より、甘くておいしい。
4　いれたあとのお湯の色が日本の緑茶と中国の緑茶と異なる。

翻譯與解題 ②

つぎの文章を読んで、質問に答えなさい。答えは、1・2・3・4から最もよいものを一つえらびなさい。

多くの日本人にとって、お茶は生活に欠かせないもの（注1）です。しかし、お茶はもともと日本にあったわけではなく、中国から伝わったものです。

└文法詳見 P194

お茶が最初に日本に伝わったのは、奈良時代（710－784年）と考えられています。（34題關鍵句）しかし、広く飲まれるようになったのは、それからずいぶん後の鎌倉時代（1185–1333年）からです。中国に仏教を学びに行った栄西という僧が、**お茶は健康と長寿に効果があること**（35題關鍵句）を知り、日本に帰国したのち、①それを本に書いたことから広まったと言われています。そのため、**お茶ははじめ、高価な薬として、地位の高い人たちの間で飲まれていましたが、その後、時がたつにつれて一般の人も②楽しめるようになりました。**（36題關鍵句）

└文法詳見 P194

お茶にはいろいろな種類があります。日本でもっとも多く飲まれているのは「緑茶」です。日本の緑茶は、お茶の葉を蒸して作るのが特徴ですが、それに対して、中国の緑茶は炒って（注2）作ります。この作り方の違いが、お湯をついだあとの色や味にも影響します。「緑茶」という名前は、もともとはお茶の葉の色が緑色であることから来ていますが、日本の緑茶は、いれた（注3）あとのお湯の色も、美しい緑色をしています。一方、中国の緑茶は、いれると黄色っぽい色になります。また一般的に、日本の緑茶はやや甘く、中国の緑茶は香りがさわやか（注4）です。**どちらもそれぞれにおいしいものです**（37題關鍵句）ので、あなたもぜひ、飲み比べてみてください。

└文法詳見 P195

（注1）欠かせないもの：ないと困るもの
（注2）炒る：鍋などに材料を入れて加熱し、水分を減らすこと
（注3）いれる：お湯をついで飲み物を作ること
（注4）さわやか：さっぱりとして気持ちがいい様子

□ もともと　原本
□ ずいぶん　很；非常
□ 仏教　佛教
□ 学ぶ　學習
□ 高価　昂貴，高價
□ 地位　地位
□ 一般　一般，普通
□ 種類　品種，種類
□ 蒸す　蒸熱
□ つぐ　倒入，注入
□ やや　些許，稍微
□ 香り　香味，香氣
□ 飲み比べる　喝來比較
□ 鍋　鍋子
□ 加熱　加熱
□ 減らす　使…減少
□ さっぱり　清爽地
□ 異なる　相異，不同

請閱讀下列文章並回答問題。請從選項１・２・３・４當中選出一個最恰當的答案。

對於多數日本人而言，茶是生活中不可或缺（注 1）的飲料。不過茶不是日本固有的東西，而是從中國傳來的。

點出茶其實是從中國傳到日本的。

茶最早傳入日本大約是在奈良時代（710 － 784年）。然而，被廣為飲用則是多年以後，從鎌倉時代（1185 － 1333 年）開始的事情。據説有位去中國學習佛教的僧侶名為榮西，他知道茶具有健康和長壽的效用，回到日本之後，就把①這點寫進書裡，所以才廣為人知。因此，地位崇高的人們開始把茶葉當成昂貴的藥品飲用，之後隨著時代的推移，一般民眾也②開始可以享用。

敘述茶在日本的歷史。

茶有許多種類。在日本最常喝的是「綠茶」。日本的綠茶，特色在於茶葉是用蒸的。相對的，中國綠茶則是用煎焙（注 2）的。作法的不同也影響到注入熱水後的顏色和味道。「綠茶」這個名稱的由來，原本就是因為茶葉是綠色的，日本的綠茶沖泡（注 3）後的湯色，仍是美麗的綠色。不過，中國的綠茶在沖泡後會略呈黃色。此外，一般而言日本的綠茶帶有些許甘甜，中國綠茶則是香氣清新（注 4）。兩者都各有千秋，也請您務必喝喝看比較一下。

介紹日本綠茶和中國綠茶的不同。

（注１）不可或缺：沒有的話會很困擾的事物

（注２）煎焙：將材料放入鍋子等容器加熱，使其水分減少

（注３）沖泡：倒入熱開水製作飲品

（注４）清新：清淡舒爽的樣子

Answer 2

34 お茶は、いつから日本にあると考えられているか。

1 奈良時代より前
2 奈良時代
3 鎌倉時代
4 わからない

34 一般認為茶是從什麼時候開始出現在日本的呢？

1 奈良時代以前
2 奈良時代
3 鎌倉時代
4 不清楚

Answer 1

35 ①それは、何を指しているか。

1 お茶に薬としての効果があること
2 自分が日本に帰国したこと
3 中国で仏教を学んだこと
4 お茶が奈良時代に日本に伝わったこと

35 ①這點是指什麼呢？

1 茶有藥效
2 自己回到日本
3 在中國學習佛教
4 茶在奈良時代傳入日本

解題攻略

解題關鍵在「お茶が最初に日本に伝わったのは、奈良時代（710―784年）と考えられています」（茶最早傳入日本大約是在奈良時代〈710―784年〉），「最早傳入日本的時間」＝「開始出現在日本的時間」，所以答案應該是選項２「奈良時代」。

選項３是個陷阱。文章提到「鎌倉時代」的部分是「広く飲まれるようになったのは、それからずいぶん後の鎌倉時代（1185―1333年）からです」（被廣為飲用則是多年以後，從鎌倉時代〈1185―1333年〉開始的事情），由此可知茶到了鎌倉時代開始普及，也就是說在鎌倉時代之前就已經存在於日本。所以選項３是錯的。

「いつ」用來問時間，從選項當中可以發現這個時間指的是時代，關於時代的情報在第二段。

劃線部分的原句是「中国に仏教を学びに行った栄西という僧が、お茶は健康と長寿に効果があることを知り、日本に帰国したのち、それを本に書いたことから広まったと言われています」（據說有位去中國學習佛教的僧侶名為榮西，他知道茶具有健康和長壽的效用，回到日本之後，就把這點寫進書裡，所以才廣為人知）。因為後面有「～から広まった」，表示茶是因此而普及的，所以「それ」指的一定是和茶有關的事物，選項２、３都不正確。

這一句當中和茶有關係的部分是「お茶は健康と長寿に効果があること」（茶具有健康和長壽的效用），所以「それ」指的是「茶有健康和長壽的效用」。

這一題問的是「それ」的內容，遇到「そ」開頭的指示詞，就要從前文找出答案。

Answer 4

36 ②楽しめるようになりましたとあるが、どういうことか。

1 一般の人も簡単にお茶を作れるようになった。

2 一般の人もみんな地位が高くなり、生活が楽になった。

3 一般の人も簡単に高価な薬を買えるようになった。

4 一般の人も簡単にお茶を飲めるようになった。

36 文中提到②開始可以享用，是指什麼呢？

1 一般人也能輕易地製作茶葉。

2 所有人的地位提高，生活變得輕鬆許多。

3 一般人也能輕鬆買到高價的藥品。

4 一般人也能輕易地就喝到茶。

Answer 3

37 日本と中国の緑茶の説明として、正しくないのはどれか。

1 日本の緑茶はお茶の葉を蒸して作るが、中国の緑茶は炒って作る。

2 お湯をつぐ前のお茶の葉の色はどちらも緑色である。

3 日本の緑茶は中国の緑茶より、甘くておいしい。

4 いれたあとのお湯の色が日本の緑茶と中国の緑茶と異なる。

37 關於日本和中國的綠茶説明，不正確的選項為何？

1 日本綠茶是把茶葉蒸過再製作，中國綠茶是煎焙製作。

2 加入熱開水前兩者的茶葉顏色都是綠色。

3 日本綠茶比中國綠茶甘甜美味。

4 日本綠茶和中國綠茶沖泡後的湯色不一樣。

解題攻略

劃線部分的原句是「そのため、お茶ははじめ、高価な薬として、地位の高い人たちの間で飲まれていましたが、その後、時がたつにつれて一般の人も楽しめるようになりました」（因此，地位崇高的人們開始把茶葉當成昂貴的藥品飲用，之後隨著時代的推移，一般民眾也開始可以享用）。重點在於這一句用「が」寫出有身分地位的人和小老百姓的對比，茶本來是只有身分地位較高的人才能喝，不過隨著時代演進，一般人也開始可以享用。可見這個劃線部分應該是和茶有關，所以選項２、３是錯的。

既然是對比句，再加上「も」暗示了老百姓「也能」做一樣的事，從這邊就可以知道選項４才是正確的，老百姓也可以和地位較高的人一樣喝茶。

這一題考的是劃線部分。應該要回到文章找出劃線部分，通常它的上下文就是解題關鍵。

文中提到「日本の緑茶は、お茶の葉を蒸して作るのが特徴ですが、それに対して、中国の緑茶は炒って作ります」（日本的綠茶，特色在於茶葉是用蒸的。相對的，中國綠茶則是用煎焙的），由此可知選項１符合敘述。

文中提到「…、もともとはお茶の葉の色が緑色であることから来ています」（…，原本就是因為茶葉是綠色的），所以選項２也符合敘述。

全文最後提到「どちらもそれぞれにおいしいものです」（兩者各有千秋），作者沒有要把日本綠茶和中國綠茶分個高下。所以選項３不符合敘述，答案是３。

文中提到「日本の緑茶は、いれたあとのお湯の色も、美しい緑色をしています。一方、中国の緑茶は、いれると黄色っぽい色になります」（日本的綠茶沖泡後的湯色，仍是美麗的綠色。不過，中國的綠茶在沖泡後會略呈黃色），可知選項４符合敘述。

遇到「正しくないのはどれか」（不正確的選項為何）這種題型，就要用刪去法來作答。

「それぞれにおいしい」的「それぞれに」意思是「各有各的…」，在這邊如果只用「それぞれ」（各自）會有點不自然，「に」才能帶出「日本綠茶和中國綠茶各有好喝的地方」的感覺，「それぞれ」的語感是「兩者都很好喝」。

翻譯與解題 ②

重要文法

❶ にとって　對於…來說

【名詞】＋にとって。表示站在前面接的那個詞的立場，來進行後面的判斷或評價，相當於「～の立場から見て」。

例句　僕たちにとって、明日の試合は重要です。

對我們來說，明天的比賽至關重要。

---

❷ わけではない　並不是…、並非…

【形容動詞詞幹な；[形容詞・動詞]普通形】＋わけではない。表示不能簡單地對現在的狀況下某種結論，也有其它情況。常表示部分否定或委婉的否定。

例句　人生は不幸なことばかりあるわけではないだろう。

人生總不會老是發生不幸的事吧！

---

❸ という　叫…的、是…、這個…

【名詞】＋という＋【名詞】。表示提示事物的名稱。

例句　村上春樹という作家、知ってる？

你知道村上春樹這個作家嗎？

---

❹ につれ（て）　伴隨…、隨著…、越…越…

【名詞；動詞辭書形】＋につれ（て）。表示隨著前項的進展，同時後項也隨之發生相應的進展，相當於「～にしたがって」。

例句　一緒に活動するにつれて、みんな仲良くなりました。

隨著共同參與活動，大家感情變得很融洽。

❹ にたいして 向…、對(於)…

例句 この問題に対して、意見を述べてください。

請針對這問題提出意見。

【名詞】＋に対して。表示動作、感情施予的對象，有時候可以置換成「に」。或用於表示對立，指出相較於某個事態，有另一種不同的情況。

❺ っぽい 看起來好像…、感覺像…

例句 彼は短気で、怒りっぽい性格だ。

他的個性急躁又易怒。

【名詞；動詞ます形】＋っぽい。接在名詞跟動詞連用形後面作形容詞，表示有這種感覺或有這種傾向。與語氣具肯定評價的「らしい」相比，「っぽい」較常帶有否定評價的意味。

小知識大補帖

▶保特瓶 VS. 現沏茶

相信大家或多或少都有拜訪他人的經驗吧！在繁忙的現代，對方通常都是端出「ペットボトル」（保特瓶）飲料來招待，因為保特瓶飲料「清潔な感じがする」（讓人感覺潔淨），招待方準備起來「手間がいらない」（不費功夫），對於忙碌的現代人來説非常「便利」（便利）。

不過，偶爾也會在拜訪別人時喝到現沏茶。「茶葉」（茶葉）的「香り」（香氣）與「おいしさ」（甘醇），有著保特瓶飲料所沒有的「魅力」（魅力）。

下回有客人來訪時，不妨也「丁寧に入れたお茶をお客に出す」（為客人送上用心沏的茶）吧！

常用的表達關鍵句

＊{ }內也可自行帶入其他詞彙喔！

01 表示聽說、據說

→{クリスマスはキリストの降誕をお祝いする日だった} そうです／聽說{耶誕節是慶祝耶穌基督誕生的日子}。

→{50%も増える} という {報告さえあるのだ} そうです／聽說{將增加多達 50%的報告，竟然都出來了}。

→{日本食は健康に良いと} 言われています／人們都說{日本飲食有益健康}。

→{電気代は来月から値上がりする} ということです／據說{下個月起電費要上漲了}。

02 表示推測、斷定

→{雨が続く} らしいです／{雨勢}似乎{會持續}的樣子。

→{この子は風邪でも引いたのか。元気がない} ようです／{這孩子是不是感冒了？}怎麼看起來{沒精打彩的}。

→{これは梅雨の影響} と考えられる／可以猜想{這是受到梅雨季的影響}。

→{江戸時代にこの醤油蔵を開いたと} 考えられているそうだ／聽說{這個醬油釀造倉庫}被推測是{在江戶時代開始製造的}。

→{それが立派だ} と想像する／想像{那將是多麼氣派非凡啊}。

→{女性にモテたいとの一心にあるの} ではないかと想像する／想像大概{他就是一心一意希望備受女性歡迎}吧。

→{日本人向けに改良したのではない} かと想像できる／可以想像{應該是針對日本人的需求而加以改良的}。

03 表示感覺

→{明るすぎず暗すぎず丁度いい色} をしています／{不過於晦暗也不過於亮麗，顏色的搭配}呈現得{恰到好處}。

→{カレーのいいにおい} がします／有股{咖哩的香味}撲鼻而來。

關鍵字記單字

▸關鍵字	▸▸▸單字	
飲む（のむ） 喝	□ 茶（ちゃ）	茶水
	□ ジュース【juice】	果汁，汁液，糖汁，肉汁
	□ ミルク【milk】	牛奶；煉乳
	□ 酒（さけ）	酒的總稱，日本酒，清酒
	□ 酒（しゅ）	酒的總稱
	□ ビール【(荷)bier】	啤酒
	□ ワイン【wine】	葡萄酒；水果酒；洋酒
	□ 味噌汁（みそしる）	味噌湯
	□ スープ【soup】	湯；多指西餐的湯
	□ 湯飲み（ゆのみ）	茶杯，茶碗
煮る（にる） 煮	□ 包丁（ほうちょう）	菜刀；廚師；烹調手藝
	□ 鍋（なべ）	鍋子；火鍋
	□ 炊飯器（すいはんき）	電子鍋，電鍋
	□ 茹でる（ゆでる）	(用開水)煮，燙
	□ 煮る（にる）	煮，燉，熬
	□ 煮える（にえる）	煮熟，煮爛；水燒開
	□ 炊く（たく）	點火，燒著；燃燒；煮飯，燒菜
	□ 炊ける（たける）	燒成飯，做成飯，把飯煮熟
	□ 沸く（わく）	沸騰，燒開，燒熱
	□ 蒸す（むす）	蒸，熱(涼的食品)
帰る（かえる） 回家	□ 戻り（もどり）	回家；歸途；恢復原狀
	□ 帰国（きこく）	回國，歸國；回到家鄉
	□ 帰省（きせい）	歸省，回家省親，探親
	□ 帰宅（きたく）	回家

日本語能力試験 ③

Track 27

つぎの文章を読んで、質問に答えなさい。答えは、1・2・3・4から最もよいものを一つえらびなさい。

妻と子供を連れてドイツに留学して3年、日常生活のドイツ語には不自由しなくなった頃、首をかしげた(注)ものだが、野菜でも何でも、私が買ってくるものは、あまりよくないのである。①それに比べて、同じアパートに住む日本人が買い物をすると、いいものを買ってくる。彼のドイツ語は私より全然上手ではない。しかし、彼が買い物をすると、八百屋のおばさんが私よりずっといい野菜や果物を袋にいれてくれるようなのである。

②う〜ん、なぜだろうと不思議に思ったが、よくよく考えてみれば、その理由がわかるような気がした。

私が留学したばかりで、買い物のドイツ語にも不自由していた頃、どの店にいっても、店の人は皆、親切だった。家族を連れて買い物に出て、欲しいものをお店の人に苦労して伝えると、③お店の人から、「たいへんだねえ、どこから来たの、学生?」などと聞かれたものだった。お金を払って横を見ると、娘は店の人からもらった果物やハムなどを喜んで食べていた。

その後、ドイツ語力に自信がつき、買い物をする時に、品物についていろいろと注文をつけたり、ドイツの生活や政治について、自分の意見を言うようになった。その頃から、お店からあまり親切な対応をされなくなったのである。私はドイツ人にとって「生意気な外国人」になったのだ。「生意気」ということは、あまり「かわいくない」外国人になったということだ。

(関口一郎『「学ぶ」から「使う」外国語へ——慶応義塾藤沢キャンパスの実践』より一部改変)

(注) 首をかしげる:不思議に思う

34 ①それは、何を指しているか。

1 自分のドイツ語がうまくなったこと
2 自分の日常生活が不自由なこと
3 自分が買ってくるものはあまりよくないこと
4 ドイツに留学したこと

35 ②う～ん、なぜだろうと不思議に思ったとあるが、それはなぜか。

1 別の日本人が自分よりドイツ語が下手な理由が分からなかったから
2 別の日本人が自分よりいいものを買ってくる理由が分からなかったから
3 別の日本人が自分よりドイツ語が上手な理由が分からなかったから
4 別の日本人が自分よりドイツ語も買い物も上手な理由が分からなかったから

36 ③お店の人から、「たいへんだねえ、どこから来たの、学生？」などと聞かれたものだったとあるが、この時のお店の人の気持ちは次のどれだと考えられるか。

1 悲しんでいる。
2 よろこんでいる。
3 かわいそうに思っている。
4 つまらないと思っている。

37 筆者は、自分がドイツ語が上手になってから、お店から親切にされなくなったのはなぜだと考えているか。

1 筆者がドイツ人の話すドイツ語を注意して、嫌われたから
2 筆者がドイツ人よりドイツ語が上手になり、生意気だと思われるようになったから
3 筆者がドイツについてドイツ語で話すことは、ドイツ人にとって不思議なことだから
4 筆者がドイツ語で不満や意見を言うようになり、生意気だと思われるようになったから

翻譯與解題 ③

つぎの文章を読んで、質問に答えなさい。答えは、1・2・3・4から最もよいものを一つえらびなさい。

　妻と子供を連れてドイツに留学して３年、日常生活のドイツ語には不自由しなくなった頃、首をかしげた（注）ものだが、野菜でも何でも、**私が買ってくるものは、あまりよくないのである。**①**それに比べて、同じアパートに住む日本人が買い物をすると、いいものを買ってくる。**彼のドイツ語は私より全然上手ではない。しかし、彼が買い物をすると、八百屋のおばさんが私よりずっといい野菜や果物を袋にいれてくれるようなのである。

文法詳見 P206

34題 關鍵句

35題 關鍵句

　②う～ん、なぜだろうと不思議に思ったが、よくよく考えてみれば、その理由がわかるような気がした。

　私が留学したばかりで、買い物のドイツ語にも不自由していた頃、どの店にいっても、店の人は皆、親切だった。家族を連れて買い物に出て、欲しいものをお店の人に苦労して伝えると、③お店の人から、「**たいへんだねえ、**どこから来たの、学生？」などと聞かれたものだった。お金を払って横を見ると、娘は店の人からもらった果物やハムなどを喜んで食べていた。

36題 關鍵句

　その後、ドイツ語力に自信がつき、買い物をする時に、品物についていろいろと注文をつけたり、**ドイツの生活や政治について、自分の意見を言うようになった。**その頃から、お店からあまり親切な対応をされなくなったのである。**私はドイツ人にとって「生意気な外国人」になったのだ。**「生意気」ということは、あまり「かわいくない」外国人になったということだ。

文法詳見 P206

文法詳見 P206

37題 關鍵句

37題 關鍵句

（関口一郎『「学ぶ」から「使う」外国語へ―慶応義塾藤沢キャンパスの実践』より一部改変）

（注）首をかしげる：不思議に思う

- □ 連れる　帶，領
- □ ドイツ【（荷）Duitch】　德國
- □ 日常生活　日常生活
- □ 不自由　不方便
- □ 比べる　比較
- □ 不思議　不可思議
- □ よくよく　仔細地；好好地
- □ 気がする　發現到
- □ 伝える　告訴
- □ 払う　支付，付錢
- □ 娘　女兒
- □ ハム【ham】　火腿
- □ 自信がつく　有了自信
- □ 品物　物品；東西
- □ 注文をつける　訂購
- □ 政治　政治
- □ 対応　應對
- □ 生意気　自大，狂妄

請閱讀下列文章並回答問題。請從選項1・2・3・4當中選出一個最恰當的答案。

我帶著妻兒到德國留學3年，在我能掌握日常生活所用的德語時，有一點我想不透（注），那就是不管是蔬菜還是別的，我買回來的東西都不怎麼好。比起①這件事，和我住在同一間公寓的日本人，買東西都會買到好貨。他的德語比我差多了。可是只要是他去買東西，蔬菜店的老闆娘似乎就會把比我好上許多的蔬菜和水果裝袋給他。

作者的德語不錯，但在德國買東西總是買到不好的；相反地，其他日本人德語沒他好，卻總能買到好貨。

②嗯～這是為什麼呢？真是不可思議。我仔細地思考，好像找到了理由。

承接上一段。對此作者很納悶，但他似乎終於知道原因出在哪裡。

我剛去留學的時候，連購物用的德語也不太會說，不管去哪家店，店員都非常親切。帶著家人去買東西，花了好大的力氣才把想要的東西告訴店員，③店員總是會問「很辛苦吧？你從哪裡來的？是學生嗎？」。付了錢往旁邊一看，女兒正滿心歡喜地吃店員所給的水果或火腿。

作者表示剛到德國時德語不好，店家都會體恤他的辛苦。

之後我對自己的德語有了自信，買東西時也能訂購各式各樣的商品，針對德國的生活和政治，也變得能發表自己的意見。從那個時候開始，店家就不再對我親切了。對於德國人來說，我變成一個「自大的外國人」。所謂的「自大」，就是指變成「不太可愛」的外國人。

當作者德語進步，不僅能購物，還能發表意見後，在德國人眼中就成了自大的外國人，店家也就不再對他親切。

（節選自關口一郎『從「學習」到「運用」的外語—慶應義塾藤澤校園的實踐』，部分修改）

（注）想不透：覺得不可思議

Answer 3

34 ①それは、何を指しているか。

1 自分のドイツ語がうまくなったこと

2 自分の日常生活が不自由なこと

3 自分が買ってくるものはあまりよくないこと

4 ドイツに留学したこと

34 ①這件事，指的是什麼呢？

1 自己的德語變好了

2 自己的日常生活變得不便

3 自己所買的東西不太好

4 在德國留學

Answer 2

35 ②う～ん、なぜだろうと不思議に思ったとあるが、それはなぜか。

1 別の日本人が自分よりドイツ語が下手な理由が分からなかったから

2 別の日本人が自分よりいいものを買ってくる理由が分からなかったから

3 別の日本人が自分よりドイツ語が上手な理由が分からなかったから

4 別の日本人が自分よりドイツ語も買い物も上手な理由が分からなかったから

35 文中提到②嗯…這是為什麼呢？真是不可思議，這是為什麼呢？

1 不懂為什麼別的日本人德語比自己還差

2 不懂為什麼別的日本人可以買到比自己還好的東西

3 不懂為什麼別的日本人德語比自己還好

4 不懂為什麼別的日本人不管是德語還是購物都比自己在行

解題攻略

這一題劃線部分的原句在「それに比べて、同じアパートに住む日本人が買い物をすると、いいものを買ってくる」（比起這件事，和我住在同一間公寓的日本人，買東西都會買到好貨）。當句子裡面出現「それ」時，就要從前文找出答案。「～に比べて」暗示後項和前項有所不同，甚至是相反的情況。所以，這裡的「それ」指的一定是和購物有關的事物。

解題關鍵在「野菜でも何でも、私が買ってくるものは、あまりよくないのである」（那就是不管是蔬菜還是別的，我買回來的東西都不怎麼好），「それ」指的就是這個。選項當中和購物有關的只有選項３。

這篇文章整體是在描述作者在德國隨著語言能力的進步，周圍對他的觀感也跟著不同。

解題關鍵在「首をかしげたものだが」（有一點我想不透），表示作者有件覺得不可思議的事情。後面就是重點了：「野菜でも何でも、私が買ってくるものは、あまりよくないのである。それに比べて、同じアパートに住む日本人が買い物をすると、いいものを買ってくる」（那就是不管是蔬菜還是別的，我買回來的東西都不怎麼好。比起這件事，和我住在同一間公寓的日本人，買東西都會買到好貨）。作者覺得不可思議的就是這件事。

Answer **3**

36 ③お店の人から、「たいへんだねえ、どこから来たの、学生？」などと聞かれたものだったとあるが、この時のお店の人の気持ちは次のどれだと考えられるか。

1 悲しんでいる。
2 よろこんでいる。
3 かわいそうに思っている。
4 つまらないと思っている。

36 文中提到③店員總是會問「很辛苦吧？你從哪裡來的？是學生嗎？」，當時店員的心情是下列何者呢？

1 很悲傷。
2 很開心。
3 覺得很可憐。
4 覺得很無聊。

Answer **4**

37 筆者は、自分がドイツ語が上手になってから、お店から親切にされなくなったのはなぜだと考えているか。

1 筆者がドイツ人の話すドイツ語を注意して、嫌われたから
2 筆者がドイツ人よりドイツ語が上手になり、生意気だと思われるようになったから
3 筆者がドイツについてドイツ語で話すことは、ドイツ人にとって不思議なことだから
4 筆者がドイツ語で不満や意見を言うようになり、生意気だと思われるようになったから

37 筆者覺得自從德語變得流利以後，店家就對自己不再親切的原因為何？

1 因為筆者會糾正德國人的德語，而被討厭
2 因為筆者的德語變得比德國人還好，所以人家覺得他自大了起來
3 因為筆者用德語評論德國，對德國人來說很不可思議
4 因為筆者開始用德語表達不滿或意見，所以人家覺得他自大了起來

解題攻略

解題關鍵在「たいへんだね」(很辛苦吧)。

四個選項中最接近的答案是選項3。「かわいそう」的意思是「可憐」。文中提到「買い物のドイツ語にも不自由していた」(連購物用的德語也不太會說),表示作者當時買東西有溝通障礙,所以讓店員產生了憐憫的感覺。

「たいへん」有「辛苦」、「糟糕」、「嚴重」…等意思(在本文是「辛苦」的意思),句尾的「ねえ」是「ね」拉長拍數的表示方法,有更強調的感覺。「ね」是終助詞,表示輕微的感嘆或用來主張自己的想法,帶有期待對方回應的語感。「たいへんだねえ」意思是「很辛苦吧」,當看到別人發生了不好的事情或是過得不好時,就可以用這句話來表達同情、關心或安慰。

「その頃」指的是第四段開頭提到的「ドイツ語力に自信がつき、買い物をする時に、品物についていろいろと注文をつけたり、ドイツの生活や政治について、自分の意見を言うようになった」(之後我對自己的德語有了自信,買東西時也能訂購各式各樣的商品,針對德國的生活和政治,也變得能發表自己的意見),這就是作者認為店家不再對他親切的原因。

文章最後加以解釋道:「私はドイツ人にとって『生意気な外国人』になったのだ。『生意気』ということは、あまり『かわいくない』外国人になったということだ」(對於德國人來說,我變成一個「自大的外國人」。所謂的「自大」,就是指變成「不太可愛」的外國人),表示作者變得會對德國進行評論,才讓德國人覺得他很狂妄自大。正確答案是4。

這一題問題對應到本文第四段「その頃から、お店からあまり親切な対応をされなくなったのである」(從那個時候開始,店家就不再對我親切了)。

重要文法

【形容動詞詞幹な；形容詞辭書形；動詞普通形】＋ものだ。表示說話者對於過去常做某件事情的感慨、回憶。

❶ ものだ　過去…經常、以前…常常

例句　この町もすっかり変わったものだ。

這小鎮變化也真夠大的。

【名詞】＋にとって。表示站在前面接的那個詞的立場，來進行後面的判斷或評價，相當於「～の立場から見て」。

❷ にとって　對於…來說

例句　そのニュースは、川崎さんにとってショックだったに違いない。

那個消息必定讓川崎先生深受打擊。

【簡體句】＋ということだ。明確地表示自己的意見、想法之意，也就是對前面的內容加以解釋，或根據前項得到的某種結論。

❸ ということだ　…也就是說…、這就是…

例句　芸能人に夢中になるなんて、君もまだまだ若いということだ。

竟然會迷戀藝人，表示你還年輕啦！

小知識大補帖

▶在日本討生活

相信多人都有在日本生活的經驗吧？可能是「短期留学」（遊學）、「留学」（留學）、長期度假或是時下流行的「ワーキング・ホリデー」（打工度假）。打工度假名字裡雖有個打工，但和日本職場還是有很大的差距。對日本人而言，打工度假者就是外國人，他們也不會太嚴格。

正式進入日本職場可就不一樣了，一旦成為「正社員」（正式職員），一切都會被用日本人的標準檢視，也不會再因為是外國人而被體諒了。尤其日本的職場文化和台灣大不相同，「先輩」（前輩）、「後輩」（後輩）階級分明，無論後輩有多重要的事情要「休みを取る」（請假），前輩絕對都會「顔色を変える」（沉下臉），然後不斷「ぶつぶつ言う」（發牢騷）。

到日本工作如果沒有「覚悟(かくご)できる」（做好覺悟），可是會「ひどい目(め)にあう」（吃苦頭）的哦！

常用的表達關鍵句

＊{ } 內也可自行帶入其他詞彙喔！

01 表示條件、假設

→ {もしあなたが日本に旅行に来} たら {私が案内します} ／如果 { 你前來日本旅行，我會當你的嚮導帶你四處遊玩 }。

→ {30 日以内} なら {返品} できます／如果是 { 30 天之內，皆 } 能 { 退貨 }。

→ {よく想像すれ} ば {味わえる} ／如果 { 用心去想像，就能深刻體會到了 }。

→ {歩いている} と {気持ちよかった} ／只要 { 走一走，心情 } 就 { 舒坦多了 }。

02 表示斷定

→ { 1 %のひらめきがなければ、99%の努力は無駄} である（だ、です）／{ 如果沒有 1 % 的靈感，99% 的努力也只 } 是 { 徒勞無功，白費力氣 }。

→ {それこそが日本の農業を再生させる} と確信する／ { 正因如此，我 } 堅信 { 能讓日本農業重新復甦 }。

→ {後者が発明として完成している} と断定する／可以斷定 { 作為一項發明，後者已經達到完成的境地了 }。

→ {私は彼が正しい} と判断できる／ { 我 } 能斷定 { 他是對的 }。

→ {昨年と比べると随分読書量は減ったなぁ} といわざるを得ない／不得不說 { 閱讀量比去年少了許多啊 }。

→ {男性からよく LINE が送られてくるということは、あなたに興味がある} と見てよい／ { 男性經常傳 LINE 給妳 } 可想見 { 他對妳深感興趣 }。

→ {両校の進学率はほぼ同じ} と考えてよい／ { 這兩所學校的升學率 } 可以看作 { 不分伯仲 }。

→ {18 歳は大人} と言える／ { 18 歲 } 可以說 { 已是大人了 }。

→ {今週中に 1 冊を全部訳すなんて無理} に決まっている／ { 這週內要譯完一整本書 } 肯定是 { 做不到的 }。

→ {わたしはまとめ役} にすぎない／ { 我 } 只不過是 { 個居中調解者 } 罷了。

關鍵字記單字

▸關鍵字	▸▸▸單字	
考える（かんがえる） 思維、考慮	□ 自信（じしん）	自信，自信心
	□ 課題（かだい）	課題，任務
	□ 評論（ひょうろん）	評論，批評；對事物的善惡、價值等加以批評或議論，亦指對此加以記述的文章
	□ 考え（かんがえ）	思想，想法；意見
	□ 考え（かんがえ）	心思，意圖，意思
	□ 腹（はら）	內心，想法
	□ アイディア【idea】	主意，想法，念頭；構思
	□ 計（けい）	計畫，打算
	□ 不思議（ふしぎ）	難以想像，不可思議
	□ 不思議（ふしぎ）	怪，奇，奇怪，奇異
	□ 素朴（そぼく）	思慮單純，理論單純
	□ 臭い（くさい）	可疑的
	□ 浅い（あさい）	淺薄的，膚淺的
	□ 反省（はんせい）	反省，自省（思想與行為）；重新考慮
	□ 詰める（つめる）	深究，打破砂鍋問到底
	□ 信じる（しんじる）・信ずる（しんずる）	相信，確信，沒有懷疑

感じる（かんじる） 感想、感受	□ 印象（いんしょう）	印象；耳聞目睹之際，客觀事物在人的心裡留下的感覺
	□ 感想（かんそう）	感想
	□ 感じる（かんじる）・感ずる（かんずる）	受到外在刺激而有感覺，感到，覺得
	□ 感心（かんしん）	令人吃驚
	□ 苦手（にがて）	最討厭
	□ 感じる（かんじる）・感ずる（かんずる）	心中有某種情緒感觸
	□ 飽きる（あきる）	夠，滿足，饜足；膩煩，厭煩，厭倦

Track 28

つぎの文章を読んで、質問に答えなさい。答えは、１・２・３・４から最もよいものを一つえらびなさい。

今、皆さんは、①「光より速いものはない」と教わっているはずですが、これも仮説（注１）でしかないのです。明日、新たな大発見によってその考えが全て変わる可能性があるのです。

しかし、私たちの常識が仮説でしかない、と自覚（注２）している人はあまりいません。目の前で起きる事件や現象（注３）を全て疑っていると、疲れてしまいます。

事件や現象については他の人が説明してくれます。それを信じるほうが楽なのです。だから②大部分の人は、他人から教わったことをそのまま納得（注４）しているのです。常識は正しいに決まっている……そんなふうに思っているのです。

でも、実際は、われわれの頭の中は仮説だらけなのです。そして、昔も今も、それから将来も、そういった仮説はつぎつぎと崩れて修正される運命なのです。そして、③それこそが科学なのです。

常識が常に正しいと思いこむ（注５）こと、つまり、頭のなかにあるものが仮説だと気がつかないこと、それが「頭が固い」ということなのです。頭が固ければ、ただ皆の意見に従うだけです。逆に、常に常識を疑う癖をつけて、頭の中にあるのは仮説の集合なのだと思うこと、それが「頭が柔らかい」ということなのです。

（竹内薫『99.9%は仮説　思いこみで判断しないための考え方』より一部改変）

（注１）仮説：ある物事をうまく説明するための一時的な説
（注２）自覚：自分の状態や能力が自分ではっきりと分かること
（注３）現象：人間が見たり聞いたりできるすべてのできごと
（注４）納得：人の考えや説明を正しいと考えて受け入れること
（注５）思いこむ：固く信じる

34 この文章を書いた人は、①「光より速いものはない」という説について、どう考えているか。

1 今は正しいと考えられているが、将来は間違いになる。
2 今は正しいと考えられているが、将来は変わる可能性がある。
3 今は正しいかどうか分からないが、将来は正しいことが証明されるだろう。
4 今は正しいかどうか分からないが、将来は常識になるだろう。

35 ②大部分の人は、他人から教わったことをそのまま納得しているのですとあるが、それはなぜだと言っているか。

1 皆が正しいと思っていることを疑うのは良くないことだから。
2 他人から教わったことを疑うのは、人の心を傷つけてしまうから。
3 目の前の事件や現象を全部疑うのは、疲れることだから。
4 目の前の事件や現象を疑うことは禁止されているから。

36 ③それこそが科学なのですとあるが、科学とはどういうものだと言っているか。

1 ある現象についての仮説が、新しい発見によって修正されること
2 ある現象についての仮説が、常に正しいと信じること
3 ある現象についての仮説が、常に正しいと皆に信じさせること
4 ある現象についての仮説が、常に間違っていることを新しい発見によって証明すること

37 「頭が固い」と「頭が柔らかい」は、どう違うと言っているか。

1 「頭が固い」は、常識が常に正しいと信じていることで、「頭が柔らかい」は、常識でも疑う気持ちを持っていること
2 「頭が固い」は、皆の意見に従うことで、「頭が柔らかい」は、皆の意見に反対すること
3 「頭が固い」は、常識が常に正しいと信じていることで、「頭が柔らかい」は、常識が常に間違っていると信じていること
4 「頭が固い」は、頭の中にあるものが仮説だと気がつかないことで、「頭が柔らかい」は、頭の中にあるものが常識だと気がつかないこと

翻譯與解題 ④

つぎの文章を読んで、質問に答えなさい。答えは、1・2・3・4から最もよいものを一つえらびなさい。

今、皆さんは、①**「光より速いものはない」と教わっているはずですが、これも仮説**（注1）**でしかないのです。明日、新たな大発見によってその考えが全て変わる可能性があるのです。** 34題 關鍵句

しかし、私たちの常識が仮説でしかない、と自覚（注2）している人はあまりいません。**目の前で起きる事件や現象**（注3）**を全て疑っていると、疲れてしまいます。** 35題 關鍵句

事件や現象については他の人が説明してくれます。それを信じるほうが楽なのです。だから②大部分の人は、他人から教わったことをそのまま納得（注4）しているのです。常識は正しいに決まっている（文法詳見 P218）……そんなふうに思っているのです。

でも、実際は、われわれの頭の中は仮説だらけ（文法詳見 P218）なのです。そして、**昔も今も、それから将来も、そういった仮説はつぎつぎと崩れて修正される運命なのです。** 36題 關鍵句

そして、③それこそ（文法詳見 P218）が科学なのです。

常識が常に正しいと思いこむ（注5）こと、つまり、**頭のなかにあるものが仮説だと気がつかないこと、それが「頭が固い」ということなのです。** 頭が固ければ、ただ皆の意見に従うだけです。逆に、**常に常識を疑う癖をつけて、頭の中にあるのは仮説の集合なのだと思うこと、それが「頭が柔らかい」ということなのです。** 37題 關鍵句

（竹内薫『99.9%は仮説　思いこみで判断しないための考え方』より一部改変）

（注1）仮説：ある物事をうまく説明するための一時的な説
（注2）自覚：自分の状態や能力が自分ではっきりと分かること
（注3）現象：人間が見たり聞いたりできるすべてのできごと
（注4）納得：人の考えや説明を正しいと考えて受け入れること
（注5）思いこむ：固く信じる

- □ 光　光，光線
- □ 教わる　學習，受教
- □ 新た　全新的，嶄新的
- □ 発見　發現
- □ 可能性　可能性
- □ 常識　常識，常理
- □ 疑う　懷疑
- □ つぎつぎ　接二連三地
- □ 崩れる　崩毀，破滅
- □ 修正　修正，改正
- □ 運命　命運
- □ 科学　科學
- □ 従う　跟隨，順從
- □ 癖　習慣
- □ 集合　集合
- □ 説　說法
- □ 証明　證明，驗證

請閱讀下列文章並回答問題。請從選項1・2・3・4當中選出一個最恰當的答案。

現在大家應該都是學到①「沒有比光更快的東西」，不過這也只是一種假說（注1）。這個想法搞不好明天會根據某個全新大發現而全面更改。

我們學到的東西其實只是一種假說，隨時都有可能會被推翻。

不過，很少人能自覺（注2）自己的常識只是一種假說。全盤懷疑眼前發生的事件或現象（注3）是非常累人的。

承接上一段，幾乎很少人能意識到這種情形。

事件或是現象都有別人來為我們說明。負責相信它的人比較輕鬆。所以②大部分的人都是別人怎麼教就怎麼接受（注4）。常識肯定是正確的……大家都是這麼覺得。

作者指出大部分的人都把學到的東西照單全收，以為那就是正確的常識。

然而，我們腦中的其實淨是些假說。不管是過去還是現在，甚至是未來，這些假說的命運都是一一地破滅並被修正。而③這就是科學。

其實我們的常識都是假說而已。所謂的科學就是假說不斷地被推翻修正。

深信（注5）常識總是正確的，也就是說沒注意到腦中的東西是假說，這就是所謂的「頭腦僵硬」。頭腦一旦僵硬，就只會順從眾人的意見。反之，如果培養時時懷疑常識的習慣，認定頭腦裡面的東西都是假說，這就是所謂的「頭腦柔軟」。

沒有意識到腦中知識只是假說，就是頭腦僵硬。懷疑腦中知識的正確性，就是頭腦柔軟。

（節選自竹內薰『99.9%是假說 不靠固執念頭來下判斷的思考方式』，部分修改）

（注1）假說：為了能圓滿解釋某件事物的一時說法
（注2）自覺：自己清楚地明白自己的狀態或能力
（注3）現象：人類能看見、聽見的所有事情
（注4）接受：覺得別人的想法或說明是正確的而接納
（注5）深信：堅定地相信

Answer 2

34 この文章を書いた人は、①「光より速いものはない」という説について、どう考えているか。

1 今は正しいと考えられているが、将来は間違いになる。
2 今は正しいと考えられているが、将来は変わる可能性がある。
3 今は正しいかどうか分からないが、将来は正しいことが証明されるだろう。
4 今は正しいかどうか分からないが、将来は常識になるだろう。

34 這篇文章的作者對於①「沒有比光更快的東西」這種說法，覺得如何呢？

1 現在覺得是正確的，但將來會是錯的。
2 現在覺得是正確的，但將來有可能會改變。
3 現在不知道是否正確，但將來會被證明是正確。
4 現在不知道是否正確，但將來會成為常識。

Answer 3

35 ②大部分の人は、他人から教わったことをそのまま納得しているのですとあるが、それはなぜだと言っているか。

1 皆が正しいと思っていることを疑うのは良くないことだから。
2 他人から教わったことを疑うのは、人の心を傷つけてしまうから。
3 目の前の事件や現象を全部疑うのは、疲れることだから。
4 目の前の事件や現象を疑うことは禁止されているから。

35 文中提到②大部分的人都是別人怎麼教就怎麼接受，請問作者認為原因為何呢？

1 因為懷疑大家覺得是正確的事物，不是件好事。
2 因為懷疑別人教導的事物，會傷害別人的心。
3 因為懷疑眼前所有的事件和現象會很累。
4 因為懷疑眼前的事件和現象是被禁止的。

解題攻略

作者對「光より速いものはない」（沒有比光更快的東西）這個假說的看法在下一句：「明日、新たな大発見によってその考えが全て変わる可能性があるのです」（這個想法搞不好明天會根據某個全新大發現而全面更改）。也就是說，這一句是針對「為什麼這件事情是假說」在進行解釋。

四個選項當中，只有選項 2 最接近作者這種想法。

這篇文章整體是在探討僵硬的思考模式和柔軟的思考模式有什麼不同。

這一題用「なぜ」（為何）來詢問劃線部分的理由。劃線部分的原句是「だから大部分の人は、他人から教わったことをそのまま納得しているのです」（所以大部分的人都是別人怎麼教就怎麼接受）。這個「だから」（所以）就是解題關鍵，可見前面的事項一定是導致後面這句結果的原因。

解題關鍵在「事件や現象については他の人が説明してくれます。それを信じるほうが楽なのです」（事件或是現象都有別人來為我們說明。負責相信它的人比較輕鬆）。四個選項當中，只有選項 3 比較接近這個敘述。而且選項 3 剛好呼應文中「目の前で起きる事件や現象を全て疑っていると、疲れてしまいます」（全盤懷疑眼前發生的事件或現象是非常累人的）。

Answer **1**

36 ③それこそが科学なのですとあるが、科学とはどういうものだと言っているか。

1 ある現象についての仮説が、新しい発見によって修正されること
2 ある現象についての仮説が、常に正しいと信じること
3 ある現象についての仮説が、常に正しいと皆に信じさせること
4 ある現象についての仮説が、常に間違っていることを新しい発見によって証明すること

36 文中提到③這就是科學，作者認為科學是什麼呢？

1 某個現象的假説透過新發現而被修正
2 相信某個現象的假説永遠是正確的
3 讓所有人相信某個現象的假説永遠是正確的
4 利用新發現來證明某個現象的假説永遠是錯誤的

Answer **1**

37 「頭が固い」と「頭が柔らかい」は、どう違うと言っているか。

1 「頭が固い」は、常識が常に正しいと信じていることで、「頭が柔らかい」は、常識でも疑う気持ちを持っていること
2 「頭が固い」は、皆の意見に従うことで、「頭が柔らかい」は、皆の意見に反対すること
3 「頭が固い」は、常識が常に正しいと信じていることで、「頭が柔らかい」は、常識が常に間違っていると信じていること
4 「頭が固い」は、頭の中にあるものが仮説だと気がつかないことで、「頭が柔らかい」は、頭の中にあるものが常識だと気がつかないこと

37 「頭腦僵硬」和「頭腦柔軟」有什麼不同呢？

1 「頭腦僵硬」是指相信常識永遠是正確的，「頭腦柔軟」是指對常識抱持懷疑
2 「頭腦僵硬」是指順從眾人意見，「頭腦柔軟」是指反對眾人意見
3 「頭腦僵硬」是指堅信常識一直都是正確的，「頭腦柔軟」是指堅信常識一直都是錯誤的
4 「頭腦僵硬」是指沒發現腦中事物是假説，「頭腦柔軟」是指沒發現腦中事物是常識

解題攻略

這一題問的是劃線部分的具體內容。劃線部分的原句「そして、それこそが科学なのです」（而這就是科學），解題重點就在「そして」和「それ」上。

解題關鍵在「昔も今も、それから将来も、そういった仮説はつぎつぎと崩れて修正される運命なのです」（不管是過去還是現在，甚至是未來，這些假說的命運都是一一地破滅並被修正），由此可知正確答案是１。

出現「そ」開頭的指示詞，就要從前文找答案。這個「そして」（而）就是幫助我們找「それ」內容的好幫手，因為接續詞「そして」的功能是承接前面的內容再進行補充，所以這個「それ」的真面目應該就藏在前一句話。

關於「頭が固い」（頭腦僵硬）的說明在「頭のなかにあるものが仮説だと気がつかないこと、それが『頭が固い』ということなのです」（沒注意到腦中的東西是假說，這就是所謂的「頭腦僵硬」）。

後面又接著提到「常に常識を疑う癖をつけて、頭の中にあるのは仮説の集合なのだと思うこと、それが『頭が柔らかい』ということなのです」（如果培養時時懷疑常識的習慣，認定頭腦裡面的東西都是假說，這就是所謂的「頭腦柔軟」）。和這兩段敘述最吻合的是選項１。

重要文法

【名詞；[形容詞・動詞]普通形】＋に決まっている。表示説話人根據事物的規律，覺得一定是這樣，不會例外，是種充滿自信的推測，語氣比「きっと～だ」還要有自信。或表示説話人根據社會常識，認為理所當然的事。

❶ にきまっている

肯定是…、一定是…

例句 「きゃ～、おばけ～！」「おばけのわけない。風の音に決まってるだろう。」

「媽呀～有鬼～！」「怎麼可能有鬼，一定是風聲啦！」

【名詞】＋だらけ。表示數量過多，到處都是的樣子，相當於「～がいっぱい」。常伴有「不好」、「骯髒」等貶意。

❷ だらけ 全是…、滿是…、到處是…

例句 子どもは泥だらけになるまで遊んでいた。

孩子們玩到全身都是泥巴。

【名詞】＋こそ。表示特別強調某事物。【動詞て形】＋こそ。表示只有當具備前項條件時，後面的事態才會成立。

❸ こそ 正是…、才(是)…；唯有…才…

例句 私には、この愛こそ生きる全てです。

對我而言，這份愛就是生命的一切。

小知識大補帖

▶以光速飛行的時光機

隨著「科学技術」（科學技術）的「発達」（進步），人類已經達成了各式各樣的目標。比方人類已經可以飛上天空，也能夠到「海底」（海底）及「地底」（地底）的「奥」（深處），甚至能上「宇宙」（外太空）了。

科技已經突破「空間」（空間）的限制，能讓人類飛天遁地了。那麼「時間」（時間）呢？文中提到了“沒有比光還更快的東西”的「仮説」（假說），根據物理學家史蒂芬・霍金的理論，如果能夠建造速度接近「光速度」（光速）的「宇宙船」（太空船），那麼這艘太空船就會因為“沒有比光還更快的東西”，導致船艙內的時間變慢，如此一來太空船內外的時間不一致，這艘太空船就成了「タイムマシン」（時光機）。

因此若“沒有比光更快的東西”這個假說是正確的，人類真的可能穿越時空。可惜的是，雖然理論上可行，只是以目前的科學技術而言，似乎仍是「できないこと」（沒有辦法實現的事）。

常用的表達關鍵句

＊｛ ｝內也可自行帶入其他詞彙喔！

01 表示轉折關係

→ ｛挑戦に失敗しました｝が｛得たものも多い｝／雖然｛挑戰失敗了｝，但｛也受益良多｝。

→ ｛知っている｝のに｛思い出せません｝／明明｛知道｝卻｛想不起來｝。

02 表示說明

→ ｛来月京都に行きます。いとこの結婚式に出席する｝のです（のだ）／｛下個月要前往京都｝為的是｛要參加表妹的婚禮｝。

→ ｛給料を上がる｝のは｛皆の努力｝です／｛加薪｝是由於｛大家的努力｝。

→ ｛最近失敗｝することが多い／｛最近｝經常｛接二連三遭遇失敗｝。

→ ｛そこは夜景がとてもきれいな町｝として｛有名｝です／｛這｝是｛個｝以｛夜色迷人而聞名的小鎮｝。

→ ｛自動販売機は省略して自販機｝といわれます／說是｛自動販賣機簡稱為自販機｝。

→ ｛免疫力というの｝は｛体を病気から守る力の｝ことです／所謂｛免疫力｝是指｛身體對抗疾病的能力｝。

03 表示推測、斷定

→ ｛それが貯金できない原因｝の可能性がある／有可能｛那就是無法存錢的原因｝。

→ ｛その物語が本当｝である可能性がある／｛那個故事｝有可能是｛真人真事｝。

→ ｛障害者差別に当たる｝と思われる／可以看做｛足以構成對身障者的歧視｝。

→ ｛面白すぎ｝ではないかと思われる／大家都認為可能｛趣味十足｝。

→ ｛本物の花｝かと思われる／簡直就像是｛真實的花朵｝。

→ それは｛無駄｝というものだ／覺得那根本就是｛揮霍浪費｝。

關鍵字記單字

▸關鍵字	▸▸▸單字	
できる 能、會	□ かもしれない	也許，也未可知
	□ 能力（のうりょく）	能力；（法）行為能力
	□ 実力（じつりょく）	實力，實際能力
	□ 働き（はたら）	功能
	□ 性能（せいのう）	性能，機能，效能
	□ 可能（かのう）	可能
	□ 不可能（ふかのう）（な）	不可能的，做不到的
	□ できる	做好，做完

▸關鍵字	▸▸▸單字	
正しい（ただ） 正當、正確	□ 当たり前（あ・まえ）	當然，自然，應該
	□ きちんと	正，恰當
	□ 実は（じつ）	説真的，老實説，事實是，説實在的
	□ 是非（ぜひ）	好與壞
	□ 白（しろ）	清白
	□ 当然（とうぜん）	當然，應當；應該，理所當然
	□ 正確（せいかく）	正確，準確

▸關鍵字	▸▸▸單字	
わかる 知道、理解	□ はっきり	明確，清楚
	□ 理解（りかい）	理解，領會，明白；體諒，諒解
	□ 納得（なっとく）	同意，信服；理解，領會
	□ 許す（ゆる）	寬恕；免除；容許；允許，批准；承認；委託
	□ 通る（とお）	能夠理解
	□ 解ける（と）	解明，解開
	□ 掴む（つか）	掌握到，瞭解到
	□ 押さえる（お）	認識，理解

▶健康生活

タバコかお酒かどちらかをやめた方がいいですよ。
看是要戒菸還是戒酒，挑一樣戒掉比較好哦。

いくらうるさくても眠れる。
無論有多麼吵雜，都能夠入睡。

散歩しながらその日の予定を考えます。
我一邊散步一邊思考當天的工作行程。

散歩しないと体が硬くなって気持ちが悪い。
如果不散步，身體就會變得僵硬，感覺很不舒服。

にぎやかな町より静かな田舎に住みたい。
比起熱鬧的城鎮，我比較想住在僻靜的鄉村。

赤ちゃんに小さな白い歯が２本生えてきました。
小寶寶長出了兩顆小小的雪白牙齒。

カロリーを減らします。
減少熱量。

ご飯や麵など炭水化物の量は減らした。
減少了米飯和麵食類的碳水化合物攝取量。

サプリメントや野菜ジュースもいいです。
吃些補充營養劑或蔬果汁也不錯。

ビタミン類を意識して取ったほうがいいです。
最好要留意攝取富含維他命的食物。

お肉はなるべく脂の部分を取りました。
吃肉的時候，盡量去掉肥肉部分。

食事をしっかり取るようにしてた。
我確實做到三餐規律進食。

栄養はバランスよく取るようにしています。
我很注意營養均衡攝食。

運動によって筋肉をつけています。
以做運動而使肌肉變得更結實。

週末には1時間ほどのウォーキングしています。
每逢週末就會去健走莫約一個小時。

いくら体によくても同じ物ばかり食べていたら病気になってしまう。
雖説有益健康，但老是吃同樣的食物還是會生病。

長く歩いた後は横になって足を上げると疲れが取れます。
在走了很久以後，躺下來把腳抬高可以消除疲勞。

眠くて目が開かない。
睏得眼睛都睜不開了。

小さな字を見ていて目が疲れました。
一直盯著小字看，眼睛已經痠了。

病気のときはゆっくり寝るのが一番の薬だ。
生病時好好睡上一覺是最有效的治病良方。

お酒は少しだけなら薬になる。
少量的酒可以當作良藥。

薬を間違って飲んだら体に悪い。
要是吃錯藥的話會對身體有害。

お見舞いには果物などがいいと思います。
我覺得去探病時，帶水果比較好。

退院できるまでそんなに長くないですよ。
再不久就能出院囉。

▶ 住所

来年、引越しすることになりました。
決定了明年要搬家。

駅に近いマンションを探しています。

正在找位於車站附近的住宅大廈。

アパートを一月７万円で貸しています。

我的公寓以每個月７萬圓的租金出租。

使わない部屋を貸そう。

把沒在使用的房間出租吧。

部屋が狭いのでベッドは一つしか置けません。

由於房間太小了，所以只能放得下一張床。

私の部屋は南を向いていてとても明るいです。

我的房間向南，所以採光非常好。

狭い庭ですが、いろいろな木や花が植えてあります。

雖然庭院很小，但種有各種花草樹木。

テレビを１階から２階へ上げた。

把電視機從一樓搬到了二樓。

エアコン以外は、自分で買わないといけません。

除了空調設備以外，其他都得自己添購。

カーテンを変えるつもりです。

我想要換窗簾。

リビングにソファーを置(お)くつもりです。

打算在客廳裡放沙發。

本棚(ほんだな)はこっち側(がわ)の壁(かべ)のところに置(お)こう。

把書架靠這片牆放置吧！

測驗是否能夠從廣告、傳單、提供各類訊息的雜誌、商業文書等資訊題材（600 字左右）中，找出所需的訊息。

釐整資訊

考前要注意的事

作答流程 & 答題技巧

閱讀說明：先仔細閱讀考題說明

閱讀問題與內容：

預估有 2 題

1 考試時建議先看提問及選項，再看文章。

2 閱讀約 600 字的廣告、傳單、手冊等，測驗能否從其中找出需要的訊息。主要以報章雜誌、商業文書等文章為主。

3 表格等文章一看很難，但只要掌握原則就容易了。首先看清提問的條件，接下來快速找出符合該條件的內容在哪裡。最後，注意有無提示「例外」的地方。不需要每個細項都閱讀。

4 平常可以多看日本報章雜誌上的廣告、傳單及手冊，進行模擬練習。

答題：選出正確答案

Track 29

右のページは、「宝くじ」の案内である。これを読んで、下の質問に答えなさい。答えは、1・2・3・4から最もよいものを一つえらびなさい。

38 宝くじ50はいつ買うことができるか。

1 毎日

2 毎週金曜日

3 毎週抽せんの日

4 抽せんの日の翌日

39 私は今週、01、07、12、22、32、40を申し込んだ。抽せんで決まった数は02、17、38、12、41、22だった。結果はどうだったか。

1 4等で、100,000円もらえる。

2 5等で、1,000円もらえる。

3 2等で、50,000,000円もらえる。

4 一つも当たらなかった。

宝くじ50

宝くじ50は、1から50までの中からお客様が選んだ六つの数と、毎週１回抽せん（注）で決められる六つの数が、いくつ一致しているかによって当選金額が決まる宝くじです。全国の宝くじ売場で毎日販売されています。

申し込み方法

宝くじ50の申し込みカードに、１から50までの中から好きな数を六つ（05、13、28、37、42、49など）選んで記入し、売場で申し込んでください。数の並ぶ順番はばらばらでもかまいません。

名称	宝くじ50
販売場所	全国の宝くじ売場
販売日	毎日
販売単価	申し込みカード１枚200円
抽せん日	毎週金曜日（19：00〜）
賞金の支払い期間	抽せん日の翌日から１年間。
抽せん結果案内	結果はホームページまたは携帯電話で！ 抽せん日当日に結果が分かります。

等級	当選条件	金額
１等	申し込んだ数が抽せんで出た数６個と全て同じ	100,000,000円
２等	申し込んだ数が抽せんで出た数５個と同じ	50,000,000円
３等	申し込んだ数が抽せんで出た数４個と同じ	500,000円
４等	申し込んだ数が抽せんで出た数３個と同じ	100,000円
５等	申し込んだ数が抽せんで出た数２個と同じ	1,000円

（注）抽せん：人の意思に影響されない公平なやり方で、たくさんある中からいくつかを選ぶこと

右のページは、「宝くじ」の案内である。これを読んで、下の質問に答えなさい。答えは、1・2・3・4から最もよいものを一つえらびなさい。

宝くじ50

宝くじ50は、1から50までの中からお客様が選んだ六つの数と、毎週１回抽せん（注）で決められる六つの数が、いくつ一致しているかによって当選金額が決まる宝くじです。全国の宝くじ売場で毎日販売されています。

申し込み方法

宝くじ50の申し込みカードに、１から50までの中から好きな数を六つ（05、13、28、37、42、49など）選んで記入し、売場で申し込んでください。数の並ぶ順番はばらばらでもかまいません。

名称	宝くじ50
販売場所	全国の宝くじ売場
販売日	毎日
販売単価	申し込みカード１枚200円
抽せん日	毎週金曜日（19：00～）
賞金の支払い期間	抽せん日の翌日から１年間。
抽せん結果案内	結果はホームページまたは携帯電話で！ 抽せん日当日に結果が分かります。

38 題 關鍵句

等級	当選条件	金額
１等	申し込んだ数が抽せんで出た数６個と全て同じ	100,000,000円
２等	申し込んだ数が抽せんで出た数５個と同じ	50,000,000円
３等	申し込んだ数が抽せんで出た数４個と同じ	500,000円
４等	申し込んだ数が抽せんで出た数３個と同じ	100,000円
５等	申し込んだ数が抽せんで出た数２個と同じ	1,000円

39 題 關鍵句

（注）抽せん：人の意思に影響されない公平なやり方で、たくさんある中からいくつかを選ぶこと

右頁是「彩券」的介紹。請在閱讀後回答下列問題。請從選項1・2・3・4當中選出一個最恰當的答案。

彩券50

彩券50的玩法是玩家從1～50當中選出6個號碼，和每週一次開獎（注）的6個號碼相互對照，並依照相同號碼的數量來決定獲獎金額。全國的彩券行每天均有發售。

投注方式

請於彩券50的投注卡上，從1～50當中隨意選出6個數字下注（例如05、13、28、37、42、49），在彩券行進行投注。號碼若無依序排列也不要緊。

名稱	彩券50
銷售點	全國彩券行
銷售日	每天
銷售單價	投注卡一張200圓
開獎日	每週五（19：00～）
領獎期限	自開獎日隔天算起一年內。
開獎結果	開獎結果請上網站或利用手機查詢！開獎日當天即可得知結果。

獎項	中獎方式	金額
頭獎	投注號碼和開獎號碼6碼全部相同	100,000,000圓
二獎	投注號碼和開獎號碼5碼相同	50,000,000圓
三獎	投注號碼和開獎號碼4碼相同	500,000圓
四獎	投注號碼和開獎號碼3碼相同	100,000圓
五獎	投注號碼和開獎號碼2碼相同	1,000圓

（注）開獎：是不受人為意志影響的公平做法，從眾多事項當中選出幾個

宝くじ50

宝くじ50は、1から50までの中からお客様が選んだ六つの数と、毎週一回抽せん（注）で決められる六つの数が、いくつ一致しているかによって当選金額が決まる宝くじです。全国の宝くじ売場で毎日販売されています。

申し込み方法

宝くじ50の申し込みカードに、1から50までの中から好きな数を六つ（05、13、28、37、42、49など）選んで記入し、売場で申し込んでください。数の並ぶ順番はばらばらでもかまいません。

名称	宝くじ50
販売場所	全国の宝くじ売場
販売日	毎日
販売単価	申し込みカード1枚200円
抽せん日	毎週金曜日（19：00～）
賞金の支払い期間	抽せん日の翌日から1年間。
抽せん結果案内	結果はホームページまたは携帯電話で！抽せん日当日に結果が分かります。

關鍵句

□ 宝くじ　彩券
□ 翌日　隔天
□ 申し込む　投注；報名
□ 一致　一致，符合
□ 記入　填寫，記上
□ 順番　順序
□ ばらばら　未照順序分散貌；凌亂
□ 名称　名稱
□ 賞金　獎金
□ 支払い　支付，付款

38 宝くじ50はいつ買うことができるか。

1 毎日
2 毎週金曜日
3 毎週抽せんの日
4 抽せんの日の翌日

彩券50

彩券50的玩法是玩家從1～50當中選出６個號碼，和每週一次開獎（注）的６個號碼相互對照，並依照相同號碼的數量來決定獲獎金額。全國的彩券行每天均有發售。

投注方式

請於彩券50的投注卡上，從1～50當中隨意選出６個數字下注（例如05、13、28、37、42、49），在彩券行進行投注。號碼若無依序排列也不要緊。

名稱	彩券50
銷售點	全國彩券行
銷售日	每天
銷售單價	投注卡一張200圓
開獎日	每週五（19：00～）
領獎期限	自開獎日隔天算起一年內。
開獎結果	開獎結果請上網站或利用手機查詢！開獎日當天即可得知結果。

Answer **1**

38 什麼時候能購買彩券50？

1 每天

2 每週五

3 每週抽選日

4 開獎日的隔天

這一題用「いつ」來詢問時間日期，只要掌握和時間有關的資訊就好。至於是什麼的時間呢？問題中的「買うことができる」（能購買）正好對應海報中的「販売日」（銷售日），而銷售日是「毎日」（每天），所以每天都能購買彩券50。

等級	当選条件	金額
1等	申し込んだ数が抽せんで出た数6個と全て同じ	100,000,000円
2等	申し込んだ数が抽せんで出た数5個と同じ	50,000,000円
3等	申し込んだ数が抽せんで出た数4個と同じ	500,000円
4等	申し込んだ数が抽せんで出た数3個と同じ	100,000円
5等	申し込んだ数が抽せんで出た数2個と同じ	1,000円

關鍵句

□ 等級 等級
□ 影響 影響
□ 当たる 中（獎）

39 私は今週、01、07、12、22、32、40を申し込んだ。抽せんで決まった数は02、17、38、12、41、22だった。結果はどうだったか。

1　4等で、100,000円もらえる。
2　5等で、1,000円もらえる。
3　2等で、50,000,000円もらえる。
4　一つも当たらなかった。

獎項	中獎方式	金額
頭獎	投注號碼和開獎號碼6碼全部相同	100,000,000圓
二獎	投注號碼和開獎號碼5碼相同	50,000,000圓
三獎	投注號碼和開獎號碼4碼相同	500,000圓
四獎	投注號碼和開獎號碼3碼相同	100,000圓
五獎	投注號碼和開獎號碼2碼相同	1,000圓

首先要知道彩券50的玩法，再配合第二個表格的獎項說明來選出答案。

Answer **2**

39 我這個禮拜投注了01、07、12、22、32、40號。抽選出的號碼是02、17、38、12、41、22。請問結果如何？

1 中 4 獎，可得到 100,000 圓。

2 中 5 獎，可得到 1,000 圓。

3 中 2 獎，可得到 50,000,000 圓。

4 什麼獎也沒中。

「私」(我）選出的數字當中，只有12和22這兩個數字和開獎號碼一樣。從第二個表格來看，對中兩碼是「5等」（5獎），可以得到1,000圓。

常用的表達關鍵句

＊{ }內也可自行帶入其他詞彙喔！

01 表示狀態

→{駅の待合室に列車の見本が置い} てあります／{電車站裡的候車室陳列}著{列車的模型}。

→{ラッシュアワーは駅も電車も本当に混雑し} ています／{交通尖峰時段，不論是車站或是電車都}處於{擁擠不堪}的狀態。

→{間違えて重要な書類を捨て} てしまいました／竟然不小心{失誤，把重要的文件弄丟了}。

02 表示狀態、樣子

→{窓を開けた} まま {出かけないでね} ／{不要開}著{窗戶就外出了喔}。

→{赤ちゃんが健康} そうで {良かった} ／{小寶寶}看起來{健康有精神，真是太好了}。

03 表示提出問題

→{大人になった今} はどうでしょう／{已長大成人的現今又}是如何呢？

→{台風} はどのように {動くの} だろうか／{颱風}是如何{移動}呢？

→{週末の天気} はどのように{なる} だろう／{週末的天氣}會有何{變化}呢？

→{結果を得られるに} はどんな {強みが必要なの} だろうか／{要有}哪些{強項才能讓努力開花結果}呢？

→{ゲームの面白さと} は何だろうか／{玩遊戲的樂趣}是什麼呢？

04 表示可能、可以、會、難易

→{間違え} やすい {敬語} ／容易{搞錯的敬語}。

→{破れ} にくい {テープ} ／不容易{撕破的膠帶}。

→{静かな雰囲気を楽しむ} ことができる／能{享受寧靜的氛圍}。

→{同じ部屋にもう一晩泊ま} れる、られる／能夠{在同一個房間多住一晚}。

關鍵字記單字

▸關鍵字	▸▸▸單字	
整える（ととのえる） 整理、整頓	□ 調子（ちょうし）	身體或機械的運作情況
	□ 列（れつ）	列，隊列，隊；排列；行，列，級，排
	□ 一列（いちれつ）	一列，一行，一排，第一排，第一列
	□ 順番（じゅんばん）	輪班的次序，輪流，依次交替
	□ セット【set】	整理頭髮，做造型
	□ 整理（せいり）	整理，收拾，整頓；清理，處理
	□ 立てる（たてる）	立，豎
	□ 揃う（そろう）	（成套的東西）備齊，湊成一套，成對
	□ 揃える（そろえる）	使…備齊
	□ 下げる（さげる）	撤下；從人前撤去、收拾物品
	□ 繋がる（つながる）	排列，排隊
	□ 片付く（かたづく）	收拾整齊，整理好
	□ 片付ける（かたづける）	整理，收拾，拾掇

与える（あたえる） 給、給予	□ 賞金（しょうきん）	賞金；獎金
	□ ビラ	傳單，招貼
	□ 割り当て（わりあて）	分配，分攤，分派，分擔，分攤額
	□ 分（ぶん）	份
	□ 与える（あたえる）	給予；供給；授予
	□ 分ける（わける）	分配，分派
	□ 譲る（ゆずる）	讓給，轉讓
	□ 譲る（ゆずる）	謙讓；讓步

数える（かぞえる） 計算	□ 数（かず）	數，數目
	□ 平均（へいきん）	平均；（數）平均值；平衡，均衡
	□ セット【set】	一組，一套

Track 30

つぎのページは、バスツアーのパンフレットである。これを読んで、下の質問に答えなさい。答えは、1・2・3・4から最もよいものを一つえらびなさい。

38 ツアーの内容として、正しいのはどれか。

1 いちご食べ放題のほか、昼食か夕食を選ぶことができる。

2 参加する人数が25名未満の場合は、申し込んでも行けないかもしれない。

3 参加する人は、中伊豆までは自分で行かなければならない。

4 家族や友達と一緒でないと、申し込むことができない。

39 さゆりさんは友達と二人でツアーに参加したい。２月の予定によると、今申し込めば必ず行くことができるのは何日のツアーか。

1 13日、１４日、２４日、26日

2 19日、20日、21日、27日、28日

3 20日、27日

4 19日、21日、28日

「いちご食べ放題！」伊豆日帰りバスツアーのご案内

☆お勧めのポイント☆

新宿発２食付きの日帰りバスツアーです。家族やお友達同士の方にお勧めです。

旅行の条件

最少人数：25名（申し込み人数が25名に達しない場合、ツアーは中止になることがあります）

最大人数：40名（満席になり次第、受付を終了します）

食事：昼食１回、夕食１回

ツアー日程

新宿（８：00発）-🚌-中伊豆（いちご食べ放題１時間）-🚌-河津（うなぎ弁当50分）-🚌-三津浜（海鮮鍋と寿司の夕食１時間）-🚌-新宿着（19：30～20：40予定）

2月の予定

月	火	水	木	金	土	日
1	2	3	4	5	6	7
8	9	10	11	12	13☆ □受付中	14☆ □受付中
15	16	17	18	19☆ ◎出発決定	20 ●受付終了	21☆ ◎出発決定
22	23	24☆ □受付中	25	26☆ □受付中	27 ●受付終了	28☆ ◎出発決定

カレンダーの見方

□受付中：ただいま受付中です。まだ出発決定の25名に達していません。

◎出発決定：出発が決定していますが、現在も受付中です。まだお席に余裕がございます。

●受付終了：出発が決定していますが、現在満席のため、受付を終了しました。

お申し込み方法

インターネットからのお申し込みは、カレンダー中の☆印をクリックしてください。お申し込み画面へ進みます。

電話でもご予約を受付けています。各旅行センターまでお問い合わせください。

お申し込みいただいても、25名に達しない場合、ツアーは中止になることがありますので、ご了承ください。

つぎのページは、バスツアーのパンフレットである。これを読んで、下の質問に答えなさい。答えは、1・2・3・4から最もよいものを一つえらびなさい。

「いちご食べ放題！」伊豆日帰りバスツアーのご案内

☆お勧めのポイント☆

新宿発２食付きの日帰りバスツアーです。家族やお友達同士の方にお勧めです。

旅行の条件

最少人数：25名（申し込み人数が25名に達しない場合、ツアーは中止になることがあります）

38題關鍵句

最大人数：40名（満席になり次第、受付を終了します）

食事：昼食１回、夕食１回

ツアー日程

新宿（８：00発）- -中伊豆（いちご食べ放題１時間）- -河津（うなぎ弁当50分）- -三津浜（海鮮鍋と寿司の夕食１時間）- -新宿着（19：30～20：40予定）

2月の予定

月	火	水	木	金	土	日
1	2	3	4	5	6	7
8	9	10	11	12	13☆ □受付中	14☆ □受付中
15	16	17	18	19☆ ◎出発決定	20 ●受付終了	21☆ ◎出発決定
22	23	24☆ □受付中	25	26☆ □受付中	27 ●受付終了	28☆ ◎出発決定

39題關鍵句

カレンダーの見方

□ 受付中：ただいま受付中です。まだ出発決定の25名に達していません。

◎ 出発決定：出発が決定していますが、現在も受付中です。まだお席に余裕がございます。

● 受付終了：出発が決定していますが、現在満席のため、受付を終了しました。

お申し込み方法

インターネットからのお申し込みは、カレンダー中の☆印をクリックしてください。お申し込み画面へ進みます。

電話でもご予約を受付けています。各旅行センターまでお問い合わせください。

お申し込みいただいても、25名に達しない場合、ツアーは中止になることがありますので、ご了承ください。

下頁是巴士旅遊導覽手冊。請在閱讀後回答下列問題。請從選項１・２・３・４當中選出一個最恰當的答案。

「草莓任你吃！」伊豆一日巴士旅遊

☆推薦重點☆

這是從新宿出發，附贈兩餐的一日巴士旅遊。推薦各位和家人或朋友一起參加。

成行條件

最少人數：25位（報名人數如未達25位，活動可能取消）
最多人數：40位（只要額滿報名就截止）
餐點：中餐一餐、晚餐一餐

旅遊行程

新宿（８：00出發）-🚌-中伊豆（草莓任你吃１個鐘頭）-🚌-河津（鰻魚便當50分鐘）-🚌-三津濱（晚餐海鮮鍋及壽司１個鐘頭）-🚌-抵達新宿（預計19：30～20：40）

２月的行程

一	二	三	四	五	六	日
1	2	3	4	5	6	7
8	9	10	11	12	13☆ □開放報名中	14☆ □開放報名中
15	16	17	18	19☆ ◎確定成行	20 ●報名截止	21☆ ◎確定成行
22	23	24☆ □開放報名中	25	26☆ □開放報名中	27 ●報名截止	28☆ ◎確定成行

月曆說明

□開放報名中：現正接受報名中。目前人數未滿25位，尚未確定成行與否。
◎確定成行：確定能成行，不過也還在開放報名中。尚有空位。
●報名截止：確定能成行，不過報名人數額滿，無法接受報名。

報名方法

利用網路報名者，請點選月曆中的☆記號，即可前往報名畫面。
也可以利用電話預約。詳情請洽各旅遊中心。
報名後如該行程未滿25人，活動可能取消，敬請見諒。

「いちご食べ放題！」伊豆日帰りバスツアーのご案内

☆お勧めのポイント☆

新宿発２食付きの日帰りバスツアーです。家族やお友達同士の方にお勧めです。

旅行の条件

最少人数：25名（申し込み人数が25名に達しない場合、ツアーは中止になることがあります） 〈關鍵句〉

最大人数：40名（満席になり次第、受付を終了します）

食事：昼食１回、夕食１回

ツアー日程

新宿（８：00発）- -中伊豆（いちご食べ放題１時間）- -河津（うなぎ弁当50分）- -三津浜（海鮮鍋と寿司の夕食１時間）- -新宿着（19：30～20：40予定）

□ 食べ放題　吃到飽

□ 日帰り　當天來回

□ 同士　同伴；同好

□ お勧め　推薦

□ 申し込み　申請，報名；訂購

□ 中止　中斷，中止

38 ツアーの内容として、正しいのはどれか。

1　いちご食べ放題のほか、昼食か夕食を選ぶことができる。

2　参加する人数が25名未満の場合は、申し込んでも行けないかもしれない。

3　参加する人は、中伊豆までは自分で行かなければならない。

4　家族や友達と一緒でないと、申し込むことができない。

「草莓任你吃！」伊豆一日巴士旅遊

☆推薦重點☆

這是從新宿出發，附贈兩餐的一日巴士旅遊。推薦各位和家人或朋友一起參加。

成行條件

最少人數：25位（報名人數如未達25位，活動可能取消）
最多人數：40位（只要額滿報名就截止）
餐點：中餐一餐、晚餐一餐

旅遊行程

新宿（8：00出發）- 🚌 -中伊豆（草莓任你吃1個鐘頭）- 🚌 -河津（鰻魚便當50分鐘）- 🚌 -三津濱（晚餐海鮮鍋及壽司1個鐘頭）- 🚌 -抵達新宿（預計19：30～20：40）

導覽手冊的上半部是行程說明，下半部是報名方法。建議先從選項中抓出關鍵字後回到內文去找資訊，再用刪去法作答。

Answer 2

38 關於旅遊的內容，下列何者正確？

1 除了草莓任你吃，還可以選擇要吃中餐或晚餐。
2 參加人數如未滿 25 人，報名後可能無法成行。
3 參加的人必須自行前往中伊豆。
4 如果不是和家人或朋友同行，就無法報名參加。

選項１從「昼食か夕食」（中餐或晚餐）可以知道是和餐點有關的敘述。導覽手冊上寫道「食事：昼食１回、夕食１回」（餐點：中餐一餐、晚餐一餐），可知中餐和晚餐不必擇一選用。所以選項１是錯的。

選項２對應導覽手冊上「申し込み人数が25名に達しない場合、ツアーは中止になることがあります」（報名人數如未達25位，活動將會取消）。所以選項２正確。

選項３對應「ツアー日程」（旅遊行程）的部分，從路線可知行程第一站是新宿，然後再搭乘巴士前往中伊豆，因此要自行前往的地點是新宿。所以選項３錯誤。

選項４錯誤。導覽手冊寫道「家族やお友達同士の方にお勧めです」（推薦各位和家人或朋友一起參加），並沒有強制規定要和家人或朋友一起報名參加。

2月の予定

月	火	水	木	金	土	日
1	2	3	4	5	6	7
8	9	10	11	12	13☆ □受付中	14☆ □受付中
15	16	17	18	19☆ ◎出発決定	20 ●受付終了	21☆ ◎出発決定
22	23	24☆ □受付中	25	26☆ □受付中	27 ●受付終了	28☆ ◎出発決定

カレンダーの見方

□ 受付中：ただいま受付中です。まだ出発決定の25名に達していません。

◎ 出発決定：出発が決定していますが、現在も受付中です。まだお席に余裕がございます。 關鍵句

● 受付終了：出発が決定していますが、現在満席のため、受付を終了しました。

お申し込み方法

インターネットからのお申し込みは、カレンダー中の☆印をクリックしてください。お申し込み画面へ進みます。

電話でもご予約を受付けています。各旅行センターまでお問い合わせください。

お申し込みいただいても、25名に達しない場合、ツアーは中止になることがありますので、ご了承ください。

- □ 受付　受理，接受
- □ 終了　結束
- □ ただいま　現在；剛剛；立刻
- □ 印　記號
- □ 受付ける　受理，接受
- □ 問い合わせる　詢問；查詢

39 さゆりさんは友達と二人でツアーに参加したい。2月の予定によると、今申し込めば必ず行くことができるのは何日のツアーか。

文法詳見 P264

1　13日、14日、24日、26日

2　19日、20日、21日、27日、28日

3　20日、27日

4　19日、21日、28日

2 月的行程

一	二	三	四	五	六	日
1	2	3	4	5	6	7
8	9	10	11	12	13☆ □開放報名中	14☆ □開放報名中
15	16	17	18	19☆ ◎確定成行	20 ●報名截止	21☆ ◎確定成行
22	23	24☆ □開放報名中	25	26☆ □開放報名中	27 ●報名截止	28☆ ◎確定成行

月曆說明

□開放報名中：現正接受報名中。目前人數未滿25位，尚未確定成行與否。

◎確定成行：確定能成行，不過也還在開放報名中。尚有空位。

●報名截止：確定能成行，不過報名人數額滿，無法接受報名。

報名方法

利用網路報名者，請點選月曆中的☆記號，即可前往報名畫面。

也可以利用電話預約。詳情請洽各旅遊中心。

報名後如該行程未滿25人，活動可能取消，敬請見諒。

這是關於報名日期的問題，要從「2月の予定」（2月的行程）找答案，別忘了配合「カレンダーの見方」（月曆說明）一起看。

Answer **4**

39 小百合想和朋友兩個人一起參加旅遊。根據２月的行程，現在報名的話就一定能成行的是哪幾天的旅遊呢？

1 13 日、14 日、24 日、26 日

2 19 日、20 日、21 日、27 日、28 日

3 20 日、27 日

4 19 日、21 日、28 日

題目問的是現在報名的話就一定能成行，所以要看「出発決定」（確定成行），也就是已經滿25人確定能成行，又還在開放報名的日期。答案就是19日、21日、28日。

常用的表達關鍵句

＊{ }內也可自行帶入其他詞彙喔！

01 表示提出疑問

- {命} とは何だろう／所謂{生命}究竟是什麼呢？
- {一番言いたい} ことは何か／{最想說的}是什麼事情呢？
- なぜ {僕} は {上司にしかられたん} だろう／為什麼{我被上司責罵了}呢？
- どうして {そんなことを言ったのか。} 不思議でした／為什麼{說出那種話}？真是不可思議。
- どんな {こと} だと言っているか／敘述什麼{事情}呢？
- {イベントで} どんな {質問を} しているか／{在活動中}提出什麼樣的{質詢問題}呢？
- {お金を} どう {使っ} たらいいか／{金錢}該如何{使用}才好呢？
- {支払い} はどのようにすればいいのでしょうか／該如何{支付}才好呢？
- {明るい社会} はどんな {社会} だろう／{明亮有活力的社會}是什麼樣的{社會}呢？
- {いくつかの助言} とあるが、例えばどんな {助言} か／雖說有{幾種建議}，舉例來說是什麼樣的{建議}呢？
- {「労務費」とは} は何を指しているか／{所謂的「人工費」}指的是什麼呢？
- {富士山} は、どうやって {行く} か／要如何{前往富士山}呢？
- {この映画のテーマ} は何か／{這部電影的主題}是什麼呢？
- {他山の石} とはどんな意味か／{他山之石}指的是什麼意思呢？
- {失業の説明で} 間違っているのはどれか／{關於失業的說明}有哪部分是錯誤的呢？
- {患者への説明として} 正しいのはどれか／{向患者說明的內容}哪個是正確的呢？
- {経験の教え} について、本文の内容とあっているものはどれか／有關{經驗的教訓}與本文內容相符的是哪一項呢？

關鍵字記單字

▸關鍵字	▸▸▸單字	
加わる（くわわる） 加入、參加	□ **参加**（さんか）	參加，加入
	□ **味方**（みかた）	同夥，夥伴，朋友
	□ **団体**（だんたい）	團體，集體
	□ **パートナー【partner】**	對手；搭檔
	□ **出場**（しゅつじょう）	出場，參加
	□ **割り込む**（わりこむ）	硬加入，插嘴，插隊
	□ **申し込む**（もうしこむ）	預約
導く（みちびく） 引導	□ **パイロット【pilot】**	（船）領港員，領航員，引水員，舵手
	□ **通す**（とおす）	引領，帶路
	□ **騙す**（だます）	騙，欺騙，誆騙，矇騙；哄騙
	□ **乗せる**（のせる）	（使）上當，騙人，誘騙
	□ **誘う**（さそう）	約，邀請；勸誘；誘惑，勾引；引誘，引起
	□ **勧める**（すすめる）	勸告，勸誘；勸，進（煙茶酒等）
	□ **薦める**（すすめる）	推薦；推舉，薦舉
従う（したがう） 服從、跟隨、效仿	□ **賛成**（さんせい）	贊成，同意
	□ **ボランティア【volunteer】**	志願者，志工
	□ **決まり**（きまり）	常例，慣例；老方法，老樣子
	□ **例**（れい）	常例，慣例，定例；先例，前例
	□ **風俗**（ふうぞく）	風俗；服裝，打扮；社會道德
	□ **條件**（じょうけん）	條件；條文，條款
	□ **真似る**（まねる）	模效，仿效
	□ **守る**（まもる）	遵守；恪守

Track 31

右のページは、初めて病院に来た人への問診票である。これを読んで、下の質問に答えなさい。答えは、1・2・3・4から最もよいものを一つえらびなさい。

38 張さんは、熱が高いので、今日初めてこの病院に来た。問診票に<u>書かなくてもいいこと</u>は、つぎのどれか。

1 今、何も食べたくないこと

2 前に骨折して入院したこと

3 今、熱があること

4 病院に来た日にち

39 張さんは、子供のころから卵を食べると気分が悪くなる。このことは、何番の質問に書けばいいか。

1 （1）

2 （2）

3 （3）

4 （4）

問診票

初めて診察を受ける方へ

下記の質問にお答えください

診察を受けた日：令和＿＿年＿＿月＿＿日

【基本資料】

● 名　前 ＿＿＿＿＿＿＿＿＿＿＿＿＿＿（男・女）

● 生年月日＿＿＿年＿＿＿月＿＿＿日　（＿＿＿歳）

● 住　所 ＿＿＿＿＿＿＿＿＿＿＿＿＿＿＿＿＿＿

● 電話番号（＿＿＿）＿＿＿＿＿＿＿＿＿＿（家）

＿＿＿＿＿＿＿＿＿＿（携帯）

◇◇◇◇◇◇◇◇◇◇◇◇◇◇◇◇◇◇◇◇◇◇◇◇◇◇◇◇◇◇

【質問】

（１）今日はどのような症状でいらっしゃいましたか。できるだけ具体的にお書きください。

（例）熱がある、頭が痛い

（　　　　　　　　　　　　　　　　　　　　　　　）

（２）食欲はありますか。

□はい　　□いいえ

（３）これまでに薬や食べ物でアレルギー症状を起こしたことがありますか。

□はい　　□いいえ

「はい」と答えた方、もし分かれば薬・食べ物の名前をお書きください。

（薬の名前　　　　　　　　　　　　）

（食べ物の名前　　　　　　　　　　）

（４）今まで大きな病気にかかったことがありますか。

□はい（病気の名前　　　　　　　　）　□いいえ

＊ご協力ありがとうございました。
順番が来ましたら、お呼びいたしますので、お待ちください。

翻譯與解題 ③

右のページは、初めて病院に来た人への問診票である。これを読んで、下の質問に答えなさい。答えは、1・2・3・4から最もよいものを一つえらびなさい。

〈右頁是一張初診單。請在閱讀後回答下列問題。請從選項１・２・３・４當中選出一個最恰當的答案。〉

問診票〈問診單〉

初めて診察を受ける方へ
〈初診病患填用〉

下記の質問にお答えください
〈請回答下列問題〉

診察を受けた日：令和＿＿年＿＿月＿＿日 〈關鍵句〉
〈看診日：令和＿＿年＿＿月＿＿日〉

【基本資料】〈基本資料〉

- 名　前〈姓名〉　　（男・女）〈男・女〉
- 生年月日〈出生年月日〉＿＿年〈年〉＿＿月〈月〉＿＿日〈日〉（＿＿歳〈歲〉）
- 住所〈住址〉＿＿＿＿＿＿＿＿
- 電話番号〈電話號碼〉（＿＿）＿＿＿＿＿＿（家）〈家〉
＿＿＿＿＿＿（携帯）〈手機〉

【質問】〈問題〉

（1）**今日はどのような症状でいらっしゃいましたか。できるだけ具体的にお書きください。〈請問您今天是因為什麼症狀前來看病？請盡可能地詳細描述。〉** 〈關鍵句〉
（例）熱がある、頭が痛い〈《例》發燒、頭痛〉
（　　　　　　　　　　　　　　　　　）

（2）**食欲はありますか。〈請問您有食欲嗎？〉** 〈關鍵句〉
□はい〈有〉　　□いいえ〈無〉

（3）これまでに薬や食べ物でアレルギー症状を起こしたことがありますか。
〈請問您有藥物或食物所引起的過敏病史嗎？〉
□はい〈有〉　　□いいえ〈無〉
「はい」と答えた方、もし分かれば薬・食べ物の名前をお書きください。
〈回答「有」的病患，如有確定的藥物、食物請寫下。〉
（薬の名前〈藥物名稱〉　　　　　　　）
（食べ物の名前〈食物名稱〉　　　　　）

（4）今まで大きな病気にかかったことがありますか。
〈請問您至今有罹患過重大疾病嗎？〉
□はい〈有〉（病気の名前〈疾病名稱〉　　　　　）
□いいえ〈無〉

＊ご協力ありがとうございました。〈感謝您的填寫。〉
順番が来ましたら、お呼びいたしますので、お待ちください。
〈輪到您看病時，我們會通知您，敬請稍候。〉

Answer 2

38 張(チョウ)さんは、熱(ねつ)が高(たか)いので、今日(きょう)初(はじ)めてこの病院(びょういん)に来(き)た。問診票(もんしんひょう)に書(か)かなくてもいいことは、つぎのどれか。

1 今(いま)、何(なに)も食(た)べたくないこと
2 前(まえ)に骨折(こっせつ)して入院(にゅういん)したこと
3 今(いま)、熱(ねつ)があること
4 病院(びょういん)に来(き)た日(ひ)にち

38 張先生發了高燒，今天第一次來這家醫院。請問下列哪個選項不一定要寫在問診單上呢？

1 現在什麼也不想吃
2 之前曾經骨折住院
3 現在在發燒
4 來看病的日期

□ 初(はじ)めて 第一次，初次 □ 受(う)ける 接受 □ 症状(しょうじょう) 症狀
□ 診察(しんさつ) 診斷 □ 基本(きほん) 基本；基礎 □ 食欲(しょくよく) 食欲

解題攻略

請注意題目是問“不用填寫的項目”。從初診單的「下記の質問にお答えください」（請回答下列問題）這句話以下的題目都要回答。內容包括：「看病日期」、「姓名」、「性別」、「出生年月日」、「年齡」、「住址」、「電話號碼」、「症狀」、「有無食慾」、「過敏病史」、「重大病史」。

選項１對應「食欲はありますか」（請問您有食欲嗎），所以是要填寫的項目。

答案是選項２。雖然骨折感覺可以填在「今まで大きな病気にかかったことがありますか」（請問您至今有罹患過重大疾病嗎），但是骨折屬於受傷，並非生病，所以可以不用寫上。

選項３有「今」（今天），表示現在的狀態，正好對應「今日はどのような症状でいらっしゃいましたか」（請問您今天是因為什麼症狀前來看病），所以要填寫。

選項４「病院に来た日にち」（來看病的日期）對應初診單上的「診察を受けた日」（看診日），所以是必填項目。

問診票〈問診單〉

初めて診察を受ける方へ
〈初診病患填用〉

下記の質問にお答えください
〈請回答下列問題〉

診察を受けた日：令和＿＿年＿＿月＿＿日
〈看診日：令和＿＿年＿＿月＿＿日〉

【基本資料】〈基本資料〉
- 名　前〈姓名〉　（男・女）〈男・女〉
- 生年月日〈出生年月日〉＿＿年〈年〉＿＿月〈月〉＿＿日〈日〉（＿＿歳〈歲〉）
- 住所〈住址〉＿＿＿＿＿＿＿＿＿＿
- 電話番号〈電話號碼〉（＿＿）＿＿＿＿＿＿（家）〈家〉
  ＿＿＿＿＿＿（携帯）〈手機〉

【質問】〈問題〉

（1）今日はどのような症状でいらっしゃいましたか。できるだけ具体的にお書きください。〈請問您今天是因為什麼症狀前來看病？請盡可能地詳細描述。〉
（例）熱がある、頭が痛い〈《例》發燒、頭痛〉
（　　　　　　　　　　）

（2）食欲はありますか。〈請問您有食欲嗎？〉
□はい〈有〉　□いいえ〈無〉

（3）**これまでに薬や食べ物でアレルギー症状を起こしたことがありますか。**〈關鍵句〉
〈請問您有藥物或食物所引起的過敏病史嗎？〉
□はい〈有〉　□いいえ〈無〉
「はい」と答えた方、もし分かれば薬・食べ物の名前をお書きください。
〈回答「有」的病患，如有確定的藥物、食物請寫下。〉
（薬の名前〈藥物名稱〉　　　　）
（食べ物の名前〈食物名稱〉　　　　）

（4）今まで大きな病気にかかったことがありますか。
〈請問您至今有罹患過重大疾病嗎？〉
□はい〈有〉（病気の名前〈疾病名稱〉　　　　）
□いいえ〈無〉

＊ご協力ありがとうございました。〈感謝您的填寫。〉
順番が来ましたら、お呼びいたしますので、お待ちください。
〈輪到您看病時，我們會通知您，敬請稍候。〉

Answer **3**

39 張さんは、子供のころから卵を食べると気分が悪くなる。このことは、何番の質問に書けばいいか。

1　（1）
2　（2）
3　（3）
4　（4）

39 張先生從小吃雞蛋就會感到身體不適。這件事要寫在第幾個問題才好呢？

1（1）
2（2）
3（3）
4（4）

□ アレルギー【allergie】過敏
□ 起こす　引起；發生
□ 協力　協助；幫忙
□ 順番　順序
□ 骨折　骨折
□ 気分が悪い　不舒服

解題攻略

這一題要知道「子供のころから卵を食べると気分が悪くなる」（張先生從小吃雞蛋就感到身體不適）和哪個項目有關。張先生從小吃雞蛋就會感到不舒服，表示他的身體不適合吃這項食物，也就是會引發過敏反應。而過敏史是第三個問題。正確答案是3。

如果不知道「アレルギー」是過敏，應該也能看出選項1、4和食物沒有關係。另外，從「これまでに薬や食べ物でアレルギー症状を起こしたことがありますか」（請問您有藥物或食物所引起的過敏病史嗎）也能猜到是因為藥物或食物而產生某種症狀。「卵」＝「食べ物」，「気分が悪くなる」＝一種「症状」，所以「アレルギー」（過敏）可能是指「気分が悪くなる」（身體不適），從這裡也能知道和選項2的「食欲」無關。

常用的表達關鍵句

＊｛ ｝內也可自行帶入其他詞彙喔！

01 表示允許

→ {約束の時間に遅れ} てもかまいません／｛超過約定的時間｝也沒關係。

→ {気になる人を再び誘っ} てもいいです／可以｛再次約你所心儀的人｝。

→ {事務所に送っ} ても良いです／可以｛寄到事務所來｝。

→ {氏名が多いので全て覚え} なくてもかまいません／｛因為名字過多｝，不必｛全部記住｝也沒關係。

→ {壁の色は白で} なくてもいいです／｛牆壁的顏色｝並非｛白色｝也可以。

02 表示禁止

→ {ここはドローンを飛ばし} てはいけません／不可以｛在這裡操作空拍機｝。

→ {ネットいじめをする} ものではない／不應｛在網路上欺負霸凌他人｝。

→ {テレビ、新聞は嘘であっ} てはならない／｛電視、報紙的資訊｝絕對不能｛造假撒謊｝。

→ {人間は自然に抗う} べきではない／｛人類｝不應該｛與大自然對抗｝。

→ {ここにゴミを捨てる} べからず／禁止｛在此丟棄垃圾｝。

→ {酒類の販売} を禁じる／禁止｛販賣含酒精成分的飲料｝。

→ {追い越し} を禁止する／禁止｛超車｝。

→ {発言} を禁ずる／禁止｛發言｝。

→ {憲法上、性差別} が禁じられている／｛性別歧視在憲法中｝是被禁止的。

→ {夜 11 時以降に、彼らの部屋の外にいること} が禁じられている／｛晚上 11 點以後，他們｝被禁止｛離開自己的房間｝。

→ {印鑑は実印} でなければだめです／｛印章｝一定要是｛登記印章｝才行。

03 表示提出問題

→ {どんなものがよいの} でしょうか／｛什麼樣的東西才是好的｝呢？

關鍵字記單字

▸關鍵字	▸▸▸單字	
悪い（わるい） 壞、不好	□ 短（たん）	不足，缺點
	□ 黒（くろ）	罪犯，嫌疑犯，有很大的嫌疑
	□ ウイルス【virus】	病毒，濾過性病毒
	□ ボール【ball】	（棒球）壞球
	□ マイナス【minus】	不利；不划算
	□ 犯人（はんにん）	犯人
	□ 症状（しょうじょう）	症狀
	□ 馬鹿（ばか）	愚蠢，糊塗
	□ 粗（あら）	缺點，毛病
	□ 低（てい）	低賤
	□ 苦手（にがて）	不善於，不擅長，最怕
	□ けち	簡陋，破舊，一文不值
	□ 腐る（くさる）	腐臭，腐爛

▸關鍵字	▸▸▸單字	
助ける（たすける） 幫助	□ 助（じょ）	幫助；協助
	□ 貸し（かし）	有恩惠
	□ 協力（きょうりょく）	協力，合作，共同努力，配合
	□ 応援（おうえん）	支援，援助，救援
	□ 応援（おうえん）	聲援，從旁助威
	□ 味方（みかた）	我（方），自己這一方
	□ 助ける（たすける）	助，幫助，援助

▸關鍵字	▸▸▸單字	
基づく（もとづく） 根據、基本、基礎	□ 基本（きほん）	基本，基礎，根本
	□ レベル【level】	水平，水準；水準線；水準儀
	□ 中心（ちゅうしん）	重心，事物聚集的場所、中心
	□ 基本的（な）（きほんてき）	基本的

Track 32

右のページは、さくら市スポーツ教室の案内である。これを読んで、下の質問に答えなさい。答えは、1・2・3・4から最もよいものを一つえらびなさい。

38 田中さんは土曜日に、中学生の娘と一緒にスポーツ教室に行きたいと思っている。田中さん親子が二人いっしょに参加できるのはどれか。

1 バスケットボールとバドミントンと初級水泳
2 バスケットボールとバドミントンと中級水泳
3 バレーボールとバドミントンと中級水泳
4 バスケットボールと中級水泳と自由水泳

39 田中さんは、さくら市のとなりのみなみ市に住んでいる。田中さん親子が、水泳教室に参加した場合、二人でいくら払わなければならないか。

1 500円
2 600円
3 800円
4 900円

さくら市スポーツ教室のご案内

場所	種目	時間	対象	注意事項
体育館	バレーボール	火・木 18：00～20：00	中学生以上の方	
	バスケットボール	月・水 18：00～19：30 土 10：00～12：00	中学生以上の方	土曜日だけでも参加できます。
	バドミントン	土・日 14：00～16：00	小学生以上の方	土・日どちらかだけでも参加できます。
プール	初級水泳	月～木 19：00～21：00	小学生以上の方	週に何回でも参加できます。
	中級水泳	金・土 18：00～20：00	中学生以上の方	金・土どちらかだけでも参加できます。
	自由水泳	月～土 10：00～17：00 の中の２時間	高校生以上の方	左の時間の中のご都合のよい時間にどうぞ。

・自由水泳以外は、どの種目も専門の指導員がついてご指導いたします。

・料金：体育館　大人（大学生以上）　350円（400円）
　　　　　　　　中学・高校生　150円（200円）
　　　　　　　　小学生　100円（150円）
　　　　プール　大人（大学生以上）　500円（550円）
　　　　　　　　中学・高校生　300円（350円）
　　　　　　　　小学生　150円（200円）

＊（　　）内は、さくら市民以外の方の料金です。

・プールでは必ず水着と水泳帽を着用してください。

IIII

翻譯與解題 ④

右のページは、さくら市スポーツ教室の案内である。これを読んで、下の質問に答えなさい。答えは、1・2・3・4から最もよいものを一つえらびなさい。

さくら市スポーツ教室のご案内

場所	種目	時間	対象	注意事項
体育館	バレーボール	火・木 18：00〜20：00	中学生以上の方	
	バスケットボール	月・水 18：00〜19：30 土 10：00〜12：00	中学生以上の方	土曜日だけでも参加できます。
	バドミントン	土・日 14：00〜16：00	小学生以上の方	土・日どちらかだけでも参加できます。
プール	初級水泳	月〜木 19：00〜21：00	小学生以上の方	週に何回でも参加できます。
	中級水泳	金・土 18：00〜20：00	中学生以上の方	金・土どちらかだけでも参加できます。
	自由水泳	月〜土 10：00〜17：00 の中の２時間	高校生以上の方	左の時間の中のご都合のよい時間にどうぞ。

38題 關鍵句

・自由水泳以外は、どの種目も専門の指導員がついてご指導いたします。

・料金：体育館　大人（大学生以上）　350円（400円）
　　　　　　　　中学・高校生　150円（200円）
　　　　　　　　小学生　100円（150円）
　　　プール　大人（大学生以上）　500円（550円）
　　　　　　　　中学・高校生　300円（350円）
　　　　　　　　小学生　150円（200円）

　＊（　　）内は、さくら市民以外の方の料金です。

39題 關鍵句

・プールでは必ず水着と水泳帽を着用してください。

右頁是櫻花市運動教室的簡章。請在閱讀後回答下列問題。請從選項1・2・3・4當中選出一個最恰當的答案。

櫻花市運動教室簡章

地點	種類	時間	對象	注意事項
體育館	排球	二・四 18：00～20：00	國中以上	
	籃球	一・三 18：00～19：30 六 10：00～12：00	國中以上	也可以只參加禮拜六的課程。
	羽球	六・日 14：00～16：00	國小以上	六、日可擇一參加。
游泳池	初級游泳	一～四 19：00～21：00	國小以上	一週內不限上課次數。
	中級游泳	五・六 18：00～20：00	國中以上	五、六可擇一參加。
	自由游泳	一～六 10：00～17：00之間兩小時	高中以上	左列時段皆可任意使用。

・除了自由游泳以外，每個種類都有專門指導員教導。

・費用：
體育館	大人（大學生以上）	350圓（400圓）
	國、高中生	150圓（200圓）
	小學生	100圓（150圓）
游泳池	大人（大學生以上）	500圓（550圓）
	國、高中生	300圓（350圓）
	小學生	150圓（200圓）

＊（　　）內是非櫻花市市民的費用。

・游泳池內請務必穿著泳裝、戴泳帽。

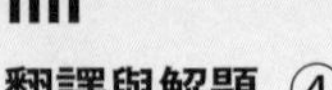

さくら市スポーツ教室のご案内

場所	種目	時間	対象	注意事項
	バレーボール	火・木 18：00～20：00	中学生以上の方	
	バスケットボール	月・水 18：00～19：30 土 10：00～12：00	中学生以上の方	土曜日だけでも参加できます。
	バドミントン	土・日 14：00～16：00	小学生以上の方	土・日どちらかだけでも参加できます。
	初級水泳	月～木 19：00～21：00	小学生以上の方	週に何回でも参加できます。
	中級水泳	金・土 18：00～20：00	中学生以上の方	金・土どちらかだけでも参加できます。
	自由水泳	月～土 10：00～17：00の中の２時間	高校生以上の方	左の時間の中のご都合のよい時間にどうぞ。

關鍵句

- □ 親子　親子，父母與孩子
- □ バスケットボール【basketball】　籃球
- □ バドミントン【badminton】　羽毛球
- □ 初級　初級
- □ 中級　中級，中等

38 田中さんは土曜日に、中学生の娘と一緒にスポーツ教室に行きたいと思っている。田中さん親子が二人いっしょに参加できるのはどれか。

1　バスケットボールとバドミントンと初級水泳

2　バスケットボールとバドミントンと中級水泳

3　バレーボールとバドミントンと中級水泳

4　バスケットボールと中級水泳と自由水泳

櫻花市運動教室簡章

地點	種類	時間	對象	注意事項
體育館	排球	二・四 18：00～20：00	國中以上	
	籃球	一・三 18：00～19：30 六 10：00～12：00	國中以上	也可以只參加禮拜六的課程。
	羽球	六・日 14：00～16：00	國小以上	六、日可擇一參加。
游泳池	初級游泳	一～四 19：00～21：00	國小以上	一週內不限上課次數。
	中級游泳	五・六 18：00～20：00	國中以上	五、六可擇一參加。
	自由游泳	一～六 10：00～17：00之間兩小時	高中以上	左列時段皆可任意使用。

這一題要注意題目設定的限制，再從表格中找出符合所有條件的項目。題目當中的限制有「土曜日」（星期六）和「中学生」（國中生），所以要找出星期六有開課，國中生又能參加的課程。

從「時間」這欄可知星期六有上課的課程是「バスケットボール」（籃球）、「バドミントン」（羽球）、「中級水泳」（中級游泳）、「自由水泳」（自由游泳）這四種。

Answer **2**

38 田中太太禮拜六想和就讀國中的女兒一起去運動教室。田中母女倆能一起參加的項目是什麼呢？

1 籃球、羽球、初級游泳

2 籃球、羽球、中級游泳

3 排球、羽球、中級游泳

4 籃球、中級游泳、自由游泳

只要是「小学生以上の方」（國小以上）和「中学生以上の方」（國中以上），國中生就能參加。由於「自由水泳」的對象是「高校生以上の方」（高中以上），所以不合條件。正確答案應該是「バスケットボール」、「バドミントン」、「中級水泳」這三種。正確答案是2。

・自由水泳以外は、どの種目も専門の指導員がついてご指導いたします。

・料金：

体育館	大人（大学生以上）	350円	（400円）
	中学・高校生	150円	（200円）
	小学生	100円	（150円）
プール	大人（大学生以上）	500円	（550円）
	中学・高校生	300円	（350円）
	小学生	150円	（200円）

＊（　）内は、さくら市民以外の方の料金です。

關鍵句

・プールでは必ず水着と水泳帽を着用してください。

- □ 水泳　游泳
- □ 種目　種類
- □ 専門　專門，專業
- □ 指導　教導，指導
- □ 料金　費用
- □ 水着　泳衣
- □ 着用　穿戴

39 田中さんは、さくら市のとなりのみなみ市に住んでいる。田中さん親子が、水泳教室に参加した場合、二人でいくら払わなければならないか。

1　500円
2　600円
3　800円
4　900円

・除了自由游泳以外，每個種類都有專門指導員教導。

・費用：

體育館	大人（大學生以上）	350圓（400圓）
	國、高中生	150圓（200圓）
	小學生	100圓（150圓）
游泳池	大人（大學生以上）	500圓（550圓）
	國、高中生	300圓（350圓）
	小學生	150圓（200圓）

＊（　　）內是非櫻花市市民的費用。

・游泳池內請務必穿著泳裝、戴泳帽。

「いくら」用來詢問金額，可以從簡章下半部的「料金」（費用）部分找答案。

要看的是括號內的價錢，因為田中母女是南市市民（＝不住在櫻花市）。

Answer **4**

39 田中太太住在櫻花市隔壁的南市。田中母女倆如果參加游泳課，兩人總共要付多少錢呢？

1 500 圓
2 600 圓
3 800 圓
4 900 圓

兩人要參加的項目是游泳課程，從表格可以得知游泳課的上課地點全都在「プール」(游泳池），所以要看「プール」的使用費用。又上一題的題目說明田中太太的女兒是國中生，所以田中太太的應付金額要看「大人（大学生以上）」（成人〈大學生以上〉），女兒要看「中学・高校生」(國、高中生）。

所以田中太太的費用是550圓，田中太太的女兒的費用是350圓，「550＋350＝900」，兩人共要付900圓。

重要文法

【名詞】＋によると。表示消息、信息的來源，或推測的依據。後面經常跟著表示傳聞的「～そうだ」、「～ということだ」之類詞。

❶ によると 據…、據…說、根據…報導…

例句 アメリカの文献によると、この薬は心臓病に効くそうだ。

根據美國的文獻，這種藥物對心臟病有效。

小知識大補帖

▶數字的起源

我們的生活與「数字」（數字）息息相關，像是「電話番号」（電話號碼）、「パスワード」（密碼）、「点数」（分數）、「料金」（費用）…等，其中各種費用又細分為「水道料金」（自來水費）、「電気料金」（電費）、「電車代」（電車費）、「衣料費」（服裝費）、「医療費」（醫療費）、「交際費」（應酬費用）…等，不可勝數，「足し算」（加法）、「引き算」（減法）、「掛け算」（乘法）、「割り算」（除法）這些運算都成了我們生活中不可缺少的一部分。不過，您知道數字的由來嗎？

我們現在所使用的阿拉伯數字其實是由印度人發明的，後因「戦争」（戰爭）的緣故傳入阿拉伯，後來大食帝國（阿拉伯帝國舊稱）興起，該數字系統傳到了西班牙，歐洲人誤以為這是阿拉伯人的「発明」（發明），所以將之稱作阿拉伯數字。後來，一位波斯的「数学者」（數學家）在著作中使用了這套數字系統，在這本書有了拉丁文的「翻訳」（譯本）後，阿拉伯數字立即廣為流行，取代了歐洲原本使用的羅馬數字。

▶來場小旅行吧！

你有多久沒有出門旅行了呢？平常沒日沒夜地忙碌，好不容易捱到了寒暑假，「スケジュール」（日程表）卻又都被學校的事務排得滿滿滿。更不用說已經出社會的「社会人」（社會人士）了，除了過年之外，要取得一個長假非常不容易，而「お正月」（年節）又都被打掃及傳統習俗等等纏身，然後一年就這樣過去了…想要出門旅行難道真的只能等「定年退職」（退休）了嗎？！

身為忙碌的現代人，除了「海外旅行」（國外旅遊）之外，還可以選擇「日帰り」（一日遊）！一日遊可以參加類似前面題目中「旅行会社」（旅行社）的「パックツアー」（旅行團），不必費心安排行程就能享受旅行的樂趣。或是搭上火車，來一場優雅的「列車の旅」（鐵道之旅）。時下最流行的「サイクリング」（單車旅行）也是不錯的選擇，一邊騎車一邊欣賞「周り」（周圍）的景色，無論是走訪交通不便的「秘境スポット」（秘境景點），或是在平時搭車經過的街道上發掘小店或咖啡廳，都能產生全新的「発見」（發現）與「感動」（感動），想法也會變得更加開闊哦！

▶**呼吸豆知識**

大家多多少少都有上醫院看病的經驗吧？可能是因為「下痢」（拉肚子）、「吐き気」（想吐）、「鼻がつまっています」（鼻塞）、「くしゃみが止まりません」（不停打噴嚏）、「鼻水が止まらない」（不停流鼻水）…等各種症狀。根據「インターネット」（網路）的「記事」（報導），比起用嘴巴「呼吸」（呼吸），用鼻子呼吸比較不會將空氣中的「ごみ」（灰塵）與「ウイルス」（病毒）吸入體內。此外，用鼻子呼吸的人，可以比用嘴巴呼吸的人吸入更多氧氣。不過，即使平常都用鼻子呼吸，也有不少人在「ぐっすりねむる」（熟睡）時變成用嘴巴呼吸。

當用鼻子深呼吸時，可以讓體內充滿氧氣，促進身體活化，有助於快速釋放「ストレス」（壓力）。因此，只要養成從鼻子深緩呼吸的習慣，不僅對身體有好處，也能夠「心を落ち着かせる」（穩定情緒）。

▶不老秘方

你有做運動的習慣嗎？「学生のときはいろいろしましたが、今は何もしていません」（念書時做過各式各樣的運動，但是現在完全沒做運動了）、「社会人になってから、全然運動しなくなりました」（自從出社會後，就完全沒做過運動了）這應該是許多人的心聲吧！可能是因為工作太忙、「接待が多い」（應酬太多），或是純粹覺得「面倒くさい」（麻煩）。

但要活就要動，何況運動的好處多得驚人！除了「体脂肪を減らす」（降低體脂肪）、「筋肉をつける」（結實肌肉）之外，你知道運動還能提升「知能」（智力）嗎？研究顯示運動能「脳を発達させる」（促進大腦發育），提升大腦機能。並且在刺激大腦的同時能讓人心情愉悅，削減「マイナスの感情」（負面情緒）。另外，運動還能減緩身體各機能的衰退速度、提升睡眠品質。

想要青春永駐延年益壽嗎？快從沙發上站起來，從「柔軟体操」（柔軟體操）開始做起吧！

常用的表達關鍵句

＊{ } 內也可自行帶入其他詞彙喔！

01 表示請求、命令

→ {今日は早く帰ら} せてください／{今天} 請讓我 {早點回去}。

→ {ご連絡頂きます} ようお願いいたします／懇請您 {跟我聯絡}。

→ {お受け取りくださいます} ようお願い申し上げます／懇請您 {前來領取}。

→ {ご確認くださいます} ようよろしくお願いいたします／懇請您 {加以確認}。

→ {ぜひご検討} 頂ければ幸いです／如果您能 {再加研討} 那就太好了。

→ {恐れ入りますが、この場所でのご喫煙} はご遠慮ください／{十分抱歉}，請勿 {在此吸菸}。

→ {君、早く隠れ} なさい／{你，快} 去 {躲起來}（命令說法）！

02 表示期望

→ {男の人はテニスをし} たいと思っている／{男士} 正想要 {打網球}。

→ {人間関係は、ぜひ} こうありたいものである／希望 {人際關係都能} 如此。

→ {今後もこうした商品} を期待する／{往後這樣的商品也將} 備受期待。

→ {それは新しい教育の形} として期待されている／{那一新式教育型態} 將備受期待。

→ {もう少し給料を上げてくれ} たらいいのだが／要是 {薪水能再漲一點} 該有多好。

→ {今週は、残業少ない} といいな／要是 {這週能少加一點班} 就好了。

→ {疲れたら、休憩すれ} ばいいです／要是 {累了} 就 {休息一下}。

→ {周りにこう反応してほしい} という要求を持っている／我有一個要求，{希望你對周遭的人能有這樣的反應}。

→ {世界が平和になっ} てもらいたい／希望 {世界和平}。

→ {未来へ} の希望は次の通りである／我 {對未來} 的期望如下。

關鍵字記單字

▸關鍵字	▸▸▸單字	
教える（おし） 教授	□ 教（きょう）	教，教導，教授
	□ アドバイス【advice】	勸告，提意見，建議
	□ 教え（おし）	教導，教誨，教訓，教育，指教
	□ 保健体育（ほけんたいいく）	（國高中學科之一）保健體育
	□ 教科書（きょうかしょ）	教科書，教材
	□ コース【course】	課程，學程
	□ 教師（きょうし）	教師，老師
	□ 教員（きょういん）	教師，教職員
	□ 中学（ちゅうがく）	中學，初中，國中
	□ 短期大学（たんきだいがく）	兩年或三年制的短期大學
	□ 大学院（だいがくいん）	大學的研究所
	□ 専門学校（せんもんがっこう）	專科學校

關鍵字	單字	
着る（き） 穿戴	□ オーバーコート【overcoat】	大衣，外衣，外套
	□ 襟（えり）	衣服的領子
	□ 制服（せいふく）	制服
	□ レインコート【raincoat】	雨衣
	□ ティーシャツ【Tshirt】	圓領衫，T 恤
	□ ブラウス【blouse】	（多半為女性穿的）罩衫，襯衫
	□ ジャケット【jacket】	外套，短上衣
	□ 着替え（きがえ）	替換用的衣服
	□ 着替え（きがえ）	換衣服
	□ 着替える（きがえる）	換衣服

▶ 旅遊

よく一人で旅行に出かけます。
經常一個人單獨旅行。

明日アメリカに出発します。
我明天要出發去美國。

夏休みは沖縄を旅行するつもるです。
我打算在暑假時去沖繩旅行。

今度、ハワイに行くんですよ。
我下次要去夏威夷唷！

世界中の国を回りたいです。
我想要環遊世界各國。

仕事に疲れると、どこか遠くへ旅行に行きたくなる。
當被工作壓得喘不過氣時，就會想要去遠方旅行。

旅行の計画を立てるのが楽しい。
我很享受規劃旅行的過程。

日本航空のカウンターはどこですか。
日本航空的櫃台在哪裡？

5万円両替してください。
請換成5萬日圓。

小銭も混ぜてください。
也請給我一些零錢。

ＪＲの改札口で待っています。
在JR的剪票口等你。

渋谷へ行きたいですが、乗り場は何番ですか。
我想去澀谷，應該在幾號乘車處搭車？

ホテルを紹介してください。
請推薦一下飯店。

こちらのホテルに空いている部屋はありませんか。
請問貴旅館還有空房嗎？

1泊いくらですか。
一晚多少錢？

もっと安い部屋はありませんか。
有沒有更便宜的房間？

食事はつきますか。
有附餐嗎？

レストランの予約をしたいです。
想預約餐廳。

国際電話をかけたいです。
想打國際電話。

チェックインは何時ですか。
幾點開始住宿登記？

チェックアウトします。
我要退房。

どこかお薦(すす)めの場所(ばしょ)があれば教(おし)えてください。
如果您有推薦的景點，請告訴我。

中国語(ちゅうごくご)のガイドはいますか。
有中文導遊嗎？

なにか面白(おもしろ)いところはありますか。
有沒有什麼好玩的地方呢？

ここから日帰(ひがえ)りで行(い)ける温泉(おんせん)って、どこかありますか。
這附近有沒有可以當天來回的溫泉？

ホテルを出(で)て町(まち)を散歩(さんぽ)しました。
我們走出飯店，到鎮上散步。

池(いけ)でボートに乗(の)りましょう。
我們在池塘裡划小船吧！

僕(ぼく)もああいうところに行(い)ってみたいですね。
我也很想到那種地方走一走呢。

博物館(はくぶつかん)は今開(いまあ)いていますか。
博物館現在有開嗎？

ここでチケットは買(か)えますか。
這裡可以買票嗎？

1 時間的表現

◆ **ていらい** 自從…以來，就一直…、…之後

- このアパートに引っ越して来て以来、なぜだか夜眠れない。

不曉得為什麼，自從搬進這棟公寓以後，晚上總是睡不著。

◆ **さいちゅうに（だ）** 正在…

- 大切な試合の最中に怪我をして、みんなに迷惑をかけた。

在最重要的比賽中途受傷，給各位添了麻煩。

◆ **たとたん（に）** 剛…就…、剎那就…

- その子供は、座ったとたんに寝てしまった。

那個孩子才剛坐下就睡著了。

◆ **さい（は）、さいに（は）** …的時候、在…時、當…之際

- 明日、御社へ伺う際に、詳しい資料をお持ち致します。

明天拜訪貴公司時，將會帶去詳細的資料。

◆ **ところに** …的時候、正在…時

- 君、いいところに来たね。これ、１枚コピーして。

你來得正好！這個拿去印一張。

◆ **ところへ** …的時候、正當…時，突然…、正要…時，（…出現了）

- 先月家を買ったところへ、今日部長から転勤を命じられた。

上個月才剛買下新家，今天就被經理命令調派到外地上班了。

◆ **ところを** 正…時、…之時、正當…時…

- お話し中のところを失礼します。高橋様がいらっしゃいました。

不好意思，打擾您打電話，高橋先生已經到了。

◆ **うちに** 趁…做…、在…之內…做…；在…之內，自然就…

- 子供が寝ているうちに、買い物に行ってきます。

趁著孩子睡著時出門買些東西。

◆ **までに（は）** …之前、…為止

- 12 時までには寝るようにしている。

我現在都在12點之前睡覺。

2 原因、理由、結果

◆ **せいか**　可能是（因為）…、或許是（由於）…的緣故吧

- 私の結婚が決まったせいか、最近父は元気がない。

也許是因為我決定結婚了，最近爸爸無精打采的。

◆ **せいで、せいだ**　由於…、因為…的緣故、都怪…

- 台風のせいで、新幹線が止まっている。

由於颱風之故，新幹線電車目前停駛。

◆ **おかげで、おかげだ**　多虧…、托您的福、因為…

- 母が 90 になっても元気なのは、歯が丈夫なおかげだ。

家母高齡90仍然老當益壯，必須歸功於牙齒健康。

◆ **につき**　因…、因為…

- 体調不良につき、欠席させていただきます。

因為身體不舒服，請允許我請假。

◆ **によって（は）、により**　(1) 因為…；(2) 由…；(3) 依照…的不同而不同；(4) 根據…

- 彼は自動車事故により、体の自由を失った。

他由於遭逢車禍而成了殘疾人士。

◆ **による**　因…造成的…、由…引起的…

- 運転手の信号無視による事故が続いている。

一連發生多起駕駛人闖紅燈所導致的車禍。

◆ **ものだから**　就是因為…，所以…

- 久しぶりに会ったものだから、懐かしくて涙が出た。

畢竟是久違重逢，不禁掉下了思念的淚水。

◆ **もので**　因為…、由於…

- 携帯電話を忘れたもので、ご連絡できず、すみませんでした。

由於忘了帶手機而無法與您聯絡，非常抱歉。

◆ **もの、もん**　(1) 就是因為…嘛；(2) 因為…嘛

- 母親ですもの。子供を心配するのは当たり前でしょう。

我可是當媽媽的人呀，擔心小孩不是天經地義的嗎？

◆ **んだもん**　因為…嘛、誰叫…

-「まだ起きてるの。」「明日テストなんだもん。」

「還沒睡？」「明天要考試嘛。」

◆ **わけだ**　(1) 也就是說…；(2) 當然…、難怪…

- 卒業したら帰国するの。じゃ、来年帰るわけね。

畢業以後就要回國了？那就是明年要回去囉。

◆ **ところだった**　（差一點兒）就要…了、險些…了；差一點就…可是…

- 電車があと１本遅かったら、飛行機に乗り遅れるところだった。

萬一搭晚了一班電車，就趕不上飛機了。

3 推測、判斷、可能性

◆ **にきまっている**　肯定是…、一定是…

- こんなに頑張ったんだから、合格に決まってるよ。

都已經那麼努力了，肯定考得上的！

◆ **にちがいない**　一定是…、准是…

- その子は目が真っ赤だった。ずっと泣いていたに違いない。

那女孩的眼睛紅通通的，一定哭了很久。

◆ **(の) ではないだろうか、(の) ではないかとおもう**

(1) 是不是…啊、不就…嗎；(2) 我想…吧

- 信じられないな。彼の話は全部嘘ではないだろうか。

真不敢相信！他說的是不是統統都是謊言啊？

◆ **みたい (だ)、みたいな**　(1) 像…一樣的；(2) 想要嘗試…；(3) 好像…

- 生まれてきたのは、お人形みたいな女の子でした。

生下來的是個像洋娃娃一樣漂亮的女孩。

◆ **おそれがある**　恐怕會…、有…危險

- 東北地方は、今夜から大雪になる恐れがあります。

東北地區從今晚起恐將降下大雪。

◆ **ないこともない、ないことはない**　(1) 應該不會不…；(2) 並不是不…、不是不…

- 試験までまだ３か月もありますよ。あなたならできないことはないでしょう。

距離考試還有整整 3 個月呢。憑你的實力，總不至於考不上吧。

◆ **っけ**　是不是…來著、是不是…呢

- この公園(こうえん)って、こんなに広(ひろ)かったっけ。

　這座公園，以前就這麼大嗎？

◆ **わけがない、わけはない**　不會…、不可能…

- 私(わたし)がクリスマスの夜(よる)に暇(ひま)なわけがないでしょう。

　耶誕夜我怎麼可能有空呢？

◆ **わけではない、わけでもない**　並不是…、並非…

- これは誰(だれ)にでもできる仕事(しごと)だが、誰(だれ)でもいいわけでもない。

　這雖是任何人都會做的工作，但不是每一個人都能做得好。

◆ **んじゃない、んじゃないかとおもう**　不…嗎、莫非是…

- 本当(ほんとう)にダイヤなの。プラスチックなんじゃない。

　是真鑽嗎？我看是壓克力鑽吧？

4 狀態、傾向

◆ **かけ(の)、かける**　(1)快…了；(2)對…；(3)做一半、剛…、開始…

- 祖父(そふ)は兵隊(へいたい)に行(い)っていたとき死(し)にかけたそうです。

　聽説爺爺去當兵時差點死了。

◆ **だらけ**　全是…、滿是…、到處是…

- 男(おとこ)の子(こ)は泥(どろ)だらけの顔(かお)で、にっこりと笑(わら)った。

　男孩頂著一張沾滿泥巴的臉蛋，咧嘴笑了。

◆ **み**　帶有…、…感

- 本当(ほんとう)にやる気(き)があるのか。君(きみ)は真剣(しんけん)みが足(た)りないな。

　真的有心要做嗎？總覺得你不夠認真啊。

◆ **っぽい**　看起來好像…、感覺像…

- まだ中学生(ちゅうがくせい)なの。ずいぶん大人(おとな)っぽいね。

　還是中學生哦？看起來挺成熟的嘛。

◆ **いっぽうだ**　一直…、不斷地…、越來越…

- 夫(おっと)の病状(びょうじょう)は悪(わる)くなる一方(いっぽう)だ。

　我先生的病情日趨惡化。

◆ **がちだ、がちの**　經常，總是；容易…、往往會…、比較多

- 外食が多いので、どうしても野菜が不足がちになる。

由於經常外食，容易導致蔬菜攝取量不足。

◆ **ぎみ**　有點…、稍微…、…趨勢

- 昨夜から風邪ぎみで、頭が痛い。

昨晚開始出現感冒徵兆，頭好痛。

◆ **むきの、むきに、むきだ**　(1) 朝…；(2) 合於…、適合…

- この台の上に横向きに寝てください。

請在這座診療台上側躺。

◆ **むけの、むけに、むけだ**　適合於…

- こちらは輸出向けに生産された左ハンドルの車です。

這一款是專為外銷訂單製造的左駕車。

5 程度

◆ **くらい（ぐらい）～はない、ほど～はない**

沒什麼是…、沒有…像…一樣、沒有…比…的了

- 彼女と過ごす休日ほど幸せな時間はない。

再沒有比和女友共度的假日更幸福的時光了。

◆ **ば～ほど**　越…越…；如果…更…

- 考えれば考えるほど分からなくなる。

越想越不懂。

◆ **ほど**　(1)…得、…得令人；(2) 越…越…

- 今日は死ぬほど疲れた。

今天累得快死翹翹了。

◆ **くらい（だ）、ぐらい（だ）**　(1) 這麼一點點；(2) 幾乎…、簡直…、甚至…

- 自分の部屋ぐらい、自分で掃除しなさい。

自己的房間好歹自己打掃！

◆ **さえ、でさえ、とさえ**　(1) 連…、甚至…；(2) 就連…也…

- そんなことは小学生でさえ知っている。

那種事連小學生都曉得。

6 狀況的一致及變化

◆ **とおり（に）** 按照…、按照…那樣

- どんなことも、自分で考えているとおりにはいかないものだ。

無論什麼事，都沒辦法順心如意。

◆ **どおり（に）** 按照、正如…那樣、像…那樣

- お金は、約束どおりに払います。

按照之前談定的，來支付費用。

◆ **きる、きれる、きれない** (1) 充分…、堅決…；(2) 中斷…；(3)…完、完全、到極限

- 引退を決めた吉田選手は「やり切りました。」と笑顔を見せた。

決定退休的吉田運動員露出笑容說了句「功成身退」。

◆ **にしたがって、にしたがい** (1) 伴隨…、隨著…；(2) 按照…

- 頂上に近づくにしたがって、気温が下がっていった。

越接近山頂，氣溫亦逐漸下降了。

◆ **につれ（て）** 伴隨…、隨著…、越…越…

- 娘は成長するにつれて、妻にそっくりになっていった。

隨著女兒一天天長大，越來越像妻子了。

◆ **にともなって、にともない、にともなう** 伴隨著…、隨著…

- インターネットの普及に伴って、誰でも簡単に情報を得られるようになった。

隨著網路的普及，任何人都能輕鬆獲得資訊了。

7 立場、狀況、關連

◆ **からいうと、からいえば、からいって** 從…來說、從…來看、就…而言

- 私の経験からいって、この裁判で勝つのは難しいだろう。

從我的經驗來看，要想打贏這場官司恐怕很難了。

◆ **として（は）** 以…身分、作為…；如果是…的話、對…來說

- 私は、研究生としてこの大学で勉強しています。

我目前以研究生的身分在這所大學裡讀書。

◆ **にとって（は、も、の）** 對於…來說

- コンピューターは現代人にとっての宝の箱だ。

電腦相當於現代人的百寶箱。

◆ **っぱなしで、っぱなしだ、っぱなしの** (1) 一直…、總是…；(2)…著

- 今の仕事は朝から晩まで立ちっ放しで辛い。

目前的工作得從早到晚站一整天，好難受。

◆ **において、においては、においても、における** 在…、在…時候、在…方面

- 会議における各人の発言は全て記録してあります。

所有與會人員的發言都加以記錄下來。

◆ **たび（に）** 每次…、每當…就…

- この写真を見るたびに、楽しかった子供のころを思い出す。

每次看到這張照片，就會回想起歡樂的孩提時光。

◆ **にかんして（は）、にかんしても、にかんする** 關於…、關於…的…

- 10 年前の事件に関して、警察から報告があった。

關於10年前的那起案件，警方已經做過報告了。

◆ **から～にかけて** 從…到…

- 東京から横浜にかけて、25km（キロメートル）の渋滞です。

從東京到橫濱塞車綿延25公里。

◆ **にわたって、にわたる、にわたり、にわたった**

經歷…、各個…、一直…、持續…

- 私たちは 8 年にわたる交際を経て結婚した。

我們經過 8 年的交往之後結婚了。

8 素材、判斷材料、手段、媒介、代替

◆ **をつうじて、をとおして** (1) 透過…、通過…；(2) 在整個期間…、在整個範圍…

- 今はインターネットを通じて、世界中の情報を得ることができる。

現在只要透過網路，就能獲取全世界的資訊。

◆ **かわりに** (1) 代替…；(2) 作為交換；(3) 雖說…但是…

- いたずらをした弟のかわりに、その兄が謝りに来た。

那個惡作劇的小孩的哥哥，代替弟弟來道歉了。

◆ **にかわって、にかわり** (1) 替…、代替…、代表…；(2) 取代…

- 入院中の父にかわって、母が挨拶をした。

家母代替正在住院的家父前去問候了。

◆ **にもとづいて、にもとづき、にもとづく、にもとづいた**

根據…、按照…、基於…

- お客様(きゃくさま)のご希望(きぼう)に基(もと)づくメニューを考(かんが)えています。
  目前正依據顧客的建議規劃新菜單。

◆ **によると、によれば**　據…、據…說、根據…報導…

- ニュースによると、全国(ぜんこく)でインフルエンザが流行(りゅうこう)し始(はじ)めたらしい。
  根據新聞報導，全國各地似乎開始出現流感大流行。

◆ **をちゅうしんに（して）、をちゅうしんとして**

以…為重點、以…為中心、圍繞著…

- 地球(ちきゅう)は太陽(たいよう)を中心(ちゅうしん)としてまわっている。
  地球是繞著太陽旋轉的。

◆ **をもとに（して）**　以…為根據、以…為參考、在…基礎上

- この映画(えいが)は実際(じっさい)にあった事件(じけん)をもとにして作(つく)られた。
  這部電影是根據真實事件拍攝而成的。

9　希望、願望、意志、決定、感情表現

◆ **たらいい（のに）なあ、といい（のに）なあ**　…就好了

- この窓(まど)がもう少(すこ)し大(おお)きかったらいいのになあ。
  那扇窗如果能再大一點，該有多好呀。

◆ **て（で）ほしい、てもらいたい**　（1）想請你…；（2）希望能…、希望能（幫我）…

- 母(はは)には元気(げんき)で長生(ながい)きしてほしい。
  希望媽媽長命百歲。

◆ **ように**　（1）為了…而…；（2）請…；（3）如同…；（4）希望…

- 後(うし)ろの席(せき)まで聞(き)こえるように、大(おお)きな声(こえ)で話(はな)した。
  提高了音量，讓坐在後方座位的人也能聽得見。

◆ **てみせる**　（1）做給…看；（2）一定要…

- 一人暮(ひとりぐ)らしを始(はじ)める息子(むすこ)に、まずゴミの出(だ)し方(かた)からやってみせた。
  為了即將獨立生活的兒子，首先示範了倒垃圾的方式。

◆ **ことか**　多麼…啊

- 新薬(しんやく)ができた。この日(ひ)をどれだけ待(ま)っていたことか。
  新藥研發成功了！這一天不知道已經盼了多久！

◆ **て（で）たまらない**　非常…、…得受不了

- 暑いなあ。今日は喉が渇いてたまらないよ。

好熱啊！今天都快渴死了啦！

◆ **て（で）ならない**　…得受不了、非常…

- 子供のころは、運動会が嫌でならなかった。

小時候最痛恨運動會了。

◆ **ものだ**　過去…經常、以前…常常

- 昔は弟と喧嘩ばかりして、母に叱られたものだ。

以前一天到晚和弟弟吵架，老是挨媽媽罵呢！

◆ **句子＋わ**　…啊、…呢、…呀

- やっとできたわ。

終於做完囉！

◆ **をこめて**　集中…、傾注…

- 家族の為に心をこめておいしいごはんを作ります。

為了家人而全心全意烹調美味的飯菜。

10 義務、不必要

◆ **ないと、なくちゃ**　不…不行

- 明日朝早いから、もう寝ないと。

明天一早就得起床，不去睡不行了。

◆ **ないわけにはいかない**　不能不…、必須…

- 生きていくために、働かないわけにはいかないのだ。

為了活下去，就非得工作不可。

◆ **から（に）は**　(1) 既然…，就…；(2) 既然…

- 約束したからには、必ず最後までやります。

既然答應了，就一定會做完。

◆ **ほか（は）ない**　只有…、只好…、只得…

- 仕事はきついが、この会社で頑張るほかはない。

雖然工作很辛苦，但也只能在這家公司繼續熬下去。

◆ **より（ほか）ない、ほか（しかたが）ない**　只有…、除了…之外沒有…

- 電車が動いていないのだから、タクシーで行くよりほかない。
因為電車無法運行，只能搭計程車去了。

◆ **わけにはいかない、わけにもいかない**　不能…、不可…

- いくら聞かれても、彼女の個人情報を教えるわけにはいきません。
無論詢問多少次，我絕不能告知她的個資。

11 條件、假定

◆ **さえ～ば、さえ～たら**　只要…（就…）

- サッカーさえできれば、息子は満足なんです。
兒子只要能踢足球，就覺得很幸福了。

◆ **たとえ～ても**　即使…也…、無論…也…

- たとえ便利でも、環境に悪いものは買わないようにしている。
就算使用方便，只要是會汙染環境的東西我一律拒絕購買。

◆ **（た）ところ**　…，結果…

- Ａ社に注文したところ、すぐに商品が届いた。
向Ａ公司下訂單後，商品立刻送達了。

◆ **てからでないと、てからでなければ**
不…就不能…、不…之後，不能…、…之前，不…

- 「一緒に帰りませんか。」「この仕事が終わってからでないと帰れないんです。」
「要不要一起回去？」「我得忙完這件工作才能回去。」

◆ **ようなら、ようだったら**　如果…、要是…

- 明日、雨のようならお祭りは中止です。
明天如果下雨，祭典就取消舉行。

◆ **たら、だったら、かったら**　要是…、如果…

- もっと若かったら、田舎で農業をやってみたい。
如果我更年輕一點，真想嘗試在鄉下務農。

◆ **とすれば、としたら、とする**　如果…、如果…的話、假如…的話

- 明日うちに来るとしたら、何時ごろになりますか。
如果您預定明天來寒舍，請問大約幾點光臨呢？

◆ **ばよかった**　…就好了；沒（不）…就好了

- もっと早くやればよかった。
  要是早點做就好了。

12 規定、慣例、習慣、方法

◆ **ことになっている、こととなっている**　按規定…、預定…、將…

- 入社の際には、健康診断を受けていただくことになっています。
  進入本公司上班時，必須接受健康檢查。

◆ **ことにしている**　都…、向來…

- 1年に1度は田舎に帰ることにしている。
  我每年都會回鄉下一趟。

◆ **ようになっている**　(1) 就會…；(2) 會…

- このトイレは手を出すと水が出るようになっています。
  這間廁所的設備是只要伸出手，水龍頭就會自動給水。

◆ **ようがない、ようもない**　沒辦法、無法…；不可能…

- この時間の渋滞は避けようがない。
  這個時段塞車是無法避免的。

13 並列、添加、列舉

◆ **とともに**　(1) 與…同時，也…；(2) 和…一起；(3) 隨著…

- 食事に気をつけるとともに、軽い運動をすることも大切です。
  不僅要注意飲食內容，做些輕度運動也同樣重要。

◆ **ついでに**　順便…、順手…、就便…

- 大阪へ出張したついでに、京都の紅葉を見てきた。
  到大阪出差時，順路去了京都賞楓。

◆ **にくわえ（て）**　而且…、加上…、添加…

- 毎日の仕事に加えて、来月の会議の準備もしなければならない。
  除了每天的工作項目，還得準備下個月的會議才行。

◆ **ばかりか、ばかりでなく** (1) 不要…最好…；(2) 豈止…，連…也…、不僅…而且…

- 肉ばかりでなく、野菜もたくさん食べるようにしてください。
  不要光吃肉，最好也多吃些蔬菜。

◆ **はもちろん、はもとより** 不僅…而且…、…不用說，…也…

- 子育てはもちろん、料理も掃除も、妻と協力してやっています。
  不單是帶孩子，還包括煮飯和打掃，我都和太太一起做。

◆ **ような** (1) 像…之類的；(2) 宛如…一樣的…；(3) 感覺像…

- このマンションでは鳥や魚のような小さなペットなら飼うことができます。
  如果是鳥或魚之類的小寵物，可以在這棟大廈裡飼養。

◆ **をはじめ (とする、として)** 以…為首、…以及…、…等等

- 札幌をはじめ、北海道には外国人観光客に人気の街がたくさんある。
  包括札幌在內，北海道有許許多多廣受外國觀光客喜愛的城市。

14 比較、對比、逆接

◆ **くらいなら、ぐらいなら** 與其…不如…、要是…還不如…

- あいつに謝るくらいなら、死んだほうがましだ。
  要我向那傢伙道歉，倒不如叫我死了算了！

◆ **というより** 與其說…，還不如說…

- この音楽は、気持ちが落ち着くというより、眠くなる。
  這種音樂與其説使人心情平靜，更接近讓人昏昏欲睡。

◆ **にくらべ (て)** 與…相比、跟…比較起來、比較…

- 女性は男性に比べて我慢強いと言われている。
  一般而言，女性的忍耐力比男性強。

◆ **わりに (は)** (比較起來) 雖然…但是…、但是相對之下還算…、 可是…

- 3年も留学していたわりには喋れないね。
  都已經留學3年了，卻還是沒辦法開口交談哦？

◆ **にしては** 照…來說…、就…而言算是…、從…這一點來說，算是…的、作為…，相對來說…

- 一生懸命やったにしては、結果がよくない。
  相較於竭盡全力的過程，結果並不理想。

◆ **にたいして（は）、にたいし、にたいする**　(1) 和…相比；(2) 向…、對（於）…

- 息子(むすこ)が本(ほん)が好(す)きなのに対(たい)し、娘(むすめ)は運動(うんどう)が得意(とくい)だ。

不同於兒子喜歡閱讀，女兒擅長的是運動。

◆ **にはんし（て）、にはんする、にはんした**　與…相反…

- 新製品(しんせいひん)の売(う)り上(あ)げは、予測(よそく)に反(はん)する結果(けっか)となった。

新產品的銷售狀況截然不同於預期。

◆ **はんめん**　另一面…、另一方面…

- 父(ちち)は厳(きび)しい親(おや)である反面(はんめん)、私(わたし)の最大(さいだい)の理解者(りかいしゃ)でもあった。

爸爸雖然很嚴格，但從另一個角度來說，也是最了解我的人。

◆ **としても**　即使…，也…、就算…，也…

- 君(きみ)の言(い)ったことは、冗談(じょうだん)だとしても、許(ゆる)されないよ。

你說出來的話，就算是開玩笑也不可原諒！

◆ **にしても**　就算…，也…、即使…，也…

- おいしくないにしても、体(からだ)のために食(た)べたほうがいい。

即使難吃，為了健康著想，還是吃下去比較好。

◆ **くせに**　雖然…，可是…、…，卻…

- 自分(じぶん)では何(なに)もしないくせに、文句(もんく)ばかり言(い)うな。

既然自己什麼都不做，就別滿嘴抱怨！

◆ **といっても**　雖說…，但…、雖說…，也並不是很…

- 留学(りゅうがく)といっても3か月(げつ)だけです。

說好聽的是留學，其實也只去了3個月。

15 限定、強調

◆ **（っ）きり**　(1) 只有…；全心全意地…；(2) 自從…就一直…

- ちょっと二人(ふたり)きりで話(はな)したいことがあります。

有件事想找你單獨談一下。

◆ **しかない**　只能…、只好…、只有…

- 飛行機(ひこうき)が飛(と)ばないなら、旅行(りょこう)は諦(あきら)めるしかない。

既然飛機停飛，只好放棄旅行了。

◆ **だけしか**　只…、…而已、僅僅…

- テストは時間が足りなくて、半分だけしかできなかった。

考試時間不夠用，只答了一半而已。

◆ **だけ（で）**　光…就…；只是…、只不過…；只要…就…

- 雑誌で写真を見ただけで、この町が大好きになった。

單是在雜誌上看到照片，就愛上這座城鎮了。

◆ **こそ**　正是…、才（是）…；唯有…才…

-「よろしくお願いします。」「こちらこそ、よろしく。」

「請多指教。」「我才該請您指教。」

◆ **など**　怎麼會…、才（不）…；竟是…

- ずっと一人ですが、寂しくなどありません。

雖然獨居多年，但我並不覺得寂寞。

◆ **などという、なんていう、などとおもう、なんておもう**

(1)（說、想）什麼的；(2) 多麼…呀、居然…

- お母さんに向かってババアなんて言ったら許さないよ。

要是膽敢當面喊媽媽是老太婆，絕饒不了你喔！

◆ **なんか、なんて**　(1) 連…都不…；(2)…之類的；(3)…什麼的

- 仕事が忙しくて、旅行なんか行けない。

工作太忙，根本沒空旅行。

◆ **ものか**　哪能…、怎麼會…呢、決不…、才不…呢

- あの海が美しいものか。ごみだらけだ。

那片海一點都不美，上面漂著一大堆垃圾呀！

16　許可、勸告、使役、敬語、傳聞

◆ **（さ）せてください、（さ）せてもらえますか、（さ）せてもらえませんか**

請讓…、能否允許…、可以讓…嗎？

- 部長、その仕事は私にやらせてください。

部長，那件工作請交給我來做。

◆ **ことだ**　(1) 非常…、太…；(2) 就得…、應當…、最好…

- 隣の奥さんが、ときどき手作りの料理をくれる。有難いことです。

鄰居太太有時會親手做些料理送我們吃，真是太感謝了！

◆ **ことはない**　(1) 不是…、並非…；(2) 沒…過、不曾…；(3) 用不著…、不用…

- どんなに部屋が汚くても、それで死ぬことはないさ。

就算房間又髒又亂，也不會因為這樣就死翹翹啦！

◆ **べき（だ）**　必須…、應當…

- あんな最低の男とは、さっさと別れるべきだ。

那種差勁的男人，應該早早和他分手！

◆ **たらどうですか、たらどうでしょう（か）**　…如何、…吧

- Ａ社がだめなら、Ｂ社にしたらどうでしょうか。

如果Ａ公司不行，那麼換成Ｂ公司如何？

◆ **てごらん**　…吧、試著…

- じゃ、今度は一人でやってごらん。

好，接下來試著自己做做看！

◆ **使役形＋もらう、くれる、いただく**　請允許我…、請讓我…

- きれいなお庭ですね。写真を撮らせてもらえませんか。

好美的庭院喔！請問我可以拍照嗎？

◆ **って**　(1) 聽說…、據說…；(2) 他說…、人家說…

- お隣の健ちゃん、この春もう大学卒業なんだって。

住隔壁的小健，聽說今年春天已經從大學畢業嘍。

◆ **とか**　好像…、聽說…

- 営業部の中田さん、沖縄の出身だとか。

業務部的中田先生好像是沖繩人。

◆ **ということだ**　(1)…也就是說…、就表示…；(2) 聽說…、據說…

- 成功した人は、それだけ努力したということだ。

成功的人，也就代表他付出了相對的努力。

◆ **んだって**　聽說…呢

- 楽しみだな。頂上からの景色、最高なんだって。

好期待喔。據說站在山頂上放眼望去的風景，再壯觀不過了呢。

◆ って（いう）、とは、という（のは）（主題・名字）

所謂的…、…指的是；叫…的、是…、這個…

- アフターサービスとは、どういうことですか。
  所謂的售後服務，包含哪些項目呢？

◆ ように（いう）　告訴…

- 監督は選手たちに、試合前日はしっかり休むように言った。
  教練告訴了選手們比賽前一天要有充足的休息。

◆ 命令形＋と　引用

- 毎晩父は、「子供は早く寝ろ」と部屋の電気を消しに来る。
  爸爸每晚都會來我的房間關燈，並說一句：「小孩子要早點睡！」

◆ てくれ　做…、給我…

- A社の課長さんに、君に用はない、帰ってくれと言われてしまった。
  A公司的科長向我大吼說：再也不想見到你，給我出去！

沈浸式
聽讀
雙冠王！

線上音檔
QR Code

精修 關鍵句版

絕對合格 日檢必背閱讀

[25K＋QR碼線上音檔]

【自學制霸 13】

■ 發行人　林德勝

■ 著者　吉松由美、田中陽子、林勝田、山田社日檢題庫小組著

■ 出版發行　山田社文化事業有限公司
臺北市大安區安和路一段112巷17號7樓
電話　02-2755-7622
傳真　02-2700-1887

■ 郵政劃撥　19867160號　大原文化事業有限公司

■ 總經銷　聯合發行股份有限公司
新北市新店區寶橋路235巷6弄6號2樓
電話　02-2917-8022
傳真　02-2915-6275

■ 印刷　上鎰數位科技印刷有限公司

■ 法律顧問　林長振法律事務所　林長振律師

■ 書＋QR碼　定價　新台幣 380 元

■ 初版　2024年 2 月

© ISBN：978-986-246-811-1
2024, Shan Tian She Culture Co. , Ltd.
著作權所有・翻印必究
如有破損或缺頁，請寄回本公司更換